REMERCIEMENTS

Luc Dionne

Janette, pour son appui et son amour inconditionnels, Jeanne, pour avoir toujours cru en moi, Francine et Pierre, pour m'avoir si bien entouré, Jean-Pierre Leroux, pour sa grande disponibilité.

Guy Samson

Mes parents, pour leur support et leur encouragement constants, Luc Dionne, pour m'avoir fait confiance, Maryse Attalah et Diane Laberge, les lectrices de la première heure, Normand et Johanne, pour leur soutien moral, les amis (ils et elles se reconnaîtront).

Et un grand merci à toute l'équipe des Éditions du Trécarré.

Ce livre est dédié à la mémoire de Gilles Dionne, parti trop tôt ...

«Io, (nom de l'initié), *voglio entrare in questa organizzazióne per proteggere la mia Famiglia e per proteggere tutti i miei amici. Io giuro di non svelare questo segréto e di ubbidire con amore ed omertà. Come brucia questa Santa, cosi brucerà la mia anima. Io giuro di entrare vivo in questa organizzazióne e di uscirne solo morto.»*

«Je, (nom de l'initié), désire entrer dans cette organisation pour protéger ma famille et pour protéger tous mes amis. Je jure de ne jamais dévoiler ce secret et d'obéir avec amour et silence. Comme brûle cette madone, ainsi brûlera mon âme. J'entre dans cette organisation vivant et je n'en sortirai que mort.»

(Serment d'allégeance à la mafia)

PROLOGUE

Bronx, 1946

Le petit Giuseppe Scarfo courait de toutes ses forces, tenaillé par un horrible pressentiment. Autour de lui, des sirènes déchiraient l'air sec et froid de la soirée, des gens affolés allaient dans toutes les directions et une odeur de brûlé envahissait le quartier.

Au détour de la rue, il découvrit le spectacle apocalyptique d'un édifice de huit étages léché par les flammes. Une dizaine de camions de pompiers, d'autos de police et d'ambulances bloquaient la rue. Giuseppe se fraya un chemin à travers la foule de curieux, scrutant du haut de ses huit ans chacun des visages afin de retrouver sa mère et son père. Il croisa des voisins paniqués, une couverture de laine sur le dos. Federico Zacco et sa femme pleuraient silencieusement en serrant leurs enfants contre eux. Donna Ferreri récitait son chapelet en fixant sur le brasier des yeux exorbités, comme si le diable lui-même allait en sortir. Mme Magnani, la concierge de l'immeuble, pressait son chat terrifié sur son ample poitrine. Quand elle aperçut Giuseppe, elle grimaça de douleur et secoua lentement la tête. L'enfant comprit que ses parents étaient restés à l'intérieur de l'édifice.

Il regarda longuement la bouteille de sirop qu'il tenait à la main. Son père étant trop ivre, il avait dû aller la chercher pour sa mère malade. Il devait à cette stupide bouteille de sirop jaune d'avoir la vie sauve.

11

Il se précipita vers l'édifice en flammes, se faufilant entre les pompiers et les policiers qui tentaient de l'intercepter. Stoppé par la chaleur insoutenable, il lança la bouteille dans le feu d'un geste rageur. Un pompier l'empoigna et le ramena derrière le cordon de sécurité, où un vieil homme referma ses bras sur lui, autant pour le réconforter que pour l'empêcher de s'approcher du brasier.

Un pan entier de l'édifice s'effondra dans un fracas assourdissant, causant un mouvement de recul instinctif parmi la foule. Entraîné à l'écart par le vieil homme, Giuseppe pleura toutes les larmes de son corps tout en maudissant Dieu d'avoir abandonné les siens.

Après s'être agenouillé péniblement, le vieil homme saisit Giuseppe par les épaules et le regarda de ses petits yeux bleus et profonds, qui se voulaient rassurants. Quand Giuseppe fut un peu calmé, il le prit par la main et l'emmena jusque chez lui, à quelques centaines de mètres de l'incendie. En état de choc, Giuseppe le suivit docilement.

Ce vieil homme frêle et légèrement voûté était connu dans le quartier comme *il dottóre* Minelli. Bien qu'il eût délaissé la pratique médicale depuis plusieurs années, les gens les plus pauvres du quartier faisaient encore appel à lui. De nature généreuse, il acceptait d'aller à leur chevet. C'est ainsi qu'il avait rendu visite à Catarina Scarfo à quelques reprises.

Mme Minelli, qui surveillait la progression de l'incendie de sa fenêtre en récitant son chapelet, se porta à leur rencontre. La vieille dame rougeaude et tout en rondeurs se signa en levant les yeux au ciel. Elle serra Giuseppe dans ses bras avec tellement d'empathie qu'elle dut retenir ses sanglots. Pendant un instant, Giuseppe eut l'impression de se retrouver dans les jupes de sa mère. Même parfum mêlé à une forte odeur de savon à lessive bon marché.

À tour de rôle, M. et Mme Minelli essayèrent de faire parler Giuseppe, mais celui-ci s'enferma dans le mutisme. En désespoir de cause, elle lui fit avaler un verre de lait chaud, l'amena dans une chambre, le fit déshabiller et le borda affectueusement dans un lit d'une grandeur qui lui parut démesurée.

Aussitôt la porte refermée, Giuseppe sauta hors du lit et s'installa à la fenêtre. De son poste d'observation, il pouvait voir la carcasse de sa maison finir de se consumer. Même avec la fenêtre fermée, une odeur âcre de brûlé avait envahi la chambre. De la cuisine lui parvenaient des chuchotements et les sanglots de Mme Minelli, catastrophée par les malheurs du petit.

Mis à part de brèves vacances annuelles chez son oncle Gaspare, à Montréal, pour la première fois Giuseppe passait une nuit dans une chambre qui n'était pas voisine de celle de ses parents. Tout en frottant ses yeux que la fumée picotait, il pensa à eux le plus fort possible, comme si cela allait les ramener à la vie.

* * *

Carmine Scarfo était le seul garçon d'une famille de fermiers, pauvres mais fiers. Bel homme, costaud, travailleur et idéaliste, il avait hérité de la terre familiale qui, malgré ses efforts, se montrait ingrate. En dépit d'une rivalité ancestrale – dont plus personne ne connaissait l'origine – entre les familles Scarfo et Pandico, il avait commencé à fréquenter Catarina Pandico, une belle et frêle jeune femme de Misilmeri, petit village de Sicile situé à quelques kilomètres de Palerme. Malgré les difficultés, Carmine et Catarina, éperdument amoureux, avaient trouvé un curé qui avait accepté d'unir leurs destins. Reniés par leurs familles respectives, Carmine et Catarina s'étaient retrouvés abandonnés de tous.

Le long régime fasciste, la Deuxième Guerre mondiale et l'omniprésence de la *mafia* avaient réduit la Sicile à un état d'appauvrissement généralisé et Carmine s'était mis à souhaiter une vie meilleure pour sa petite famille. Depuis la guerre, plus précisément depuis qu'il avait côtoyé des soldats américains, il rêvait de l'Amérique, sur laquelle on racontait des choses fabuleuses. De plus, Catarina recevait de temps en temps des lettres de son frère Gaspare, parti quelques années plus tôt. Les succès de Gaspare et les allusions à la vie qu'il menait ne faisaient qu'augmenter la détermination de Carmine à se lancer lui aussi dans cette grande aventure.

Il n'eut pas beaucoup de mal à convaincre sa jeune épouse. Après huit mois de mariage, ils vendirent la terre et la maison pour une bouchée de pain et s'embarquèrent sur un bateau surpeuplé en partance pour la terre promise. Leur bébé allait naître à New York! avaient-ils répété à la ronde, à mesure que le jour du grand départ approchait.

En approchant des côtes de l'Amérique, une violente tempête causa une grande frayeur chez les passagers, particulièrement parmi les pauvres immigrants entassés sur le pont inférieur. Cela provoqua chez Catarina un accouchement prématuré. L'enfant naquit trois semaines avant terme. Le bébé, qu'ils baptisèrent Giuseppe en l'honneur du grand-père de Carmine, était en bonne santé et avait présenté sa tête alors que le bateau se trouvait dans les eaux territoriales américaines. Pour les Scarfo, c'était de bon augure.

C'est donc avec un nouveau-né et sans un sou en poche qu'ils furent accueillis à New York par Gaspare, le frère de Catarina, venu spécialement de Montréal. Faisant passer l'amour de sa sœur avant sa rancœur à l'endroit de Carmine, il leur avait déniché un appartement coquet et avait défrayé les trois premiers mois de loyer.

Carmine, orgueilleux comme un paon, accepta à contre-cœur l'aide de ce Pandico qu'il trouvait arrogant et pompeux. Surtout, il ne lui avait jamais pardonné de s'être laissé embrigader par les fascistes et d'avoir gagné son argent au moyen de combines. Mais il accepta la générosité de Gaspare à l'égard de sa petite famille, se jurant bien qu'il rembourserait son beau-frère un jour. Il bomba le torse et regarda la ville comme une citadelle à conquérir. Catarina, faible et malade, se sentit écrasée par tous ces buildings dont les sommets se perdaient presque dans les nuages.

Gaspare passa quelques jours avec eux. Grâce à des relations chez les Siciliens, il aida Carmine à se trouver un emploi temporaire. Avant de repartir pour Montréal, il laissa un peu d'argent à sa sœur pour payer ses médicaments et lui fit promettre d'aller le visiter.

Carmine conserva son emploi deux semaines. Il découvrit rapidement que son employeur, un Sicilien comme lui, trempait dans des affaires louches. Il claqua la porte après que son patron lui eut demandé de participer au tabassage d'un client mauvais payeur. Parlant très peu anglais, il éprouva de la difficulté à dénicher un nouvel emploi. Il s'inscrivit à une agence de placement, s'y rendant chaque matin dans l'espoir de trouver un travail pour la journée. Le plus souvent, on l'envoyait effectuer des travaux de manutention éreintants en échange d'une paye minable. Il rentrait chez lui à la tombée de la nuit, fourbu, et repartait à l'aurore.

Le voyagement, la nourriture, le loyer, le nourrisson et les médicaments pour Catarina grugeant ses maigres payes, il perdit ses illusions sur cette terre promise et il se mit à boire, acceptant de plus en plus mal les petites sommes d'argent que Gaspare faisait parvenir à sa sœur tous les mois. Carmine résistait aussi aux pressions de Catarina qui essayait de le convaincre d'aller s'établir à Montréal, où il serait certain de trouver du travail par l'entremise de Gaspare.

À la longue, l'anglais de Carmine s'améliora et il finit par dénicher un travail à temps complet, plus lucratif et nettement plus près de chez lui. Il diminua un peu sa consommation d'alcool et passa plus de temps avec son fils.

Quand Giuseppe atteignit l'âge d'aller à l'école, les Scarfo avaient mis suffisamment d'argent de côté pour lui acheter des vêtements neufs, mais surtout pour emménager dans un appartement plus convenable, au cinquième étage d'un vieil édifice situé en plein cœur du Bronx. C'est cet appartement qui allait devenir leur tombeau.

* * *

Cette nuit-là, Giuseppe décida qu'il n'allait pas faire sa prière. En fait, qu'il n'allait jamais plus faire sa prière. Dans sa tête d'enfant, la question était réglée : Dieu était un être méchant et c'était sa faute s'il se retrouvait aujourd'hui orphelin.

Par contre, il n'arrivait pas à prêter de mauvaises intentions à la Vierge Marie, dont une image ornait un mur de sa chambre. En fait − il le réalisa en allant regarder l'image de plus près −, elle ressemblait à sa mère avec son visage empreint de douceur et ses grands yeux un peu tristes.

Les Minelli s'occupèrent de Giuseppe pendant quelques jours comme s'il s'agissait de leur propre enfant. Malgré leur gentillesse et les marques d'affection que lui prodiguait Mme Minelli, Giuseppe ne sortit pas du mutisme dans lequel il s'était enfermé. Il passait ses journées dans sa chambre, ne la quittant que pour les repas. Le vieux Guido effectua des recherches auprès des anciens voisins des Scarfo pour voir s'ils n'avaient pas de la parenté. Mme Magnani finit par se rappeler que Catarina avait un frère au Canada, à Montréal plus précisément. À partir de cette précieuse information, un des fils Minelli, comptable dans un grand bureau, réussit à obtenir la communication à Montréal avec un certain Gaspare Pandico, le frère de la défunte Catarina.

* * *

Giuseppe était dans sa chambre comme tous les jours depuis l'incendie. Il regardait des ouvriers achever de jeter par terre les ruines chambranlantes de l'édifice calciné. Absorbé dans ses rêveries, il ne vit pas une grosse Chevrolet noire de l'année se garer devant la maison des Minelli. Il ne vit pas non plus un homme élégamment vêtu en descendre. L'homme resta planté à côté de son auto et, d'un geste respectueux, retira son chapeau. Il contempla les ruines de l'édifice en secouant tristement la tête.

Il fit un signe de croix et se tourna vers la maison des Minelli pour comparer l'adresse avec celle qu'il avait notée sur un bout de papier. Il aperçut alors la silhouette de l'enfant dans la fenêtre. Pendant de longues secondes, il le regarda et partagea sa douleur. Il comprit du coup qu'il était venu chercher beaucoup plus qu'un neveu. Le sang des Pandico coulait dans les veines de Giuseppe, qui représentait le dernier lien l'unissant à sa petite sœur adorée.

— Gaspare! Gaspare! lança Giuseppe en se précipitant dans les bras de son oncle.

Les Minelli échangèrent un regard où se mêlaient l'étonnement et le ravissement. Le *bambino* avait enfin parlé! Pudiquement, ils refermèrent la porte de la chambre pour les laisser en tête à tête.

— Tu veux venir vivre avec nous? demanda simplement Gaspare.

Giuseppe écarquilla les yeux et hocha la tête vivement. Des bribes de souvenirs remontèrent à son esprit: l'immense maison inondée de lumière et richement décorée, la grande cour arrière, sa tante Carmelina toujours souriante, et surtout son cousin Gaetano.

Il éprouvait de l'admiration pour son oncle Gaspare. Celui-ci était gentil, toujours tiré à quatre épingles, et il savait le surprendre avec des tours de magie. Mais ce qui le fascinait particulièrement, c'était la bague qu'il portait à l'annulaire. Il n'en avait jamais vu une si grosse. La pierre était de couleur rouge et, sur celle-ci, un aigle aux ailes déployées tenait la foudre entre ses serres.

Gaspare accepta de partager le repas des Minelli avant de reprendre la route. Il les remercia chaleureusement et le *dottóre* refusa l'argent que lui tendit Gaspare pour les dédommager.

Giuseppe, qui avait retrouvé un peu de sa verve, les remercia à son tour. Il donna la main à M. Minelli et se laissa étreindre par sa femme. Il s'enfouit le nez dans les plis de sa robe et huma une dernière fois l'odeur de sa mère.

L'auto démarra lentement pendant que Giuseppe contemplait les ruines de sa maison. Il eut un pincement au cœur. Il se mit à genoux sur le siège et regarda par la lunette arrière jusqu'à ce que ce dernier vestige de sa vie à New York ne soit plus visible. Tout au long du trajet, Giuseppe et Gaspare parlèrent très peu, chacun étant perdu dans ses pensées.

* * *

Quand Gaspare avait quitté la Sicile à l'âge de vingt ans, Catarina n'était encore qu'une belle adolescente maigrichonne aux longs cheveux bouclés. Il aurait dû insister pour qu'elle parte avec lui… Gaspare se sentait coupable de ce qui venait de se produire. Si sa sœur avait été auprès de lui, elle n'aurait pas épousé ce vaurien de Carmine Scarfo! Et aujourd'hui, elle serait toujours en vie !

Gaspare avait été un enfant débrouillard. Très jeune, il avait appris à lire le vent. Pour lui, devenir membre du parti fasciste avait représenté avant tout une occasion de faire des affaires. Il avait très peu de convictions politiques, d'autant plus que la lecture des jérémiades du *Duce* l'ennuyait mortellement. Il avait d'ailleurs été un des premiers à renier sa foi en Mussolini et à joindre la résistance dès qu'il avait pris conscience de la tournure de la guerre.

Quand les Américains avaient débarqué, Gaspare avait fait un gros coup d'argent en vendant aux *G.I.,* qui cantonnaient dans son village, une cargaison de cigarettes et d'alcool volée à un de ses associés. Ce geste aurait pu lui coûter cher, mais Gaspare avait tout planifié de longue main et avait déjà acheté une place sur un bateau en partance pour l'Amérique.

Contrairement à la plupart de ses compagnons de voyage, il avait choisi de s'établir à Montréal, où il avait des connaissances.

Peu de temps après son arrivée, il avait investi une partie du magot accumulé en Sicile dans une boucherie en faillite qu'il avait rebaptisée La Boucherie Pandico. Avec l'aide de ses nouveaux amis, qui avaient tous la particularité d'être des armoires à glace et d'avoir des casiers judiciaires longs comme le bras, il avait effectué une tournée des restaurateurs de son quartier pour les «inviter» à s'approvisionner chez lui. Grâce à ce procédé musclé, il s'était rapidement constitué une clientèle nombreuse et fidèle.

En apprenant la nouvelle du mariage de Catarina avec Carmine Scarfo, il avait fait une terrible colère et était venu à un cheveu de dépêcher des tueurs en Sicile. Puis, il s'était calmé. Sa sœur avait fait un bien mauvais choix, mais il allait le respecter. Après son arrivée à New York, et quand les affaires de Carmine avaient commencé à mal aller, il l'avait incité à plusieurs reprises à venir s'installer à Montréal. Mais Carmine s'était montré intraitable, acceptant tout au plus que Giuseppe passe quelques semaines chez Gaspare chaque été.

Quand l'auto franchit le pont Jacques-Cartier, Giuseppe dormait à poings fermés sur la banquette arrière. Gaspare le réveilla pour lui dire qu'ils étaient presque arrivés. Giuseppe regarda défiler sa nouvelle ville sous ses yeux. Il reconnut sans difficulté la maison de son oncle. Quand l'auto entra dans la cour, il vit les silhouettes familières de sa tante et de son cousin Gaetano se précipiter dans sa direction.

* * *

La personnalité de Giuseppe changea du tout au tout. D'enfant taciturne qu'il était, il s'ouvrit à tout ce qui l'entourait et se mit à mordre dans la vie comme il ne l'avait encore jamais fait. Les bourgeons commençaient à éclore dans les arbres et ce printemps de 1946 représentait à ses yeux le début d'une nouvelle vie.

Tout était inédit et fascinant pour Giuseppe : le luxe et la propreté de la grande maison inondée de lumière, chaque repas qui ressemblait à un festin, l'affabilité et le sourire constants de sa tante Carmelina, enceinte de six mois, toujours maquillée et bien coiffée, la gentillesse et la chaleur des gens qui l'entouraient, les airs d'opéra que son oncle écoutait religieusement le dimanche après-midi en fumant un gros cigare dans le salon...

Giuseppe s'imprégna de ce nouvel univers qui contrastait tellement avec celui qu'il avait connu auparavant. Il développa un sens aigu de l'observation mais surtout, il découvrit l'amitié. Il avait bien eu des amis auparavant, des voisins ou des camarades de classe, sans réel engagement de sa part. Ou bien son père lui avait interdit de voir un tel ou une telle à cause de son origine sociale, ou bien il devait étudier pour faire honneur à ses parents, ou encore il devait rester à la maison pour aider sa mère. Avec Gaetano, c'était une tout autre histoire.

Gaetano avait un an de plus que lui. Costaud et fonceur, c'était déjà un petit caïd à l'école... du moins, chez les enfants de son âge. Avant l'arrivée de Giuseppe, ses parents lui avaient expliqué le drame que son cousin venait de vivre et Gaetano en avait été fort attristé. Il avait accepté d'emblée l'arrivée impromptue d'un nouveau «frère» et il avait même décidé qu'il allait le prendre sous son aile.

Gaetano et Giuseppe furent aussitôt inséparables et, grâce à Gaetano, Giuseppe apprivoisa rapidement son nouveau milieu. Au grand plaisir des Pandico, Giuseppe commença lui aussi à avoir une influence positive sur Gaetano : il devint plus responsable et ses résultats scolaires allèrent en s'améliorant.

Pendant les longues vacances d'été, Gaetano et Giuseppe flânaient dans l'arrière-boutique du commerce de Gaspare, faisant à l'occasion des courses pour lui. Tandis qu'ils fréquentaient la boucherie, ils découvrirent un monde occulte fait de discussions à voix basse en sicilien, difficilement compréhensibles, de grosses liasses d'argent qui passaient discrètement d'une main à l'autre, de commentaires voilés sur des affaires judiciaires qui faisaient la une des journaux. Inconsciemment, à force d'observer les clients de la boucherie et d'écouter leurs conversations avec Gaspare, les deux gamins s'imprégnèrent des lois du Milieu.

Par un bel après-midi de juillet, ils furent témoins d'un incident qui les marqua profondément. Ils avaient fait une course pour Gaspare qui avait pris moins de temps que prévu. À leur retour, ils se dirigèrent vers l'arrière de la boucherie à l'insu de Gaspare et entreprirent l'ascension de l'énorme érable qui ombrageait la cour. Ils s'arrêtèrent à mi-hauteur, s'installèrent le plus confortablement possible sur de grosses branches et commencèrent à discuter.

La porte arrière de la boucherie s'ouvrit; Gaspare sortit. Il regarda autour de lui et fit un signe vers l'intérieur. Guido et Federico, deux grands gaillards qui se trouvaient souvent dans la boucherie sans qu'on sache trop pourquoi, poussèrent un homme devant eux sans ménagement et le forcèrent à s'agenouiller devant Gaspare.

— Alors, comme ça, elle n'est pas bonne, ma viande?! fit Gaspare.

Le pauvre homme essaya de plaider sa cause.

— Tu la vends trop cher, Gaspare! Et comme je ne peux pas faire affaire ailleurs…

Guido, le plus costaud des deux gaillards, asséna une taloche derrière la tête de l'homme agenouillé.

— Je n'ai pas bien compris! répliqua Gaspare en mettant sa main en cornet sur son oreille et en s'approchant de l'homme.

— Tu m'accules à la faillite, Gaspare!

La grosse paluche de Guido s'abattit plusieurs fois sur la nuque de l'homme, qui tomba à plat ventre aux pieds de Gaspare. Giuseppe regarda la scène d'un air stupéfait, alors que Gaetano, déjà passablement bagarreur, sembla y prendre plaisir.

Quand finalement l'homme se rendit aux arguments de Gaspare, celui-ci l'aida à se relever et épousseta son gilet aimablement.

— Tu vois? Il y a toujours moyen de s'entendre. Tu gardes ta santé et ton restaurant, je garde mon client... et tout le monde est heureux.

En partant, le pauvre homme, tremblant et terrorisé, n'eut d'autre choix que de remercier Gaspare de l'arrangement qu'il venait de se faire imposer.

Avant de redescendre de leur perchoir, Giuseppe fit comprendre à Gaetano qu'ils devaient garder ce secret pour eux. Gaspare n'apprécierait sûrement pas d'apprendre qu'ils avaient assisté à la scène.

À l'heure du souper, Giuseppe scruta son oncle d'un œil nouveau. Il commençait à saisir des choses à son sujet. C'était encore flou, mais ce diable d'homme n'avait pas fini de le surprendre...

À l'adolescence, Gaetano, plus grand et plus costaud, apparut comme le bagarreur qui n'avait peur de personne dans le quartier. Giuseppe, pour sa part, développa ses talents de médiateur... souvent utilisés pour tirer son cousin du pétrin. Parfois, quand il le regardait agir, il se remémorait la scène du tabassage et il ne pouvait s'empêcher de penser que si Gaetano adoptait de plus en plus le rôle de la brute, lui-même ressemblait davantage à son oncle. Du coup, il se rendait compte que le temps approchait où il devrait à son tour prendre son cousin sous son aile.

* * *

À dix-sept ans, Giuseppe rejoignit Gaetano qui l'avait précédé d'une année dans l'entreprise familiale. Il apprit rapidement les rouages du métier et se retrouva derrière le comptoir. Les clients découvrirent en lui un jeune homme courtois et prenant à cœur les intérêts de son oncle.

Dans ses temps libres, Giuseppe travailla en secret à un projet qui allait lui permettre d'exprimer sa gratitude de façon tangible. Après deux ans, à la fin d'un souper familial, il sortit un dossier et démontra, chiffres à l'appui, qu'il fallait ouvrir un abattoir. Dans les semaines qui suivirent, la compagnie Pandico et Fils fut constituée, comprenant trois actionnaires à parts égales : Gaspare, Giuseppe et Gaetano.

À ce moment, un écart imperceptible se creusait entre les deux amis, à l'insu de Giuseppe. Gaetano avait commencé à sortir avec les filles. Il avait essayé d'entraîner Giuseppe avec lui, mais son cousin, tellement sérieux, avait préféré se consacrer à un projet dont il avait toujours refusé de parler. Gaetano s'était senti trahi de ce manque de confiance. Le soir où Giuseppe avait dévoilé son fameux secret, Gaetano, sans le montrer, avait été vexé. Pour la première fois, il avait eu l'impression que Giuseppe occupait une place trop importante aux yeux de son père.

* * *

Dès la première année d'exploitation, les bénéfices de l'abattoir furent appréciables. Gaspare avait recruté une clientèle importante, Giuseppe avait travaillé sans compter ses heures et Gaetano avait mis sur pied un système infaillible de recouvrement.

À la fin du premier exercice, quand Giuseppe présenta fièrement les états financiers à ses associés, Gaspare avait une nouvelle à lui apprendre : il fallait remettre une partie des bénéfices à un certain Alfonso De Luca ! Giuseppe et Gaetano n'en crurent pas leurs oreilles. Tout ce travail pour quelqu'un qu'ils ne connaissaient même pas !

Ce soir-là, Gaspare leva le voile sur la véritable nature de ses activités. Giuseppe, qui s'était dévoué corps et âme pour mettre sur pied cette entreprise, cria à l'injustice. Gaspare sourit. Il comprenait la réaction de Giuseppe.

— Tout ce que je possède – ce que NOUS possédons –, je le dois à De Luca et à la *Famiglia.* Sans eux, je ne serais rien.

Giuseppe protesta encore, trouvant le pourcentage trop élevé.

— Quarante pour cent, c'est le double de ce que chacun de nous touche !

— C'est la loi de la *Famiglia.* C'est comme ça, on n'y peut rien !

Par respect et par affection pour son oncle, Giuseppe finit par céder.

— Et que faut-il faire pour devenir membre de la *Famiglia?* demanda-t-il, le plus sérieusement du monde.

— Patience, Giuseppe… Patience… Le temps approche.

* * *

La vie suivit son cours. Gaetano se maria et quitta le domicile familial. Giuseppe, devenu un fort bel homme qui multipliait les aventures galantes, s'installa dans un appartement, et les affaires de la compagnie continuèrent de prospérer.

Au mariage de Gaetano, un vieillard aux yeux et au nez d'aigle était le point de mire. Les gens paradaient à sa table et s'adressaient à lui avec déférence, allant même jusqu'à lui baiser la main. Il s'agissait d'Alfonso De Luca, «Don» De Luca, le Parrain de cette fameuse *Famiglia.* Giuseppe demanda à lui être présenté, ce que Gaspare fit avec un empressement obséquieux. Giuseppe se contenta d'être poli et courtois, essayant de comprendre la crainte que ce frêle vieillard semblait susciter autour de lui.

— Giuseppe Scarfo… fit De Luca en hochant la tête. Ton oncle m'a beaucoup parlé de toi !

À la fin de la réception, Gaspare prit Giuseppe à part.

— Bientôt, tu seras des nôtres !

Trois semaines plus tard, Giuseppe Scarfo et Gaetano Pandico étaient intronisés comme membres de la Famille De

Luca au cours d'une brève cérémonie à laquelle assistaient une trentaine d'hommes, tous issus du Milieu. Ironiquement, lors de cette réunion secrète, qui aurait dû constituer une fête pour Gaspare, le Parrain annonça une hausse du pourcentage des bénéfices qu'il faudrait verser à la Famille.

Gaspare regarda autour de lui. Un malaise flottait dans la salle. Personne ne contestait la décision, mais visiblement elle ne faisait pas l'unanimité. Gaspare eut l'audace de se lever pour exprimer son désaccord. Il exposa sa position calmement, appuyé seulement par de petits signes de tête de certains *capodecine*[1]. Alfonso De Luca écouta, le félicita de sa franchise et maintint sa décision.

Comme convenu, et malgré sa mine renfrognée, Gaspare emmena ses deux associés manger dans un grand hôtel pour célébrer dignement leur intronisation. Naturellement, la discussion porta sur la hausse décrétée par De Luca. Préoccupé par la question, Gaspare admit qu'il avait commis un impair. Le Parrain allait difficilement lui pardonner son opposition, même s'il savait très bien qu'elle était partagée par tous les membres de la Famille. Et si De Luca voyait cela comme un mouvement de révolte ? Non. Dès demain, il irait le rencontrer et se rangerait à sa décision.

À la fin du souper bien arrosé, tandis que les trois hommes se préparaient à sortir, Gaetano consulta sa montre et se leva d'un bond. Il devait passer un coup de fil à sa nouvelle épouse pour qu'elle ne s'inquiète pas de son retard.

Pendant que Gaetano accourait vers le hall pour trouver un téléphone, Giuseppe et Gaspare se levèrent lentement et partirent à sa suite. Gaspare s'arrêta à une table pour saluer une connaissance et présenter Giuseppe. À cet instant, plusieurs détonations retentirent en provenance du hall. Gaspare mit la main sur son cœur, comme si c'était lui qui venait d'être touché.

---

1. Membre d'une Famille qui est à la tête d'un groupe d'hommes de main (habituellement une dizaine) aussi appelés « soldats ». Abréviation : *capo.*

Giuseppe se rua vers le hall et vit le corps de Gaetano gisant dans une mare de sang devant un appareil téléphonique. Tout autour, des gens s'étaient jetés au sol, d'autres hurlaient, certains indiquaient la porte. Giuseppe s'agenouilla dans la mare de sang et prit Gaetano dans ses bras. Déjà, la vie avait quitté le corps de son cousin, son ami, son frère…

Il saisit le combiné ; il n'y avait personne au bout du fil. Quand Gaspare s'agenouilla à son tour, Giuseppe le laissa serrer son fils sur lui. La douleur qu'il ressentit était semblable à celle qui avait accompagné la mort de ses parents. Il se mit à pleurer comme un enfant, sans se préoccuper des gens qui l'entouraient. Entre ses sanglots, il regarda Gaspare qui berçait son fils exsangue en regardant vers le ciel. Cette fois-ci, il n'attendrait pas la justice de Dieu, il l'appliquerait lui-même.

* * *

C'était la nuit, peu avant l'aube. Dans un quartier cossu, une ombre se faufila derrière une grande maison et déverrouilla la porte en quelques minutes. Elle monta ensuite à l'étage et s'arrêta quelques secondes devant une chambre.

Giuseppe prit une grande inspiration, sachant que, pour la première et probablement la dernière fois de sa vie, il allait tuer un homme. Il ouvrit la porte et laissa ses yeux s'habituer à l'obscurité. Comme il s'y attendait, De Luca dormait profondément. Une arme était posée sur sa table de chevet. Giuseppe s'approcha lentement et écarta le revolver. Puis il bondit sur le lit et, à cheval sur De Luca, le saisit à la gorge.

Le vieil homme se réveilla instantanément. Incapable de crier, il se débattit avec une vigueur qui surprit Giuseppe. Pendant de longues minutes, il garda ses doigts solidement enfoncés dans son cou, même après que De Luca eut fini de se débattre. Finalement, épuisé, il relâcha son étreinte et vérifia que le vieil homme était bien mort.

Il aspergea ensuite le lit d'essence à briquet, puis craqua une allumette. Il regarda la progression du feu sur le couvre-lit, soufflant même dessus pour l'amplifier, aspergeant d'autres endroits d'essence à briquet.

À travers les flammes qui s'emparaient du corps du Parrain, il remarqua sa main. Faisant fi des flammes, il lui arracha une de ses bagues et la mit dans sa poche. Satisfait de ce que plus rien n'allait entraver le travail du feu, il descendit calmement et ressortit par la même porte.

Toujours aussi calmement, il traversa le jardin en frôlant les haies, enjamba une clôture et se retrouva dans la ruelle. Il regarda une dernière fois en direction de la maison. L'homme qui avait déjà tout perdu dans un incendie s'était fait justice grâce à un autre incendie.

Giuseppe descendit la rue et rejoignit une auto où l'attendait Marco D'Ascola. Originaire du même village de Sicile que ses parents, Marco l'avait suivi les yeux fermés. Il était comme ça, Marco. Futé à sa façon, il savait que Giuseppe avait un bel avenir devant lui et que leurs destins étaient liés.

Quand Giuseppe monta dans l'auto, Marco fit le geste de démarrer. Giuseppe posa la main sur son bras et lui dit gravement :

— Marco… Je viens de tuer Alfonso De Luca !

Les yeux de Marco s'écarquillèrent et un voile de terreur ombragea son visage.

Giuseppe enchaîna :

— Tu n'as rien à craindre, Marco. Toi et moi savons que j'ai agi seul.

Quand Marco démarra enfin, des sirènes de pompiers se faisaient entendre dans le lointain.

— Allez, Marco… On va faire un tour à la campagne. C'est une belle journée !

* * *

Quand Giuseppe se présenta à la boucherie le lundi matin, l'effervescence y régnait. La mort étrange d'Alfonso De Luca était sur toutes les lèvres ; la une de tous les journaux y était consacrée. La police avait conclu à une mort accidentelle. Giuseppe feignit la surprise. Il avait passé la journée de dimanche à la campagne avec Marco D'Ascola et n'était rentré que tard la veille. En « apprenant » les circonstances du décès, il laissa tomber :

— C'est dangereux de fumer au lit...

Toute la journée, Gaspare observa son neveu avec perplexité. Giuseppe, autant que possible, ignora les regards inquisiteurs de son oncle. Après la fermeture de la boucherie et le départ des employés, Gaspare fit signe à Giuseppe de le suivre dans son bureau.

— Giuseppe, tu m'assures que tu n'es pour rien dans tout ça ? demanda Gaspare le plus sérieusement du monde.

Giuseppe sourit.

— Oncle Gaspare... J'avais beaucoup trop de respect pour notre Parrain.

Ce disant, il approcha la main de l'oreille de son oncle et sembla en retirer une bague.

— Mais qu'est-ce que c'est que ça ? dit-il, répétant un vieux tour de magie que son oncle lui avait souvent fait dans son enfance pour le surprendre.

Giuseppe ressortit du bureau sans dire un mot. Gaspare prit la bague ornée d'un aigle et la contempla longuement. Il se remémora l'humiliation subie plusieurs années plus tôt alors qu'il avait dû la donner à De Luca en gage de soumission.

* * *

Dans les jours qui suivirent, les événements se précipitèrent. Le *consigliere*[1] de la Famille convoqua une réunion pour procéder

---

1. Le conseiller du Parrain ; celui qui règle les conflits au sein de la Famille.

à l'élection d'un nouveau chef. Dans une atmosphère sur-chauffée et à la suite d'un vote serré, Gaspare Pandico fut élu Parrain.

À l'annonce du résultat, Gaspare regarda son neveu et ses yeux se mouillèrent. Giuseppe alla l'embrasser et lui fit part de toute sa fierté. Gaspare, qui n'avait jamais envisagé d'être Parrain un jour, se leva difficilement, comme accablé par l'ampleur de la tâche à venir.

Giuseppe l'accompagna jusqu'à l'avant de la salle.

— Je serai toujours là pour t'appuyer, oncle Gaspare ! lui murmura-t-il à l'oreille.

Nommé *capodecina* par son oncle dans les semaines sui-vantes, le jeune Scarfo connut une ascension fulgurante au sein de la Famille Pandico. En moins de deux ans, il devint le *capo* le plus respecté et il fit même valoir ses talents de médiateur en mettant fin aux querelles intestines et en créant l'unité autour de son oncle Gaspare. Dans l'esprit de ce dernier, il ne fit plus aucun doute que Giuseppe allait le remplacer un jour.

En 1975, usé par des années de batailles incessantes, dont l'enquête sur la viande avariée et les nombreuses autres enquêtes ayant mené à la mise sur pied de la CECO[1], Gaspare, atteint d'un cancer généralisé et se sachant condamné, organisa une réunion au cours de laquelle Giuseppe devint à l'unanimité le nouveau Parrain de la mafia montréalaise. Le premier geste de « Don » Giuseppe Scarfo fut de nommer son ami Marco D'Ascola au poste de *consigliere* et de lui confier le mandat de resserrer les liens avec la Commission[2] de New York.

---

1. Commission royale d'enquête sur le crime organisé, de 1974 à 1980.
2. La Commission est un organisme où siègent les Parrains des cinq Familles les plus puissantes de la mafia new-yorkaise. La Famille de Montréal est une Famille satellite d'une de celles-ci.

PREMIÈRE PARTIE

1

Gauthier consulta sa montre pour la énième fois. «Encore dix minutes…», se dit-il. Il prit soudainement conscience que les instants précédant une descente n'entraînaient plus la décharge d'adrénaline qui l'avait poussé à devenir policier. Au contraire, il devait faire un effort pour se concentrer sur son travail: observer les lieux, les visages, tenter de prévoir les pépins …

Comme il aimait l'endroit, cela lui permit de se détendre un peu. La musique lui plaisait — bien qu'il préférât le jazz traditionnel au rock —, la clientèle était éclectique sans être trop jeune, et les femmes étaient belles en ce début d'été. Cette dernière pensée visait plus particulièrement une jolie blonde d'environ trente ans, seule au bout du comptoir. Elle portait un tailleur classique qui lui conférait l'allure d'une femme d'affaires. Mais en opposition avec la rigueur du tailleur, sa jupe très courte révélait de longues jambes au galbe parfait. Depuis qu'elle était arrivée, plusieurs «jeunes entrepreneurs» entreprenants, comme s'ils avaient tenu un pari entre eux, avaient essayé d'engager la conversation avec elle. En vain. Ils étaient tous revenus à leurs places, la mine déconfite. Cette belle femme ne semblait pas facilement abordable. Gauthier continua de l'observer intensément.

« Ils sont trop jeunes pour elle, pensa-t-il. Ou elle aime peut-être mieux les types dans mon genre. »

Gauthier ne paraissait pas ses quarante-deux ans. Grand, athlétique, bel homme, il portait son éternel jeans, un t-shirt et un veston. Cette tenue décontractée convenait tout à fait à sa personnalité. Sûr de lui sans être vaniteux, il se trouva bien chanceux de ne pas avoir à se « déguiser » pour faire son travail, lui qui avait toujours eu l'uniforme, quel qu'il soit, en horreur.

C'était un mardi soir comme les autres au Bourbon Café. Les habitués, pour la plupart des gens d'affaires dans la trentaine en complet-cravate ou en tailleur, discutaient au bar de leur site sur le réseau Internet, de la Constitution, de leur dernier match de tennis, ou encore du climat linguistique, tout en cherchant de la compagnie pour la nuit. Les deux serveuses prenaient les nombreuses commandes que les clients devaient crier pour se faire entendre car la musique était assourdissante. La salle des toilettes, c'était bien connu de tout le monde, était le lieu pour se procurer de la cocaïne. Le Bourbon étant un endroit bien tenu, les transactions de drogue se faisaient assez ouvertement puisque l'établissement n'avait jamais été visité par la police.

Au bout du bar, près de la blonde aux belles jambes, un client aux cheveux longs, soigneusement lissés et attachés à l'arrière, scrutait la salle par-dessus ses lunettes. À un moment donné, il déposa sa bière sur le comptoir et se dirigea vers les toilettes. Comme si cela avait constitué un signal, Gauthier lui emboîta le pas et alla se placer devant un urinoir tout en faisant le geste de descendre sa fermeture éclair. Juste à côté, dans une cabine à la porte entrouverte, l'individu du bar donna une liasse de billets de banque en échange d'un sac en plastique contenant de la poudre blanche. Il soupesa le sac.

— La dernière fois, tu m'as vendu de la merde !

Le vendeur lui fit signe de baisser le ton. Ennuyé, il glissa l'argent dans sa poche et alla au lavabo. Le client resta sur ses talons.

— Si t'es pas content, va l'acheter ailleurs!

— Un de ces jours, il y a quelqu'un qui va en avoir assez de ta camelote, Rhéaume…

— Ouais? Pis?… Qu'est-ce qui va arriver, Cantin? répondit le vendeur en faisant rouler ses muscles.

Devant l'urinoir, Gauthier consulta de nouveau sa montre. Cantin ouvrit la bouche pour répliquer, mais un brouhaha se fit entendre en provenance de la salle. Les deux hommes n'eurent pas le temps de réagir; déjà, Gauthier était sur eux et les poussait à l'extérieur en brandissant sa carte d'identité et en hurlant qu'ils étaient en état d'arrestation. Une escouade de policiers avaient fait irruption dans le bar, criant des ordres du genre «Personne ne bouge!», «Les mains sur la table!», «Papiers!»…

Ces cris, ces hurlements avaient pour but de surprendre et de figer les clients. Ceux qui n'étaient pas habitués aux descentes n'avaient ni le temps ni la présence d'esprit de vider leurs poches. Malgré cela, quelques sachets de cocaïne se retrouvaient sur le plancher.

Gauthier pressa Robert Cantin contre le bar, à proximité de la jeune femme qui observait ce qui se passait autour d'elle. Il lui fit poser les mains à plat sur le comptoir et lui fit écarter les jambes pour le fouiller. De la poche intérieure du blouson du client, il retira plusieurs sachets de cocaïne qu'il glissa dans une poche de son veston.

— C'est beaucoup pour une soirée, non? fit-il d'un ton neutre.

La blonde lui lança un regard en coin; elle ne put réprimer un sourire, que Gauthier lui rendit. Profitant de ce moment d'inattention de la part de l'agent, l'acheteur lui lança un verre de bière au visage. Gauthier, les mâchoires crispées, l'accrocha par le col. Il y eut une brève mêlée dans laquelle la jeune femme fut bousculée. Mais rapidement, Gauthier parvint à maîtriser l'homme. Il le poussa vers deux policiers en uniforme.

— Embarquez-moi ça!

Tandis qu'il reprenait son calme, il se dirigea vers la jeune blonde, qui essuyait les gouttes de bière sur son tailleur. Il prit son sac à main, l'ouvrit et y jeta un coup d'œil distrait, n'ayant manifestement pas envie d'y trouver quoi que ce soit d'incriminant. Il le lui remit ensuite sans cesser de sourire. En général, ce sourire avait un effet dévastateur sur les femmes qu'il rencontrait, mais dans ce cas-ci, la jeune femme conserva une neutralité qu'il n'arriva pas à déchiffrer. Il savait seulement qu'elle l'attirait comme un aimant…

Après lui avoir adressé un dernier sourire, il rejoignit ses collègues qui conduisaient vers la porte la dizaine de personnes qu'ils avaient arrêtées. L'opération était terminée. Les policiers repartirent comme ils étaient venus, laissant derrière eux des clients nerveux ou soulagés.

* * *

À vingt kilomètres de là, dans une maison de banlieue, Gilbert Tanguay, le directeur de l'Escouade du crime organisé de la Sûreté nationale, faisait les cent pas dans son salon en consultant un dossier portant le titre «Pierre Gauthier».

La cinquantaine avancée, une carrure imposante quoiqu'un peu arrondie, Tanguay avait des cheveux d'argent et la mâchoire volontaire de ceux dont on faisait jadis des héros de bandes dessinées. Après des années d'enquêtes dont Giuseppe Scarfo, le Parrain de la mafia montréalaise, était toujours sorti indemne, Tanguay avait atteint un seuil de frustration insoutenable. Il avait décidé que plus rien ne l'empêcherait de mettre la main au collet de Scarfo, même s'il lui fallait compromettre les dernières années de sa carrière. Il en faisait une affaire personnelle. Scarfo avait fini de profiter des failles du système judiciaire. À ce moment précis, l'automobile de Tanguay, garée dans l'entrée du garage, explosa dans un grand fracas, le tirant de sa rêverie.

À l'intérieur, quelques cadres oscillèrent sur les murs et des verres tintèrent. Tanguay commença par regarder autour de lui: il n'y avait pas de dégâts dans la maison. Il sortit ensuite au pas de course. Plusieurs voisins firent de même. En un rien de temps, la plupart des résidants de la rue avaient abandonné leurs activités pour venir s'attrouper à proximité de l'auto qui flambait. C'était tout à coup beaucoup d'action pour une paisible petite ville de banlieue…

En arrivant dehors, Tanguay laissa tomber quelques jurons bien sonores alors qu'un voisin débrouillard, muni d'un extincteur, essayait tant bien que mal de maîtriser les flammes. Des spectateurs chuchotaient entre eux en regardant Tanguay. Ceux qui ignoraient qui il était l'examinaient d'un air accusateur, se demandant quel voyou ou quelle crapule pouvait ainsi être victime d'un règlement de comptes. Quelques minutes plus tard, des sirènes déchirèrent l'air humide de la soirée. Les pompiers finirent d'éteindre l'incendie pendant que les policiers municipaux refoulaient les curieux.

Tanguay alla à la rencontre des policiers, s'identifia et commença à discuter avec eux. Puis il se fit remettre un téléphone cellulaire et composa un numéro. Les pompiers remballèrent leur matériel pendant que les policiers scellaient la scène du crime avec du ruban jaune en invitant les gens à rentrer chez eux.

— Compte tenu des circonstances, je te suggère de rester au chalet quelques jours de plus avec les enfants, dit Tanguay à sa femme.

— …

— Comment veux-tu que je le sache, Chantale!? ajouta-t-il sur un ton exaspéré. Ah oui! Essaie de les garder loin du téléviseur au cours des prochains jours. Ils n'ont pas besoin de savoir ça. Je te rappelle demain.

Pendant qu'il rendait l'appareil, un journaliste qui s'était frayé un chemin à travers le cordon policier arriva à sa hauteur et lui demanda ce qui se passait. Tanguay se contenta de regarder le petit homme d'un air ennuyé.

— Y aurait-il des gens qui t'en veulent ? ironisa le nouvel arrivant.

— Écoute, Fournel... lui lança Tanguay en lui mettant un index menaçant en dessous du nez. Mêle-toi de tes affaires. Ce n'est vraiment pas le moment !

— Mais tout ce que je veux, moi, c'est te rendre service, Gilbert...

— Tu veux me rendre service ? fit Tanguay avec un sourire narquois. Alors écris ça dans ton journal : Ils veulent avoir la guerre, ils vont l'avoir !

— Qui ça, « ils » ? demanda Fournel en sortant un calepin et un crayon de sa poche.

— Ils vont se reconnaître ! fut la réponse de Tanguay.

Puis il alla rejoindre les policiers de la Sûreté nationale qui, venant d'arriver, scrutaient les débris encore fumants de son auto.

* * *

Au quartier général de la Sûreté nationale, dans la section des détentions, Gauthier arpentait le carrelage immaculé d'une petite salle d'interrogatoire quand la porte s'ouvrit. Un policier en uniforme poussa le dénommé Robert Cantin à l'intérieur et le traîna par le bras jusqu'à la table se trouvant au milieu de la pièce dénudée. Sans ménagement, il le fit asseoir sur une des deux chaises. Le policier, qui avait participé à la descente, ne doutait pas que Gauthier allait faire passer un mauvais quart d'heure au prévenu. Celui-ci, la tête basse, semblait d'ailleurs s'attendre au pire.

Comme pour donner raison à l'agent, Gauthier prit un air méchant, étira les bras devant lui et fit craquer ses jointures. Le policier lança un clin d'œil à Gauthier.

— Je vais m'assurer que personne ne viendra vous déranger! fit-il en refermant la porte derrière lui.

Gauthier ne quitta pas Cantin des yeux.

— Tu aimes ça jouer au dur!?

Cantin sourit.

— C'était pour que tu t'occupes de moi un peu…

Gauthier s'appuya sur la table, juste en face de Cantin. Ses traits perdirent tout à coup leur dureté.

— Ça te tente de venir manger à la maison? On pourrait commander quelque chose…Ça fait un bout de temps qu'on n'a pas jasé!

Cantin contempla l'idée en se grattant le cuir chevelu.

— Heu… Il faudrait que je finisse de remplir mon compte de dépenses ce soir.

— Toi! Un compte de dépenses?

— Je ne me souviens plus où j'ai rangé mes reçus…

— Ça, c'est moins surprenant!

— Peut-être que la mémoire va me revenir en mangeant…

Gauthier et Cantin sortirent de la salle sous le regard incrédule du policier de faction.

— Je l'emmène souper au resto! lui dit Gauthier. MONSIEUR est du genre à se mettre à table seulement devant un bon verre de vin…

Le policier resta bouche bée. Gauthier était réputé pour ses méthodes de travail peu orthodoxes, mais là, il exagérait! Inviter un prévenu à souper.

En rigolant, les deux hommes empruntèrent le long corridor qui les conduisit à l'auto de Gauthier.

— Tu as vu la tête qu'il a faite?! demanda Cantin.

— Pauvre Panneton! Lui qui pensait bien te voir ressortir sur une civière, renchérit Gauthier.

Gauthier redevint sérieux et commença à appeler Cantin François.

— Tu sais, François, le verre de bière, ce n'était pas nécessaire!

— C'était pour t'aider à reprendre tes esprits.

— Qu'est-ce que tu veux dire?! s'offusqua Gauthier.

— La belle blonde, au bar… Si j'avais sorti un couteau ou un revolver plutôt que te lancer un verre de bière, tu serais mort à l'heure qu'il est!

Gauthier se renfrogna. François avait mis dans le mille. Il s'était lui-même rendu compte avant la descente qu'il n'avait plus le feu sacré, mais il ne croyait pas que d'autres s'en soient aussi aperçus. Il introduisit la clé dans le démarreur. François renchérit:

— Tu commences à t'encroûter dans la routine, et c'est dangereux. Pour toi et pour les autres. Tu devrais chercher une autre job…

À ce moment, une auto de police, gyrophares activés, arriva en trombe. Gauthier et son ami, qui ignoraient tout de l'attentat dont le directeur de l'Escouade du crime organisé venait d'être la cible, regardèrent un Gilbert Tanguay furibond en descendre.

— Hou!… Pas l'air commode, monsieur le directeur… dit François.

Gauthier démarra. En cours de route, les deux hommes firent le point sur leurs récentes enquêtes. Le véritable nom de Robert Cantin était François Pelletier. Il était agent double, spécialiste de l'infiltration, et il appartenait à l'équipe de Gauthier. Peu de personnes, même au sein de la Sûreté nationale, le connaissaient. C'était là un mode de fonctionnement normal à la Sûreté pour les agents doubles.

Au premier coup d'œil, François n'avait rien d'un policier. Plus petit et plus trapu que Gauthier, il portait un pantalon de velours côtelé, des souliers italiens et un veston de tweed. Avec ses cheveux longs noués en une tresse et ses petites lunettes rondes, il ressemblait à un professeur. Il avait choisi cette personnalité pour passer inaperçu au Bourbon Café et ainsi infiltrer le milieu des revendeurs de drogue.

Pierre Gauthier et François Pelletier s'étaient connus au début de leur carrière, dans un poste régional. Partenaires de patrouille au début, leur association s'était graduellement transformée en une solide amitié, et ils ne comptaient plus le nombre d'enquêtes auxquelles ils avaient travaillé ensemble.

Arrivés chez Pierre, ils commandèrent du poulet et mangèrent en silence. Les deux hommes étaient fatigués et Pierre était préoccupé par la nonchalance qu'il avait affichée pendant la descente. François le devina.

— Pierre, arrête de penser à ça!

— J'ai peut-être besoin de vacances, quelques semaines.

— Moi, je pense que c'est plus profond! répliqua sèchement François.

Il s'excusa de ne pouvoir lui être d'aucune aide et prit congé. Se retrouvant seul, Pierre réfléchit longuement à la question. «Peut-être que François a raison, pensa-t-il, les décharges d'adrénaline ne sont plus là!»

2

Le lendemain de la descente, Gauthier et Pelletier arrivèrent au bureau presque en même temps. Pelletier rejoignit Gauthier devant le distributeur de café. Après avoir fouillé dans ses poches, il demanda à son collègue :

— Aurais-tu cinquante cents ?

Gauthier prit un air faussement ennuyé. Il versa la moitié de son café dans une tasse et la tendit à Pelletier.

Déçu, Pelletier regarda sa tasse.

— Tu n'as jamais d'argent, dit Gauthier.

— Cinquante sous par jour pour mon amitié indéfectible, ce n'est pas beaucoup !

Gauthier sourit et se dirigea vers son bureau.

Quelques minutes plus tard, ils furent convoqués par leur capitaine, Robert Viens. Après les avoir félicités pour l'opération du Bourbon Café, il leur annonça que quelqu'un s'en venait les rencontrer. Il n'eut pas le temps d'en dire plus que le quelqu'un en question entra dans le bureau en coup de vent, sans même frapper. Il s'agissait de Gilbert Tanguay.

Gauthier et Pelletier se regardèrent, complices.

— Salut, Robert ! Tu leur as dit ? demanda Tanguay.

— Pas eu le temps! fit le capitaine.

Tanguay s'adressa aux deux enquêteurs en souriant.

— Messieurs, fit-il en sortant deux dossiers de sa mallette. J'ai un boulot à vous offrir.

Pelletier l'interrompit sur un ton ironique.

— Il paraît que la situation est explosive, chez vous?

Tanguay choisit d'ignorer les sarcasmes de Pelletier. Il ouvrit une chemise et lut à haute voix.

— Pelletier, François, divorcé, trente-six ans. Spécialiste de l'infiltration. Aime le danger. Rebelle. Indiscipliné...

— Indiscipliné... indiscipliné... fit Pelletier en s'allumant une cigarette juste devant une affiche interdisant de fumer. Ça dépend avec qui...

Tanguay ouvrit le deuxième dossier.

— Gauthier, Pierre, célibataire, quarante-deux ans. Sept cent vingt-trois dossiers traités. Haut taux de succès. Aime les méthodes peu orthodoxes. Ne respecte pas toujours les règles...

— As-tu le solde de mon compte en banque avec ça? demanda Gauthier. Ça va m'éviter de passer au guichet automatique.

— Douze mille quatre cent trente-deux dollars et huit cents! répondit Tanguay, du tac au tac. En date d'hier après-midi, seize heures!

Gauthier ne broncha pas. Impressionné, Pelletier le regarda par-dessus ses lunettes.

— Écoutez... On en a plein les bras au Crime organisé ces temps-ci et j'ai besoin de ressources supplémentaires...

Il fit une pause; Gauthier et Pelletier le regardaient sans aucune expression. Tanguay opta alors pour la provocation.

— De toute façon, vous devez en avoir assez de vous fendre en quatre pour arrêter des petits revendeurs de coins de rue...

Et en effet, l'orgueil des deux enquêteurs fut piqué au vif.

— Écoute, Tanguay, fit Gauthier. Ce n'est pas parce que tu enquêtes sur la pègre, que tu pousses un crayon à longueur de journée derrière un bureau et que tu n'as pas mis les pieds dans le champ depuis au moins dix ans que ça te donne le droit de nous insulter. Notre travail est aussi important que le tien !

Il fit un signe de tête à Pelletier et tous deux se dirigèrent vers la porte.

— Crois-tu qu'il va exploser ? murmura Pelletier, juste assez fort pour que Tanguay entende.

Peu habitué à voir des subalternes lui parler sur ce ton, Tanguay fit un effort surhumain pour garder son calme. Il lança un regard à Robert Viens, qui haussa les épaules de manière fataliste. Il referma sa mallette et un tic léger secoua sa joue gauche à trois ou quatre reprises. Il devait absolument pouvoir compter sur les deux « cow-boys » des Narcotiques dans son escouade ; il devait donc se résigner à leurs caractères. Il leur adressa son sourire du dimanche et les interpella.

— On enquête depuis plus de vingt ans sur Giuseppe Scarfo et sur la pègre montréalaise, mais on piétine. On m'a alloué un budget supplémentaire. J'ai besoin d'enquêteurs de votre trempe… Des gars efficaces, fonceurs, qui ne s'accrochent pas les pieds dans les fleurs du tapis.

— Combien ça paye ? demanda Pelletier, pince-sans-rire.

Tanguay le regarda d'un air qui voulait dire « pas un rond de plus ! » et il enchaîna.

— Je vous laisse quarante-huit heures pour me dire oui.

En sortant du bureau de Viens, il tendit une carte professionnelle à Gauthier.

— Venez me rencontrer en fin de semaine, au chalet ; on va discuter des détails…

Les deux enquêteurs retournèrent à leurs bureaux, situés côte à côte. Simultanément, comme si la scène avait été chorégraphiée, ils se calèrent dans leurs sièges, les mains derrière la tête et posèrent les pieds sur leurs bureaux.

Pendant un long moment, ils restèrent silencieux, à contempler leurs souliers.

François rompit finalement le silence.

— C'est vrai qu'on se fait beaucoup chier pour pas grand-chose !

— Peut-être que ça ferait changement des petits revendeurs de coins de rue.

— Douze mille dollars dans ton compte en banque ! ajouta François, incrédule. Moi, quand j'ai remboursé mon hypothèque, il ne me reste rien !

Perdu dans ses pensées, Pierre ne tint aucun compte de la remarque de François.

— Scarfo… Ça risque d'être intéressant comme défi.

François se leva d'un bond.

— Allons aux Archives consulter des dossiers. Qu'on sache mieux dans quoi on s'embarque. Tu viens ?

Pierre se leva et enfila lentement son veston, l'air songeur.

— Vas-y. Moi, j'ai une enquête à terminer au Bourbon Café.

François regarda son collègue d'un air contrarié.

— Bon… J'ai compris ! soupira François. C'est encore moi qui vais me taper le boulot !

* * *

Gauthier entra au Bourbon Café, réputé pour ses petits-déjeuners. La salle était inondée d'une lumière provenant des grandes baies vitrées, tamisée par un écran épais de plantes vertes. Un fond de musique classique créait une atmosphère de tranquillité.

« Quel contraste avec hier soir ! », pensa-t-il.

Il alla vers le propriétaire. Du coin de l'œil, il remarqua la jeune femme aperçue la veille. Installée au comptoir, à la même place, elle déjeunait en lisant le journal.

Méfiant, le propriétaire manifesta peu d'empressement à servir Gauthier, se doutant bien qu'il était là pour le questionner au sujet de la descente.

— Marcel, apporte-moi un allongé. Un vrai! Pas un café en poudre!

Marcel encaissa sans broncher cette allusion à la cocaïne et revint deux minutes plus tard avec le café.

— Il va falloir que tu fasses attention, dit Gauthier! On a rempli le panier à salade hier soir.

Marcel s'approcha de Gauthier, tout en continuant d'essuyer un verre.

— Qu'est-ce que tu veux que je fasse? Je ne peux toujours pas fouiller mes clients quand ils arrivent… Et de toute façon, c'est la même chose dans tous les bars de la rue!

— Tu devrais te tenir loin des motards. Depuis qu'ils ont mis les pieds dans la place, ce n'est plus des toilettes que tu as, c'est un supermarché! Ce serait dommage que tu perdes ton permis d'alcool et qu'on doive fermer ton établissement… Je commence à le trouver sympathique.

Tout en parlant avec Marcel, il vit que la jeune femme avait remarqué sa présence. Il apporta sa tasse et alla s'asseoir près d'elle.

— Bonjour! fit-il en lui tendant la main. Je m'appelle Pierre Gauthier. Et vous?

— C'est un interrogatoire? répondit-elle en jetant un coup d'œil sur la main tendue.

— En quelque sorte, répondit Pierre. Nom, prénom, âge, profession.

— Lacroix, Gabrielle, trente-deux ans, designer industrielle, débita la jeune femme.

— Je ne mêle habituellement pas le plaisir et le travail, mais l'odeur de votre parfum ne me quitte plus depuis hier soir.

— Essayez de faire mieux! Je suis habituée de me faire chanter la pomme… Mon fiancé était passé maître dans le domaine.

Gauthier décoda le «était». Il poursuivit.

— J'aimerais vous inviter à souper…

— Je ne baise jamais avec les inconnus rencontrés dans un bar !

— Mais qui vous parle de baiser ? Pourquoi un homme ne peut-il pas complimenter une femme de nos jours, ou l'inviter à souper, sans que ça fasse toute une histoire ? !

— Je vois ça d'ici, sortir avec un flic célibataire de quarante ans…

— Qui vous dit que je suis célibataire ?…

— Il ne manquerait plus que ça ! Que vous soyez marié ! fit Gabrielle en déposant sa tasse d'un geste vif… J'imagine vos tiroirs : les bas et les t-shirts classés par couleurs. Les souliers bien alignés dans la garde-robe. Typique des flics célibataires. L'incarnation du Prince charmant pour la pauvre Cendrillon que je suis.

Plus elle se montrait cynique et plus Pierre la trouvait à son goût ; plus il la désirait. En fait, il n'avait pas connu cette sensation depuis… Il renonça à se rappeler. Ça faisait trop longtemps.

Gabrielle fouilla dans son sac et en tira un billet de cinq dollars qu'elle mit sur le comptoir. Pierre consulta sa montre en pensant à François qui devait être en train d'éplucher des dossiers.

— C'est vrai que je suis célibataire et que mes bas sont rangés par couleurs, mais pour ce qui est du reste…

Gabrielle se leva en souriant.

— Bonne journée ! fit-elle avant de se diriger vers la sortie.

Gauthier resta planté là, décontenancé. Il profita du miroir situé derrière le bar pour contempler les jambes merveilleusement longues et fines de la jeune femme. Le propriétaire s'adressa à lui.

— Que ferais-tu à ma place, Gauthier ? demanda Marcel, avec un air empreint de sincérité.

Gauthier, les idées ailleurs, laissa tomber une pièce de deux dollars sur le comptoir. Il humait le parfum de Gabrielle, dont les effluves persistaient. Il ne savait pas comment ni quand, mais il vaincrait ses résistances.

— Dans le fond, Marcel, je m'en fous complètement! C'est ton problème.

3

Le samedi midi, Gauthier et Pelletier débarquèrent chez Tanguay. Ils trouvèrent celui-ci dans le garage. Vêtu d'une salopette de mécanicien, les mains et le visage enduits de cambouis, il rafistolait une vieille auto sport. C'était son hobby : il achetait de vieilles autos et les remettait à neuf avant de les revendre.

En entrant, François siffla d'admiration. Sans même dire bonjour à Tanguay, sans même s'occuper de sa main tendue, il se dirigea vers le capot ouvert et s'y enfouit la tête. Tanguay leur offrit une bière ; Pierre accepta pour les deux.

— Euh… François ! fit Tanguay en s'en allant au chalet. Surtout, ne touche à rien !

Lorsqu'il revint avec les bières, il vit François, une clé à molette à la main, qui s'apprêtait à tourner un écrou. Il lui remit aussitôt sa bière, en profitant pour lui enlever l'outil des mains et le ranger dans le coffre.

— J'aimerais mieux que tu ne touches pas à ça. C'est fragile, ces petites choses !

Pierre commença à bombarder Tanguay de questions : Quels seraient les moyens mis à leur disposition ? Quel soutien leur accorderait-on ? Leur donnerait-on carte blanche ? Dans quelles limites devraient-ils respecter la légalité ?

François sortit la tête du capot.

— On en a plutôt marre d'arrêter des bandits et de les retrouver dans la rue trois mois plus tard !

— Alors on a une base commune, répliqua Tanguay.

Du coin de l'œil, le directeur-mécanicien continua de surveiller François. Nerveux, ne se souvenant pas que celui-ci était un expert en mécanique — c'était pourtant consigné dans son dossier —, il lui demanda à quelques reprises de ne pas toucher à ceci ou à cela. Exaspéré par la méfiance de son nouveau patron, François s'essuya les mains et se joignit à la conversation.

— J'espère que tu vas nous faire un peu plus confiance pendant les enquêtes ! maugréa-t-il.

Ignorant la remarque, Tanguay procéda à une inspection rapide du moteur pour s'assurer que François n'avait rien déplacé. Pierre revint à la charge avec ses questions.

— Les gars, pas si vite ! s'impatienta Tanguay. On va apprendre à se connaître. Et on va apprendre à fonctionner dans le cadre de nos limites respectives. Moi, j'ai des contraintes de plusieurs ordres, dont des contraintes budgétaires.

Pierre et François comprirent qu'ils devraient se contenter de cela pour l'instant.

— Et pour l'explosion de ton auto… commença Pierre.

— J'ai déjà mis quelqu'un sur l'enquête ! trancha Tanguay.

Tout en terminant leurs bières, ils discutèrent du statut de François. Celui-ci ne se présenterait pas aux bureaux ; pour des raisons stratégiques, seuls Gauthier et Tanguay seraient au courant de son rôle. Tanguay leur annonça alors qu'il soupçonnait des fuites en provenance de son escouade. Depuis quelques mois, trop d'enquêtes s'étaient soldées par un échec.

Pierre regarda François.

— O.K. Moi, ça me convient, fit François.

Il se tourna ensuite vers Tanguay.

— ... mais je ne veux pas me faire dire dans deux mois qu'on doit tout arrêter parce que c'est trop gros!

Tanguay hocha la tête pour le rassurer. Pierre poursuivit.

— Ce ne sera peut-être pas très propre, mais on va te l'amener, ton Scarfo!

En retournant à l'auto de Pierre, les deux nouveaux enquêteurs du Crime organisé commencèrent à discuter stratégie. Déjà, leurs cerveaux avaient oublié les «petits revendeurs de coins de rue» pour se concentrer sur le gros gibier que représentait Giuseppe Scarfo, le Parrain de la mafia montréalaise.

* * *

Le lundi suivant, le caporal Gauthier fit son entrée dans les locaux de l'Escouade du crime organisé. Il se présenta à Mado, une quinquagénaire dynamique qui présidait à la réception. Elle lui souhaita la bienvenue et l'accompagna à son nouveau bureau.

Pierre posa sa mallette sur le bureau que Mado lui avait assigné. Son voisin de droite, un homme de cinquante ans, bedonnant, conversait au téléphone devant un bureau tellement encombré de dossiers qu'il y avait à peine assez d'espace pour une tasse de café. Gauthier devina qu'il parlait à son ex-épouse.

— Écoute, Nicole, il me semble que je fais ma part, non?

— ...

— Ce n'est pas ça, le problème. Il a dix-sept ans. Moi, quand j'avais son âge, j'avais deux emplois.

— ...

— Mais qu'est-ce qu'il fait de son argent? Avec ce que je paie comme pension alimentaire, il va être en mesure de prendre sa retraite à trente ans!

— ...

— Non non! Pas question qu'on revienne là-dessus...

— ...

— Nicole! Nicole?

Lemire raccrocha le combiné d'un geste rageur. Presque aussi rageusement, il commença à mâcher sa gomme.

Pierre s'approcha et lui tendit la main.

— Georges Lemire? Pierre Gauthier.

Lemire se leva.

— Bonjour, caporal Gauthier! Heureux de vous voir parmi nous!

— Pierre, ça ira! fit Gauthier en souriant.

Lemire interpella une collègue qui passait à proximité. C'était une belle femme d'environ trente-cinq ans, grande, assez costaude, avec de longs cheveux châtains et un sourire engageant. Elle était vêtue d'un tailleur très classique, un peu démodé.

— Michelle! Je te présente Pierre Gauthier. Michelle Vallières, célibataire… précisa Lemire avec un large sourire.

Pierre trouva la remarque drôle.

— Georges! Vraiment! fit Michelle en serrant la main de Gauthier.

— Alors, comme ça, vous… tu en avais assez des Narcotiques… fit Lemire.

— C'est un peu ça, oui. C'est toi le doyen, ici, non?

Michelle ne put laisser passer l'occasion de prendre sa revanche.

— C'est une façon polie de te dire que tu es vieux!

Pierre sourit, décelant la complicité qui s'était établie entre ces deux policiers au cours des années. Georges Lemire, l'enquêteur chevronné qui n'était plus qu'à quelques années d'une retraite bien méritée, et Michelle Vallières, promise à un brillant avenir au sein de la Sûreté.

Un journal et un crayon à la main, un enquêteur sortit des toilettes en chantant un air d'opéra. Bel homme, trapu, ses yeux perçants étaient aussi noirs que ses cheveux. Lemire l'interpella.

— Tom! Je te présente Pierre Gauthier, notre nouveau caporal. Thomas Celano. De parents siciliens… Tom connaît tous les membres de la mafia par leurs petits noms!

Au premier regard, une antipathie s'installa entre Gauthier et Celano. Ils se serrèrent la main sans conviction.

Un autre enquêteur, vêtu de façon élégante, sortit des toilettes d'un pas rapide et arracha le journal des mains de Celano.

— Tom, quand tu voudras lire le journal, tu t'en achèteras un! fulmina-t-il. Tu le sais que je déteste ça quand tu commences mes mots croisés!

Celano plaça en souriant son crayon sur son oreille et s'en retourna dans son bureau.

— Lui, c'est Guy Boisvert, le Casanova et la soupe au lait de l'escouade. Pierre Gauthier, notre nouveau caporal…

Boisvert tendit une main moite. Gauthier la serra et se retint pour ne pas l'essuyer ensuite.

— C'est vrai que Georges, lui, il est parfait! ironisa-t-il. Il n'a aucun défaut. C'est notre exemple à tous, ici! L'employé du mois depuis vingt ans!

Puis, en s'éloignant vers son bureau:

— Saint Georges, priez pour nous!

Ces sarcasmes n'eurent pas l'heur de plaire à Lemire, qui planta un regard assassin entre les omoplates de Boisvert jusqu'à ce qu'il soit assis à son bureau.

Mado vint aviser Michelle de ne pas oublier son rendez-vous de l'après-midi au palais de justice. Puis, elle alla remettre une pile de messages à Boisvert et le gronda parce qu'il n'avait pas donné suite à ceux de la veille. Michelle s'excusa auprès de Georges et de Pierre.

— Une chance qu'on l'a, elle, j'avais complètement oublié. Je dois aller terminer mon rapport.

Pierre perçut une étincelle dans le regard de Michelle. Dans ce cas-ci, et même s'il ne l'avait pas provoqué, «l'effet Gauthier» semblait avoir fait son œuvre.

— S'il y a une personne que tu ne dois pas te mettre à dos dans ce bureau, c'est Mado. Elle est au courant de tout et il y a même des jours où on a l'impression que c'est elle, la patronne… Un café, Pierre?

Gauthier suivit Lemire jusqu'au distributeur de café. Celui-ci déposa deux pièces de vingt-cinq cents dans la fente de la machine et invita Gauthier à sélectionner son mélange.

— Le premier, je te le paye, mais il ne faudra pas en prendre l'habitude! fit Lemire en déposant deux autres pièces dans la machine.

Au même moment, Tanguay fit son entrée en coup de vent et prit ses messages à la réception.

— Bonjour tout le monde! Réunion dans cinq minutes dans la salle de conférences! lança-t-il tout en déverrouillant la porte de son bureau.

— C'est quel genre de patron, Tanguay? demanda Pierre.

Lemire sourit en brassant son café.

— Disons qu'il est du genre prévisible. Chaque matin, il entre dans son bureau, il dépose sa mallette, il monte les stores, il déverrouille son classeur…

À la fois amusé et fasciné, Pierre observa Tanguay. Celui-ci posait exactement les gestes que Lemire décrivait, même si la scène se déroulait dans son dos.

Georges prit une gorgée de café.

— … il enlève son veston, l'accroche, desserre son nœud de cravate, défait son col, relève ses manches de chemise, puis vient se préparer un café.

Quand il s'approcha d'eux, Gauthier eut du mal à garder son sérieux. Tanguay le regarda d'un air méfiant, se demandant si ses deux enquêteurs n'étaient pas en train de se payer sa tête.

— Je suis content de voir que ton arrivée a lieu dans la joie! ironisa Tanguay.

* * *

François était assis à la table de la cuisine. Devant lui, une cafetière à moitié vide, un cendrier débordant de mégots et une pile de documents. Il se familiarisait avec les dossiers de Roger Perreault et de son entourage.

Perreault était un restaurateur de Pointe-Saint-Charles bien connu pour ses activités dans le domaine du prêt usuraire. On le soupçonnait aussi d'être la courroie de transmission entre les motards et la pègre. François vit une note dans le dossier, selon laquelle Pierre Gauthier, un enquêteur aux Narcotiques, l'avait arrêté quelques années plus tôt.

François referma le dossier. Il s'alluma une cigarette et réfléchit à la meilleure façon d'infiltrer l'entourage du restaurateur. Il adorait cette partie de son travail qui consistait à tout savoir à propos des personnes sur lesquelles il devait enquêter : leurs antécédents, leurs points forts, leurs points faibles, leurs habitudes, leurs relations. Quand il était sûr de les connaître suffisamment, un peu à la manière d'un dramaturge, il inventait le personnage le plus crédible pour s'immiscer dans le milieu ciblé.

Le restaurant de Perreault, nommé Chez Ginette en l'honneur de sa femme, n'était qu'une couverture pour blanchir de l'argent. Perreault était un caïd. Issu d'un milieu défavorisé, peu instruit, il s'était taillé une place au soleil à la force de ses bras. Il était aimé et respecté dans son quartier. Certaines mauvaises langues lui prêtant des liens avec la mafia et d'autres prétendant qu'il s'adonnait au prêt usuraire et au trafic de drogue, Perreault avait su comment les faire taire. D'un naturel débonnaire et généreux, il n'hésitait jamais à sortir de l'argent de sa poche pour venir en aide à des gens du quartier dans le besoin. Il était secondé dans ses activités par Dave Lambert, un truand sans envergure pas toujours très efficace, vêtu de cuir noir de la tête aux pieds, adepte d'automobiles à gros moteur et de femmes à gros seins.

Pour le reste, François devait se faire connaître dans le quartier, et d'abord s'y trouver un appartement. Dans ce cas-ci, il possédait un avantage qui lui permettrait d'économiser de nombreuses heures de préparation. François monta à sa chambre. Il fouilla dans sa garde-robe et en ressortit de vieux vêtements, rangés dans une malle. Après s'être changé, il se posta devant un grand miroir et prit des poses, parla à un interlocuteur imaginaire.

— Bonjour! Je me cherche un appartement dans le coin…

Pendant plusieurs minutes, il répéta ainsi des phrases, essayant diverses intonations. Il défit ses cheveux et les replaça différemment. La métamorphose fut totale. Le miroir lui renvoya l'image d'un dur à cuire avec ses bottes de cow-boy, son jeans usé et percé à un genou, son t-shirt graisseux et son blouson de cuir élimé.

Bien des années plus tôt, il avait infiltré un gang de motards. L'opération avait finalement avorté, mais sa couverture n'avait pas été «brûlée». Depuis, il avait utilisé cette identité à plusieurs reprises, histoire de garder contact avec ce milieu. Il allait donc redevenir François Gagnon à temps plein. Pas de nouvelle identité à forger, pas de nouveau rôle à apprendre. Ainsi vêtu, François redescendit à la cuisine et rouvrit ses dossiers. Le fait de se mettre dans la peau de Gagnon l'aiderait à élaborer une stratégie.

* * *

Tout le personnel de l'escouade s'entassa dans une salle exiguë. Tanguay ferma l'interrupteur et une série de diapositives furent projetées sur le mur. Il s'agissait de récapituler, pour la gouverne de Gauthier, les différentes enquêtes en cours sur la mafia.

— Giuseppe Scarfo, le Parrain de la mafia montréalaise! tonna Tanguay.

Il se lança dans une tirade sur Scarfo. On sentait nettement le ressentiment dans sa voix. Il se leva et marcha de long en large, sa silhouette massive passant et repassant sur le visage plus grand que nature du Parrain.

— Je fais personnellement graver une médaille pour celui qui m'amène sa tête sur un plateau! enchaîna Tanguay en regardant Gauthier. Ça fait assez longtemps que ça dure!

Pendant plusieurs secondes, on n'entendit que le claquement de la bouche de Lemire qui mâchait sa gomme avec une belle ferveur. Tanguay le fusilla du regard avant de reprendre son exposé.

— L'année dernière seulement, on estime que la Famille Scarfo a fait un chiffre d'affaires de l'ordre de deux milliards de dollars: prostitution, prêt usuraire, jeu illégal, commerce de drogue, protection… Sans oublier le vol d'automobiles et autres peccadilles du genre. En vingt ans de travail acharné, on a réussi à coincer Scarfo à deux reprises… et pour des délits mineurs, pour lesquels il a été condamné à un grand total de huit jours de prison.

— Penses-tu que c'est lui qui a fait sauter ton automobile, Gilbert? demanda une voix.

— Si c'est quelqu'un de sa Famille qui a posé la bombe, on va le faire payer! affirma une autre voix.

Tanguay remit le projecteur en marche; quantité d'autres visages de mafiosi défilèrent, accompagnés de photographies de lieux.

— Marco D'Ascola. Le *consigliere* du Parrain. Fidèle compagnon de route de Scarfo depuis plus d'une trentaine d'années, originaire du même village de Sicile que les parents de Scarfo. Il est gérant de l'abattoir Pandico et Fils, propriété de Scarfo. L'entreprise fonctionne bien, mais on a de bonnes raisons de croire qu'elle sert de couverture pour certaines de leurs activités. Comme Scarfo, il aime bien voir en lui-même un «homme d'honneur» dans la pure tradition de la mafia sicilienne.

— Frank Vastelli. *Capo*. Propriétaire d'un bar qui porte son nom et d'un autre bar, clandestin celui-là, connu dans le milieu sous le nom du «Casino». C'est Vastelli qui gère tout ce qui concerne le jeu illégal. Scarfo passe beaucoup de temps au bar de Vastelli et y tient des réunions à l'occasion.

— Angelo Bogliozzi. *Capo*. Le malade de la famille; l'ancien boxeur qui garde toujours un bâton de baseball dans son auto et qui n'attend que l'occasion de taper sur quelqu'un. Il est chargé de la prostitution et des salons de massage. Lui, il est extrêmement violent et dangereux. Ça ne veut pas dire qu'il soit stupide. Quand on reçoit le statut de *capo,* c'est parce qu'on rapporte beaucoup à la Famille.

— Gino Favara. *Capo.* Le financier de l'organisation ; celui qui met en place les mécanismes pour blanchir l'argent. Favara est un petit futé. Il travaille dans l'ombre. C'est pour ça qu'on possède peu d'informations vérifiées à son sujet. On sait toutefois qu'il s'occupe de projets visant à diversifier les activités de la Famille. C'est le mafioso nouvelle vague, qui sait utiliser la technologie et qui fait des affaires partout dans le monde.

— Ronnie Dante. Le bras droit de Favara. Un bon soldat, sans plus. Du genre à se faire couper un bras si Favara le lui demandait.

— Vincenzo Spadollini. Un des meilleurs soldats de la Famille. Étant donné que Scarfo l'aime comme un fils, on croit qu'il est promis à un bel avenir au sein de la *Famiglia.*

Un à un, les enquêteurs présentèrent un résumé des enquêtes dont ils avaient la responsabilité, permettant ainsi à Gauthier d'en apprendre autant sur ses nouveaux collègues et leurs méthodes de travail que sur les activités de la Famille. Il interrompit les exposés à quelques reprises pour poser des questions judicieuses, voire insidieuses, démontrant qu'il avait déjà une bonne connaissance des dossiers.

Assis dans son coin, Gilbert Tanguay souriait d'aise. Aucun doute dans son esprit, Gauthier allait donner un nouvel élan aux enquêtes...

* * *

À la fin de la journée de travail, le personnel de l'escouade se retrouva au bar Paradiso. Situé tout près du quartier général de la Sûreté nationale, le Paradiso avait une clientèle composée en majorité de policiers.

L'atmosphère était à la détente. Très rapidement, Gauthier se retrouva en grande conversation avec Jérôme Couture, l'analyste en informatique, et Michelle Vallières, qui le dévorait des yeux. À quelques pas du groupe, accoudé au comptoir, Georges Lemire, plutôt taciturne, mâchait sa gomme tout en fixant les bulles dans sa bière. Mine de rien, il écoutait Guy Boisvert déployer son charme pour convaincre une jeune secrétaire d'aller passer la fin de semaine à son chalet, sa femme étant partie pour quelques jours avec les enfants.

Depuis son divorce, survenu après avoir découvert que sa femme le trompait avec son frère, Lemire honnissait l'adultère. Lorsqu'il était commis par un type comme Boisvert, un père de deux enfants qui trompait sa femme au vu et au su de tout le monde, ça le faisait bouillir.

Georges Lemire était un flic de la vieille école qui attendait avec impatience l'heure de la retraite. Réfractaire aux ordinateurs, il négligeait les tâches administratives. Il ne respectait pas toujours les règles établies et il utilisait parfois des méthodes d'une autre époque. Dans son esprit, la fin justifiait les moyens.

Au cours de la dernière année, plusieurs opérations de la Sûreté nationale avaient échoué. Tout le monde soupçonnait tout le monde d'être une taupe et un climat de méfiance s'était installé parmi les enquêteurs.

Pas plus tard que la semaine précédente, sur la foi d'informations « solides » recueillies par Boisvert, Lemire s'était vu confier par Tanguay l'organisation d'une descente au local des Messengers, où devait s'effectuer une grosse transaction de drogue. Il avait monté l'opération comme une véritable manœuvre militaire : escouade tactique, bulldozer pour enfoncer la clôture, chiens flaireurs et paniers à salade. Et tout cela pour quoi ? Pour tomber sur trois individus à l'air angélique, jouant tranquillement aux cartes en sirotant une bière.

De toute évidence, les motards avaient été prévenus. Et comble de moquerie, ils avaient fait le grand ménage de leur local pour mieux recevoir la visite des policiers... pendant qu'à quelques kilomètres de là, les Messengers et Roger Perreault procédaient à leur transaction en toute impunité. Naturellement, les motards avaient pris soin d'aviser Bertrand Fournel, qui ne s'était pas gêné pour ridiculiser la Sûreté nationale dans l'édition suivante de son journal. Humilié, Lemire s'était fait passer un savon par Gilbert Tanguay.

À force de harceler la secrétaire, Boisvert obtint son assentiment. Fier de sa conquête, il reprit sa place au comptoir, pas très loin de Lemire. Celui-ci le regarda du coin de l'œil. Il dut reconnaître que Guy Boisvert paraissait bien. Quarante-cinq ans, les tempes grisonnantes et la moustache finement taillée, toujours vêtu de façon élégante... « C'est vrai, il n'a pas de pension alimentaire à payer, lui ! » pensa Lemire. Raison de plus pour le détester.

— Tu devrais passer moins de temps avec les femmes et faire ton travail comme il faut ! ne put-il s'empêcher de lui lancer. On ferait moins rire de nous !

Insulté, Boisvert se leva.

— Qu'est-ce que tu veux insinuer, Lemire ?! demanda-t-il.

— Moi, les informations que je reçois, je prends la peine de les vérifier ! répondit Lemire sèchement.

Le ton monta rapidement entre les deux enquêteurs et dégénéra en engueulade. Celano et Gauthier les séparèrent avant qu'ils en viennent aux coups.

Quand les esprits se furent calmés un peu et que la majorité des enquêteurs furent partis, Gauthier resta à bavarder avec Marc Larose, une recrue de l'Escouade des narcotiques à l'avenir prometteur. Il avoua à Gauthier sa peine de les voir partir, lui et Pelletier.

— Travailler avec François, c'est la meilleure école que puisse souhaiter un futur agent double...

Gauthier haussa un sourcil. Le jeune enquêteur avait eu l'occasion de collaborer avec François à quelques reprises, mais c'était la première fois qu'il manifestait cette ambition.

— Le Crime organisé, ça t'intéresserait ?... demanda-t-il.

Les yeux du jeune agent pétillèrent.

— Aussitôt que j'en aurai la chance, je vais aller te chercher, lui promit Gauthier.

Assis en retrait dans un coin de la salle, le journaliste Fournel vint se joindre à Gauthier. Marc Larose, incapable de cacher son excitation à l'idée de suivre Pelletier au Crime organisé, disparut. Gauthier resta seul au bar avec Fournel.

— Ça joue dur au Crime organisé…

— Qu'est-ce que tu veux dire ?

— Tu viens à peine d'arriver et la zizanie s'est déjà installée !

— Bertrand, tu devrais travailler de temps en temps au lieu de traîner dans les bars.

Bertrand Fournel, un quadragénaire de taille moyenne, avait la physionomie d'un rat. Avec le temps, il avait appris à assumer celle-ci et avait même mis à profit l'ingratitude de la nature à son égard en se faufilant partout sans être remarqué. Il portait des complets élimés tellement fripés qu'on avait l'impression qu'il les gardait pour dormir.

Fournel avait ses entrées partout, glanant des informations à gauche et à droite, aussi bien dans la mafia qu'à la Sûreté nationale. Dans le milieu des journaux à sensation, c'était une vedette. Ses articles étaient lus par plus d'une centaine de milliers de personnes chaque semaine. Bien qu'il ne fût pas du genre à s'embarrasser de scrupules, il avait un minimum de conscience professionnelle et il vérifiait — même si c'était parfois très sommairement — la provenance de ses informations. Ainsi, ses articles étaient généralement assez véridiques, quoique rédigés dans le style du journal.

— Tu vas continuer de m'aider, j'espère… demanda-t-il à Gauthier.

— Ça dépend de toi. Tant que tu me renvoies l'ascenseur à l'occasion…

— Tu me paies une bière ?

Gauthier leva les yeux au ciel et fit un signe à la serveuse. Depuis qu'il connaissait Fournel, il ne se souvenait pas que celui-ci ait jamais payé ses consommations.

— Qu'est-ce que tu penses de ça, toi, l'explosion de l'auto de Gilbert Tanguay ? demanda Pierre.

— Ce n'est pas clair du tout, cette affaire-là !

— Penses-tu que c'est la mafia ?

— J'en doute. Ils semblent avoir été aussi surpris que tout le monde. Je crois d'ailleurs qu'ils font une enquête de leur côté... Si jamais c'est quelqu'un de la mafia, l'ordre n'est sûrement pas venu d'en haut.

Gauthier esquissa un sourire mystérieux. Il termina son verre et prit congé de Fournel, le laissant seul avec la bière qu'on venait de lui apporter.

4

François arpentait quotidiennement les alentours de Chez Ginette, le restaurant de Roger Perreault. Il s'y arrêtait de temps à autre pour prendre un café, en profitant pour reconnaître les lieux et se fondre dans le décor.

Le restaurant étant peu fréquenté, il eut l'occasion d'avoir quelques conversations avec le serveur, Christian. Roger Perreault venait faire son tour plusieurs fois par jour, parfois seul, parfois accompagné de Dave Lambert, son homme de main. La table du patron, réservée en permanence, était située devant la vitrine. À voir Perreault et Lambert ensemble, il constata que les informations contenues dans le dossier étaient vraies : Lambert était un petit voyou vivant dans l'ombre du restaurateur. Pour paraître plus impressionnant, il s'habillait de cuir et portait des bottes à talons surélevés. Perreault, qui était conscient des lacunes de Lambert, le gardait à son service plus par générosité que pour son efficacité. Cela cadrait bien avec le personnage de Roger-au-grand-cœur, toujours prêt à aider sa communauté. François eut d'ailleurs une preuve supplémentaire de ce trait de caractère.

Un jeune garçon entra dans le restaurant et alla à la table du patron pour lui offrir du chocolat. Lambert voulut le chasser, mais Perreault l'en empêcha.

— Salut, Mathieu! Comment va ton père?

Le garçon baissa la tête et expliqua à sa manière qu'une maladie respiratoire chronique l'empêcherait de travailler à tout jamais. Cela sembla navrer Perreault.

— Tu les vends combien, tes barres de chocolat?

— Un dollar chaque! répondit le garçon.

Perreault regarda dans la boîte et fit un décompte rapide. Il sortit une liasse d'argent de sa poche et laissa tomber un billet de vingt dollars sur le coin de la table.

— Tiens! Je te les achète toutes!

Le garçon prit le billet en écarquillant les yeux et se rua vers la porte.

— N'oublie pas de saluer ton père de ma part! lui cria Perreault.

— Tu es trop généreux, Roger... fit Lambert sur un ton moralisateur. Ça va finir par te jouer des tours!

François, qui sortait du restaurant à ce moment, n'entendit pas la réplique de Perreault. Un plan germait déjà dans son cerveau.

* * *

François visita plusieurs appartements dans le quartier, mais aucun ne faisait l'affaire. Certains étaient mal situés, d'autres se seraient transformés en piège à rats en cas de grabuge. Après plusieurs jours de recherches, Christian lui parla d'un semi-meublé libre dans l'édifice en face. François s'empressa d'aller le voir. Pelletier eût jugé l'endroit déprimant avec ses murs sombres et son manque d'ensoleillement, mais Gagnon le trouva à son goût, sans compter que le loyer incluait l'utilisation d'un garage dans la ruelle. Il inspecta l'appartement et le garage, gravant la configuration des lieux dans sa mémoire, s'assurant qu'il y avait plus d'une issue. Malgré quelques inconvénients, il le loua ; l'endroit était un poste d'observation idéal.

Le soir même, aidé de Benoît Landry, il déménagea ses affaires : un ramassis de meubles désassortis, quelques vêtements, un téléviseur à écran géant, une chaîne stéréo, un appareil de climatisation, trois livres sur la mécanique, une cafetière et quelques boîtes.

Aussitôt la camionnette déchargée, François vida ses boîtes et plaça ses meubles, tandis que Landry, seul au salon, installa avec minutie téléviseur, chaîne stéréo, magnétoscope, climatiseur et console de jeux.

Quand François eut terminé, il apporta une bière à Landry.

— Alors ? demanda-t-il.

Landry lui fit signe de patienter deux minutes. Il remit en position le panneau du climatiseur et vint allumer le téléviseur. La façade de Chez Ginette apparut à l'écran. Landry prit la manette de contrôle de la console et montra à François comment actionner la caméra cachée dans le climatiseur.

— Ultrasensible, fit Landry. Même la nuit, tu y verras quasiment comme en plein jour.

Il lui apprit ensuite à faire fonctionner le petit magnétoscope lié à la caméra et camouflé à l'intérieur de la console de jeux. Impressionné, François prit la manette à son tour et fit effectuer quelques mouvements à la caméra.

Landry avala sa bière en vitesse et remballa ses outils.

— Alors, on se voit au tennis jeudi ? demanda-t-il.

— J'ai bien peur que ma saison soit terminée, répondit François.

Landry sembla contrarié. Il s'arrêta sur le pas de la porte et lui lança un clin d'œil.

— J'espère que tu seras meilleur au Nintendo qu'au tennis…

* * *

François continua de s'amuser avec la manette de contrôle, se remémorant les circonstances de sa rencontre avec Benoît, peu de temps après son arrivée à l'Escouade des narcotiques.

Récemment divorcé, François passait ses soirées à s'initier aux ordinateurs. Quand il éprouvait des problèmes, il consultait Landry, le crack de la Sûreté nationale pour tout ce qui touchait à l'électronique et à l'informatique. Petit mais costaud, portant des lunettes épaisses, perdu dans son monde de micro-processeurs et de circuits imprimés, Landry était un solitaire qui ne parlait à personne, sauf lorsqu'il y était obligé. Il fit une exception pour François, en qui il reconnut une intelligence supérieure, et les deux devinrent amis.

François sourit en se rappelant la cuite qu'ils avaient prise ensemble dans un bar du centre-ville. Benoît lui avait juré qu'il pouvait entrer n'importe où, qu'aucun système de sécurité ne pouvait lui résister. L'agent double l'avait alors mis au défi de neutraliser une alarme en sa présence. À leur sortie du bar, ils s'étaient arrêtés devant la porte d'une bijouterie.

— Tu n'es pas capable! avait-il affirmé.

Le jugement et les gestes altérés par l'alcool, Benoît avait entrepris de crocheter la serrure avec des outils de fortune. Naturellement, cela avait déclenché l'alarme. Les deux compères avaient dû détaler, évitant de justesse de se faire coincer dans une ruelle par une auto-patrouille.

Le lendemain, affligé d'une gueule de bois, François s'était excusé de l'avoir entraîné dans une aventure qui aurait pu leur coûter cher.

— De toute façon, François, j'en ai marre de la Sûreté, avait répondu Landry.

Trois semaines plus tard, il démissionnait de ses fonctions et se lançait à son compte, expliquant à François qu'il en avait assez des contraintes budgétaires et d'un salaire indigne de ses talents. Il y avait beaucoup plus d'argent à gagner dans le secteur privé… et la Sûreté payait mieux ses contractuels que ses employés.

Rapidement, Landry se fit connaître, au point de devenir une sommité nationale en espionnage industriel. Grassement rémunéré pour prononcer des conférences partout dans le pays, il se rendit compte que l'action lui manquait. Il choisit alors de rentrer dans l'ombre, se contentant d'effectuer des contrats très lucratifs pour de grandes entreprises, pour la Sûreté nationale et même pour la pègre. Ignorant les scrupules, il lui arriva à plusieurs reprises de se faire payer par un client, une journée, afin de neutraliser un système de surveillance qu'il avait lui-même installé la veille pour le compte d'un autre.

Toujours célibataire, plus renfermé que jamais, Landry avait emménagé dans un loft-atelier. Il avait une seule passion en dehors de son travail : le tennis, auquel il s'adonnait un soir par semaine avec François. Il lui arrivait de parler à François de ses dernières inventions, mais de son travail, jamais. C'était là une de ses règles d'or… et une des raisons qui faisaient de Landry un intouchable. Non seulement il était le meilleur, mais tout le monde connaissait son mutisme et sa discrétion absolue.

* * *

François Pelletier, alias François Gagnon, alla prendre livraison de sa vieille Harley-Davidson fraîchement repeinte. En franchissant la porte de l'atelier, il prit une grande inspiration pour s'imprégner de ce mélange typique d'odeurs d'huile et de peinture. Les murs étaient recouverts de pièces de rechange, de tubes de chrome et de calendriers de femmes nues. Quelques employés s'affairaient à démonter ou à remonter des motos : toutes des Harley-Davidson. Il en admira quelques-unes de plus près, essayant de deviner la personnalité de son propriétaire d'après la décoration. Certaines, qui valaient une petite fortune, ressemblaient à des objets de musée. Un des mécaniciens lui lança un regard méchant qui voulait dire « pas touche ! »

François repéra sa moto. Ce n'était pas la plus belle, mais c'était la sienne. Il l'enfourcha et plaça ses mains sur le guidon, ressentant l'excitation qui accompagnait le début des nouvelles missions. Et cette fois, l'excitation fut encore plus forte, à la hauteur du défi qui l'attendait.

Le propriétaire de l'atelier — qu'on appelait l'Indien — s'approcha de lui. Ce surnom, hérité de son apparence plutôt que de son origine, convenait parfaitement à cette masse de muscles en camisole. Sur son biceps droit était tatoué un couteau à la lame ensanglantée. Un bandeau rouge vif ceignait son front, cachant en partie une large cicatrice et retenant sa longue chevelure noire ; de petits yeux noirs pénétrants lui donnaient un air amérindien.

— Tu pourrais attendre que la peinture ait fini de sécher, Gagnon !

François serra sa grande main huileuse.

— Beau travail, l'Indien !

— Qu'est-ce que tu deviens ? demanda-t-il. On ne te voit plus…

— J'évite les problèmes et je répare des motos dans mon garage… répondit François.

L'Indien fronça à peine les sourcils.

— … mais seulement des japonaises. Les autres, je te les envoie.

L'Indien sourit ; il tendit la facture à François, qui l'examina.

— C'est beau ! fit-il. J'attends un chèque. Je peux revenir te payer demain ?

L'Indien répondit en lui tendant sa clé. Mine de rien, François venait de passer un test avec succès ; son nom était encore bon dans le milieu.

L'Indien le regarda partir.

« Toujours aussi bizarre, ce Gagnon », pensa-t-il.

* * *

Gauthier voulait tirer au clair l'explosion de l'automobile de Tanguay. Il se rendit chez Benoît Landry. Après avoir emprunté le monte-charge qui le conduisit au septième étage d'un édifice industriel, il se retrouva devant une porte en métal. Il chercha en vain le bouton de la sonnette. Une voix retentit dans un petit haut-parleur situé au-dessus de la porte, suivie d'un ronronnement électronique.

— Entre, Gauthier, c'est ouvert!

Gauthier poussa la lourde porte et pénétra dans un autre univers. L'immense pièce était divisée en deux sections: à gauche, l'appartement; à droite, l'atelier. De toute évidence, l'atelier avait débordé dans l'appartement puisqu'il n'y restait aucune surface sur laquelle il n'y avait pas quelque bidule électronique à demi défait. L'endroit était un capharnaüm, plein de microphones, de caméras, de moniteurs, de pièces électroniques de toutes sortes. À la vue de ce fouillis, Gauthier se demanda comment Landry pouvait être aussi efficace. Celui-ci ne leva même pas les yeux derrière ses épaisses lunettes.

— Je me doutais que tu viendrais me voir…

— Pourquoi donc?

— J'imagine que tu cherches à savoir qui a fait sauter la bagnole de ton nouveau patron?

— Tu m'as déjà dit qu'une bombe comportait toujours une signature. Je t'ai apporté des résidus pour que tu les analyses.

Landry ne dit rien, absorbé dans son travail. Gauthier déposa un sac en plastique sur le coin de la table. Intrigué, il s'approcha de Landry et regarda par-dessus son épaule.

— Ma dernière trouvaille: une caméra ultrasensible logée dans un paquet de cigarettes! lança fièrement Landry.

Gauthier prit l'objet et émit un sifflement. Derrière lui, un moniteur renvoya l'image de son visage.

— Alors… Tu vas les analyser? demanda Gauthier tout en continuant de jouer avec le paquet de cigarettes et d'épier son image sur l'écran.

Landry lui enleva le précieux objet des mains.

— Écoute, je te laisse le sac, fit Gauthier en se dirigeant vers la porte. Donne-moi des nouvelles.

— Ce n'est plus aussi facile de nos jours, répondit Landry. Un professionnel peut très bien fabriquer une bombe avec une fausse signature pour brouiller les pistes! Quand tu connais bien les méthodes des autres, tu peux les imiter.

— Es-tu en train de me dire que je perds mon temps? demanda Gauthier.

Landry réfléchit quelques secondes, puis regarda son visiteur en face pour la première fois.

— O.K. Laisse-moi le sac. Je vais y jeter un coup d'œil aussitôt que j'aurai deux minutes… mais c'est bien parce que c'est toi!

Un peu déçu de l'attitude de Landry, Gauthier repartit.

* * *

Toujours en quête d'informations supplémentaires sur Perreault, François se rendit à un bar du quartier fréquenté par des motards. Ce bar était un des quatre établissements appartenant à Roger Perreault qui délimitaient en quelque sorte son secteur. Il possédait aussi un bar de danseuses nues et un commerce de pièces d'autos d'occasion. En entrant, François repéra quelques visages familiers. Il alla se joindre à eux.

— Vous allez me voir plus souvent, je viens d'emménager dans le coin, annonça-t-il à Yvan «le Pic» Cossette et à Gaétan Laflèche.

Il inventa une histoire pour expliquer sa longue disparition et leur demanda s'ils connaissaient Roger Perreault.

— Pourquoi? demanda le Pic, méfiant.

— Ça ne te regarde pas! répondit François.

— Alors je ne le connais pas, fit le motard.

Contrarié, François fit mine de se confier au Pic.

— O.K. J'ai du *smack*[1] à écouler.

— Pas besoin de voir Perreault, répliqua le Pic. Fais affaire avec Pinceau. C'est lui qui contrôle tout le trafic dans l'est de la ville.

— C'est qui ça, Pinceau?

— C'est le gros qui joue au billard, dans le fond, lui indiqua le Pic.

François suivit le regard du Pic et vit une impressionnante silhouette penchée sur une table de billard.

— La baleine? fit François, moqueur.

Le Pic le foudroya du regard.

— Fais jamais de blague comme ça devant lui, ou t'es un homme mort!

— O.K. Tu veux me le présenter?

— François, lui dit Laflèche, tu devrais te contenter de réparer des motos.

— Je suis assez grand pour m'occuper de ma santé. Tout ce que je veux, c'est que le Pic me présente Pinceau!

Le Pic se leva en affichant un air profondément ennuyé.

— Si jamais tu survis à ça, n'oublie pas mon pourcentage…

François suivit le Pic jusqu'à la table de billard, où le motard velu et couvert de tatouages venait de terminer une partie. Le Pic lui glissa un mot à l'oreille en pointant le menton vers François. Le gros homme lui lança un regard glacial. Voyant que les présentations s'amorçaient mal, François s'approcha de quelques pas. Il ignora le Pic qui secouait lentement la tête pour lui signifier de ne pas insister.

— Je ferais bien une petite partie, moi! dit François.

Il mit la main dans sa poche et déposa un billet de vingt dollars sur le coin de la table. Pinceau regarda le billet avec dédain, suscitant quelques rires dans son entourage. François ajouta un billet de cinquante dollars. Pinceau sortit de sa poche

---

1. Héroïne, en argot américain.

une liasse de billets et déposa à son tour un billet de cent dollars par-dessus la pile ; il laissa sa main dessus. François lut les lettres « HATE » gravées sur ses grosses jointures. Il comprit qu'il devait miser la même somme, sinon il n'y aurait pas de partie... et il ne pourrait reprendre sa mise.

Il vida ses poches. De peine et de misère, il réussit à égaler la mise de Pinceau.

François était de loin meilleur joueur que son adversaire. Quand il visa la dernière boule qui lui aurait donné la victoire, le gros ramassa tout simplement la mise. Conscient qu'il était préférable de ne pas gagner cette partie, François annonça son coup. Normalement, celui-ci aurait été une formalité. Il rata complètement la noire et empocha la blanche, procurant ainsi la victoire à Pinceau. François se redressa en souriant et tendit la main au motard. Celui-ci hésita un instant, comprenant fort bien que son adversaire venait de lui faire un cadeau. Se demandant comment Pinceau allait réagir, François sentit quelques gouttes de sueur descendre entre ses omoplates. Le motard éclata alors d'un rire sonore et referma sa grosse paluche sale et moite sur celle de François. Il avait versé cent dollars juste pour obtenir une audience du roi Pinceau.

Pinceau invita François à prendre place à une table. Il paya les consommations, sachant que François n'avait plus un sou en poche. Après avoir consommé plusieurs bières, ils conclurent une première affaire et François quitta le bar.

Dans le corridor conduisant à la sortie, il fut bousculé par une jeune femme aux longs cheveux châtains qui était entrée en titubant. Sur le coup, il la regarda distraitement. Manifestement droguée jusqu'aux oreilles, elle avait un teint blafard et portait des verres fumés. Une jupe excessivement courte ainsi qu'une petite veste en cuir révélant un soutien-gorge noir très sexy lui donnaient l'air d'une prostituée bon marché. Il lui jeta un deuxième coup d'œil quand elle retira ses verres fumées, et il se figea net en la reconnaissant.

74

C'était Denise Deslongchamps, ancien agent double comme lui. Denise, la femme qu'il avait aimée. Physiquement, elle n'était plus que l'ombre d'elle-même.

François la regarda aller d'un client à l'autre. Elle tendit quelques billets à Gaétan Laflèche en échange d'un sachet de poudre blanche. Quand elle emprunta la sortie de secours au fond du bar, il la suivit dans la ruelle.

— Denise! appela-t-il. C'est moi, François...

Elle accéléra le pas sans se retourner. François la rattrapa et l'immobilisa en la tenant par les épaules. Elle se débattit quelque peu pour se défaire de son étreinte. Finalement, elle sembla le reconnaître.

— François? dit-elle, les yeux dans le vague.

— Denise, mais qu'est-ce que tu deviens? demanda François, bouleversé.

Un éclair de lucidité passa dans le regard sans vie de Denise. Des souvenirs remontèrent à sa mémoire par bribes. La Sûreté nationale... Une opération d'infiltration en compagnie de François qui s'était terminée en queue de poisson... L'héroïne qu'elle avait dû s'injecter pour démontrer aux motards qu'elle n'était pas un flic... François, l'amour de sa vie... La Sûreté qui l'avait congédiée à cause de lui... La descente aux enfers...

— Oublie-moi, François! La Denise que tu as connue est morte le jour où tu l'as trahie...

François accusa le coup.

— Je ne t'ai pas trahie, Denise! On a dû mettre fin à l'opération quand tu as commencé à te droguer. C'était la seule façon de te sortir de là!

— Tu aurais pu trouver un autre moyen que de leur dire que j'étais flic! lui lança-t-elle au visage.

Elle se dégagea et s'enfuit du côté de la rue. François fut incapable de la suivre, écrasé qu'il était sous le poids de cette accusation injuste. Livide, il retourna à l'intérieur du bar.

Le Pic le regarda traverser la salle en direction de la sortie.

— Qu'est-ce qui t'arrive, Gagnon ? On dirait que tu as vu un fantôme...

En une fraction de seconde, malgré la douleur qu'il ressentait, François remit son masque d'agent double.

— Ce n'est rien, fit-il. Une vieille amie...

5

Dans une luxueuse résidence d'une rue cossue, en face d'un parc, Giuseppe Scarfo se livrait à son passe-temps favori : la sculpture. Il faisait sauter des morceaux de pierre avec un marteau et un burin, donnant quelques coups sur le roc, reculant de deux pas, regardant par-dessus ses lunettes pour mieux jauger son œuvre, revenant donner un coup ici, limer une aspérité là… Un air d'opéra, provenant d'un vieil enregistrement rayé de Mario Lanza, jouait à tue-tête.

Alors qu'il scrutait son œuvre naissante en plissant les yeux, Marco D'Ascola entra dans la pièce et vint lui murmurer quelque chose. Scarfo leva les yeux au ciel et commença à gesticuler et à vociférer. D'Ascola haussa les épaules d'un air résigné. Furieux, Scarfo jeta ses outils sur une table. Il enleva son sarrau blanc et le tendit à D'Ascola avant de sortir de la pièce.

D'un pas rapide, il traversa un long corridor aux murs ornés de toiles de peintres connus et entra dans son bureau, où un petit homme chauve et bedonnant en costume trois-pièces faisait les cent pas en tirant sur un gros cigare.

— Non, mais tu es fou, Langlois? lança Scarfo avec un léger accent italien. Il y a un flic en permanence devant chez moi!

Langlois resta interdit, peu habitué à ce qu'on lui parle sur ce ton. Mais surtout, le regard de feu de celui qu'il venait de déranger ne constituait pas une invitation à la réplique.

— Excuse-moi, Giuseppe… balbutia Langlois.

Scarfo s'installa derrière son bureau et indiqua un fauteuil à Langlois.

— Dépêche-toi, je suis occupé!

Langlois préféra ne pas s'asseoir.

— Giuseppe, je ne sais plus quoi faire… Quand ils m'ont approché pour que je présente ma candidature, ils m'ont promis un poste de ministre si j'étais élu.

Scarfo ne dit rien, ses yeux noirs rivés sur l'individu au cigare. Depuis qu'il était le Parrain de la mafia montréalaise, il avait dépensé une fortune en pots-de-vin à tous les paliers de l'appareil gouvernemental. Il méprisait les politiciens, mais il jugeait préférable d'en avoir un certain nombre de son côté, que ce soit à la Justice, aux Travaux publics ou ailleurs. De toute façon, il savait comment rentabiliser ses investissements, que ce soit en faisant avorter une enquête potentiellement incriminante ou en déjouant le système d'attribution des contrats publics pour son profit ou celui de ses amis.

— Aujourd'hui, ils me disent qu'il y a trop de talent au sein de la députation, poursuivit Langlois.

Il fit une pause et tira une bouffée de son cigare.

— Moi qui me suis mis en quatre pour ramasser des fonds pour le parti! C'est comme ça qu'on me remercie…

Scarfo l'interrompit. Il pesa ses mots et les prononça le plus calmement possible.

— Écoute-moi, Paul-Émile… Écoute-moi bien. Primo, n'oublie jamais que c'est moi qui ai recueilli une bonne partie de ces fonds. Secundo, tu vas changer ton image. On est en pleine récession: on ne confiera pas un ministère à quelqu'un qui se promène en fumant des havanes et en prenant des airs de businessman. Tertio, je ne veux plus te voir chez moi. Je ne crois pas que le premier ministre aimerait avoir un de mes « amis » dans son cabinet.

— Je t'assure que personne ne m'a vu entrer ! protesta Langlois.

— *Basta !* s'écria Scarfo en donnant un coup de poing sur son bureau. Tu l'auras, ton ministère !

— Merci, Giuseppe… Merci ! fit Langlois d'une voix sanglotante.

La main tendue, il fit un pas vers son bienfaiteur.

— Tu auras l'occasion de me remercier un jour, conclut Scarfo en souriant mielleusement. Maintenant, disparais de ma vue !

Piteux, humilié, Langlois écrasa son cigare dans le cendrier. La main sur la poignée de porte, il se tourna vers son interlocuteur, qui continuait de le regarder. Langlois, qui se délectait du pouvoir, se sentit tout à coup infiniment petit. Il prenait conscience que, même ministre, il ne serait jamais que le valet de Scarfo. Il frissonna, comprenant pourquoi l'homme chez qui il s'était présenté comme un mendiant avait pu se hisser au sommet de la hiérarchie de la mafia montréalaise.

Après le départ de Langlois, Scarfo éprouva une grande lassitude. Un autre problème à régler… Il consulta l'horloge fixée au mur. Il décrocha le combiné et composa un numéro.

6

François arriva avant l'heure convenue pour le petit-déjeuner. Pierre lui ouvrit, consulta sa montre d'un air surpris et remarqua son teint pâle et ses yeux rougis.

— Tu as passé la nuit sur la corde à linge ? demanda-t-il.

Fatigué, l'air absent, François lui raconta qu'il avait roulé toute la nuit après sa rencontre avec Denise. Pierre ressentit un malaise ; il dut avouer être au courant de la situation dans laquelle se trouvait Denise.

— Elle a été arrêtée à plusieurs reprises au cours de la dernière année pour sollicitation et possession de stupéfiants...

— Et tu ne m'as rien dit ! s'exclama François.

— Parce que... parce que... hésita Pierre. Ce n'est pas facile d'annoncer à un ami que la femme qu'il a aimée est devenue prostituée.

En entendant ce mot, François grimaça.

— On l'a vraiment laissée tomber...

Nerveusement, il se mit à marcher dans la cuisine. Il s'alluma une cigarette, puis se rappela qu'on ne fumait pas dans la maison de Pierre. Il regarda sa cigarette, puis regarda Pierre.

Celui-ci soupira et fouilla dans des tiroirs. Au fond de l'un d'eux, il dénicha un cendrier qu'il déposa sur la table.

— Il faut la sortir de là, Pierre!

— François, on ne peut pas la sortir de là de force. Il faut qu'elle commence par le vouloir.

François fit comme s'il n'avait pas entendu.

— Pour qui travaille-t-elle?

— Pour Terry O'Neil. Il fait partie du réseau d'Angelo Bogliozzi, un capo de la Famille Scarfo.

Il fit une pause et regarda François se creuser les méninges.

— Écoute, François, il ne faudrait pas que tu en fasses une affaire personnelle!

François réagit mal à cette mise en garde. Pierre, qui s'en rendit compte, changea de sujet.

— Et ton enquête sur Perreault?

François alluma une nouvelle cigarette avec le bout de celle qu'il achevait.

— J'ai loué un petit appartement juste en face de son restaurant et j'ai établi un premier contact avec Pinceau, le gars qui gère le réseau de distribution de drogue de Perreault. Au fait, je vais avoir besoin de cocaïne pour effectuer des transactions. Tu pourras m'arranger ça?

Pierre hocha la tête.

— Pourvu que les quantités ne soient pas trop importantes...

François poursuivit.

— Dans le cas de Perreault, je prends mon temps. Il n'est pas né de la dernière pluie, celui-là! J'ai intérêt à recueillir le plus d'informations possible.

Ils élaborèrent ensuite différentes hypothèses sur la meilleure manière de gagner la confiance de Perreault. Aucune de celles-ci ne convenant à François, ils décidèrent qu'ils en reparleraient plus tard.

— Et toi? demanda François.

— Moi, je vais commencer par rendre une petite visite de courtoisie à Scarfo, demain soir. C'est sa soirée de cartes hebdomadaire chez Vastelli. Je vais me présenter…

— Te voilà bien poli, tout à coup!

Pierre plaça deux couverts sur la table et remplit deux tasses de café.

— Il faut qu'il sache qu'on ne fait pas sauter impunément l'auto du directeur de l'Escouade du crime organisé.

François prit une tasse et la porta à ses lèvres. Il grimaça. Décidément, Pierre ne serait jamais capable de faire un café décent!

— Voyons, Pierre! Tu sais bien que ça ne peut pas être la mafia.

Pierre regarda sa propre tasse en affichant une mine contrariée devant l'attitude de François.

— Je me doute bien que ce n'est pas la mafia! Mais ils n'ont pas à savoir que je le sais…

— Tu sais QUOI, au juste? demanda François en vidant le contenu de la cafetière dans l'évier.

— Je commence à croire que notre nouveau patron a pris les grands moyens pour obtenir un budget supplémentaire, expliqua Pierre en cherchant dans les armoires.

François prépara une nouvelle cafetière.

— Tu ne crois tout de même pas que…

— Je ne peux pas le prouver, mais ça ne me surprendrait pas du tout.

François contempla l'hypothèse et éclata de rire.

— Le vieux renard! Il fait sauter son automobile, il accuse la mafia…

— … et ses supérieurs n'ont d'autre choix que de lui accorder les ressources supplémentaires qu'il réclame depuis plusieurs mois! enchaîna Pierre.

— Pas surprenant qu'il ne pousse pas très loin l'enquête, conclut François.

Horripilé, il regarda Pierre enduire un poêlon de beurre. Il lui arracha le sac de bacon des mains et essuya le poêlon avec un chiffon. Il lui avait dit au moins cent fois qu'on n'utilise pas du beurre pour faire cuire du bacon…

— Laisse. Je vais le faire, moi, le petit-déjeuner!

Pierre sourit. Le coup du beurre, ça fonctionnait toutes les fois. On jurerait un vieux couple…

— Et la belle blonde du Bourbon Café… Tu as réussi à la revoir? demanda François en s'activant devant la cuisinière.

— Oui, se contenta de répondre Pierre.

— Et alors? insista François.

— Intéressante…. Compliquée, mais intéressante.

* * *

En terminant la lecture de son journal, à l'heure du dîner, Pierre fut attiré par la publicité d'une boîte de jazz du Vieux-Montréal. Comme il n'avait jamais entendu parler de cet endroit, pas plus que de l'ensemble qui y jouait, le prétexte lui parut suffisant pour appeler Gabrielle à son bureau. Il trouva le numéro de son agence dans le bottin. Il dut palabrer avec la jeune femme. À force d'insistance, il la convainquit de l'accompagner.

À vingt et une heures pile, il gara son auto devant chez elle. Il eut un choc en la voyant sortir. Elle portait un blouson de cuir noir par-dessus une robe également noire, moulante et très courte. L'élégance de Gabrielle lui fit presque regretter de ne pas avoir mieux soigné sa tenue vestimentaire. Quand elle monta dans l'auto, il reconnut le parfum qu'elle s'était mis le soir de leur première rencontre. Il se dirigea vers le Vieux-Montréal sans se hâter, trop heureux de profiter de sa présence.

Ouvert depuis peu, l'établissement était minuscule, et la clientèle, peu nombreuse. Un excellent trio de jazz acoustique y présentait un «hommage à Charlie Mingus ». Gabrielle, peu familière avec ce type de musique, trouva l'endroit sympathique et la soirée se déroula agréablement.

Pour la première fois, ils purent discuter sérieusement et commencer à mieux se connaître. Pierre lui transmit un peu de sa passion pour le jazz ; en retour, Gabrielle réussit à l'intéresser au design, sujet auquel il avait toujours été réfractaire. Dans la bouche de Gabrielle, les notions abstraites reliées à cet art qui lui semblait totalement inutile acquéraient une dimension nouvelle. À défaut de ses lèvres, il dévora tous les mots qui en sortaient. Gabrielle parlait de son métier avec tellement de passion !

Fasciné par cette belle femme, il avait la conviction d'avoir marqué des points tout au long de la soirée. En fait, il avait marqué plus de points qu'il ne le croyait. Tard dans la nuit, il la ramena chez elle. En garant l'auto devant sa porte, un malaise s'installa.

— Alors ? demanda-t-elle.

Pierre approcha son visage du sien et déposa un baiser sur ses lèvres.

— J'ai passé une très belle soirée, lui dit-il.

— Tu montes prendre un dernier verre ? Ou on se laisse ici en promettant de se rappeler ?

Pierre l'embrassa de nouveau, avec plus de ferveur. Prenant cela pour une réponse positive à son invitation, Gabrielle descendit de l'auto et referma la portière. Plutôt que de la suivre, Pierre lui adressa un large sourire accompagné d'un clin d'œil et démarra. Sur le coup, la jeune femme fut vexée. Se rendant compte aussitôt que Pierre lui servait la médecine qu'elle lui avait elle-même servie, elle retrouva le sourire et rentra chez elle en se disant que la prochaine fois serait la bonne.

7

À force de fréquenter le restaurant de Perreault, François en vint à faire partie des meubles. Perreault le saluait poliment et Lambert le regardait de haut. Un après-midi, alors qu'il sirotait un café au comptoir, une Camaro rouge s'immobilisa devant la porte. Un jeune homme blond, assez bien vêtu, en descendit. L'ayant aperçu, François le rejoignit d'un pas rapide. Perreault et Lambert, assis devant la vitrine, regardèrent la scène, distraitement d'abord, puis avec un intérêt croissant.

Après s'être salués, le jeune homme tendit une enveloppe à François. Celui-ci l'ouvrit et en étudia le contenu. Ce qu'il y trouva ne sembla pas faire son affaire, car il invectiva le grand blond. Puis il lui décocha quelques coups de poing dans les côtes et une droite à la mâchoire, il empoigna le col de son blouson de cuir et alla le remettre derrière le volant de son auto.

— Que je ne te revoie plus dans le coin, morveux! cria-t-il.

— Je vais revenir avec mes amis! répliqua le jeune homme en essuyant sa lèvre ensanglantée du revers de la main.

François asséna un coup de pied dans la portière de l'auto.

— Amène ta sœur aussi, tant qu'à y être! répliqua-t-il.

L'auto démarra dans un crissement de pneus. François la regarda disparaître au coin de la rue. Il prit une profonde inspiration, replaça son blouson, ramassa l'enveloppe qui était tombée par terre et vint reprendre sa place le plus calmement du monde.

— Donne-moi un autre café! lança-t-il à Christian.

Perreault vint se poster à ses côtés.

— Des problèmes, Gagnon?

Sur le coup, François fut surpris que le restaurateur sache son nom. L'avait-il seulement dit à Christian? Non. Dans un deuxième temps, une évidence s'imposa: Perreault avait dû s'inquiéter de voir un nouveau visage dans le quartier et avait trouvé le moyen de connaître son identité.

— Comment se fait-il que tu saches mon nom? demanda François.

Perreault lui tendit la main et se présenta.

— Roger Perreault. C'est moi le propriétaire de l'édifice où tu habites. Je n'aime pas les locataires qui causent du trouble.

François le rassura sur ses intentions, tout en jouant le jeu de celui qui a un squelette dans le placard. Il s'efforçait de ne rien laisser paraître, mais l'inquiétude le rongeait. Si le dossier ne contenait aucune mention du fait que Perreault était le propriétaire d'un édifice à logements situé en face de son restaurant, Dieu sait quelles informations cruciales il devait y manquer... Il téléphonerait à Pierre pour veiller à ce qu'une mise à jour soit faite. Il ne voulait pas avoir d'autres surprises de ce genre.

— Je répare des motos, dit-il à Perreault. J'ai pris l'appartement à cause de l'atelier.

— As-tu beaucoup de travail? demanda Perreault.

François s'offusqua.

— Je suis capable de payer le loyer, si c'est ce que tu veux savoir!

— Es-tu toujours soupe au lait comme ça? demanda Lambert, essayant d'être drôle.

François se tourna et le dévisagea.

— Quand on me doit de l'argent, on n'a pas intérêt à se pointer avec une semaine de retard!

Perreault regarda Lambert comme pour lui faire passer un message. Celui-ci remit le nez dans sa tasse de café et se tut. Le restaurateur posa quelques questions supplémentaires. Satisfait des réponses de François, il fit signe à Christian de lui servir un autre café.

— Si tu n'as rien à faire demain soir, viens prendre une bière avec nous. J'ai un ami qui a un bar dans la Petite Italie.

Perreault retourna à sa table. La conversation qui suivit entre lui et Lambert se fit à voix basse. Mais le miroir surplombant le bar permit à François de se rendre compte que Lambert était en désaccord avec son patron. François termina son café et se dirigea vers la porte, sans s'apercevoir que Perreault le regardait avec intérêt. Aussitôt qu'il fut sorti, Lambert éclata.

— Pourquoi m'embarrasser de lui?

— Dave… Je te le répète. Si ça nous aide à récupérer les quinze mille dollars, tant mieux… Si jamais ça tourne mal, on s'organise pour que ce soit lui qui porte le blâme!

— Mais tu ne sais rien de ce gars-là, Roger! insista Lambert.

— Demain soir chez Vastelli, je vais être fixé à son sujet. Un propriétaire a toujours un double des clés de l'appartement de ses locataires; j'ai trouvé son passeport. D'Ascola va m'obtenir les renseignements dont j'ai besoin.

Un large sourire illumina le visage de Lambert.

Sans se douter de ce que Perreault tramait, François traversa la rue en sifflant. Son plan avait fonctionné à merveille. Pas un instant, Perreault ne s'était douté que l'altercation qui avait eu lieu quelques minutes auparavant avait été mise en scène. Le jeune homme à la Camaro était Marc Larose, nouvellement muté au Crime organisé…

* * *

Gauthier se présenta au bar de Frank Vastelli, un capo de la Famille Scarfo. Sans s'occuper des regards inquisiteurs que lui lancèrent certains clients, il s'installa au comptoir et admira le décor. Il avait vu tellement de photos de l'endroit qu'il avait l'impression d'y être déjà venu. Quand un barbu s'approcha pour prendre sa commande, il sut tout de suite qu'il avait affaire à Vastelli lui-même.

— Qu'est-ce que je peux vous servir ?

— Scarfo !

Vastelli écarquilla les yeux, pas certain d'avoir bien entendu.

— Je veux voir M. Scarfo ! répéta Gauthier.

Un jeune homme costaud qui se tenait au bout du comptoir s'approcha de Gauthier en roulant les mécaniques et en le regardant d'un air peu commode.

— M. Scarfo est une personne très occupée. On ne peut pas le déranger comme ça, fit Vastelli avec son plus beau sourire.

En mesurant bien ses gestes pour ne pas provoquer le gorille qui était maintenant debout à côté de lui, Gauthier fouilla dans la poche intérieure de son veston et sortit son badge. Il le passa sous le nez de Vastelli.

— Frank, dis-lui que Pierre Gauthier de la Sûreté nationale veut le voir !

Vastelli scruta le badge de plus près.

— Je vais voir ce que je peux faire…

Avant de disparaître dans une arrière-salle, il jeta un coup d'œil par-dessus son épaule. Gauthier s'appuya sur le comptoir et toisa le jeune Italien en souriant. Il essaya de se souvenir de son nom ; il avait vu une photo de ce type…

Celui-ci ne put résister à l'envie de provoquer Gauthier.

— Tu n'as pas froid aux yeux ! Te présenter ici sans mandat…

Gauthier le regarda sans perdre le sourire. Il avait en face de lui le prototype de l'étalon italien. Grand, beau, musclé, fort

90

en gueule. Il ne put s'empêcher de le détester. Puis, il se souvint de son nom : Vincenzo Spadollini.

— Depuis quand faut-il un mandat pour parler à quelqu'un ? laissa tomber Gauthier.

— Tu es chanceux d'avoir fait affaire avec Frank ! Il est pas mal trop poli, lui ! rétorqua l'Italien.

Gauthier commença à trouver le temps long. Il changea légèrement de position, se préparant à se défendre. Ce jeune coq risquait d'exploser d'une seconde à l'autre. Puis, Vastelli revint en compagnie de Scarfo. Celui-ci se montra tout à fait courtois.

— Que puis-je faire pour vous, monsieur … ?

— Pierre Gauthier, enquêteur à l'Escouade du crime organisé.

— Ça me fait plaisir.

— Vous avez entendu parler de l'attentat dont a été victime...

— Non.

— Je gage que vous ne connaissez pas son nom.

Scarfo se rembrunit. Il ne laissa pas Gauthier continuer.

— Il faut être imbécile pour faire sauter l'automobile du directeur de l'Escouade du crime organisé !

Gauthier se fit très sérieux.

— Monsieur Scarfo, à partir de maintenant, sachez que vous avez une ombre et que cette ombre s'appelle Pierre Gauthier.

Scarfo perdit son vernis de courtoisie.

— Écoutez-moi bien à votre tour, monsieur Gauthier, fit-il, la mâchoire crispée. Ça fait vingt ans que j'ai la police sur le dos. Si jamais vous voulez me parler de nouveau, arrangez-vous pour avoir un mandat... ou arrêtez-moi pour excès de vitesse.

Gauthier sourit.

— Vous allez apprendre à me connaître... Ce n'est pas du tout mon genre d'arrêter des gens pour des contraventions impayées...

— Nous n'avons plus rien à nous dire, monsieur Gauthier. Je suis un homme occupé… Si j'étais vous, je ne m'attarderais pas ici…

Spadollini n'attendait en effet qu'un signal pour expulser l'enquêteur de l'établissement. Toujours aussi posément, Gauthier tendit sa carte professionnelle au Parrain et se dirigea lentement vers la sortie avec Spadollini sur les talons.

— Transmettez mes salutations à Gilbert, monsieur Gauthier! lança le Parrain avant d'aller rejoindre ses partenaires de cartes.

Marco D'Ascola, son *consigliere*, s'informa avec son fort accent sicilien.

— Alors, Giuseppe, qui c'était?

Scarfo lui tendit la carte de Gauthier.

— Je veux tout savoir sur lui: qui il est, s'il est marié, s'il a des enfants, des dettes… Tout!

D'Ascola glissa la carte dans la poche de sa chemise.

— Je m'en occupe dès demain, Giuseppe.

— Alors, c'est à qui à jouer? demanda Scarfo en retrouvant le sourire.

Gauthier continua d'occuper ses pensées pendant de longues minutes. Scarfo connaissait tous les enquêteurs qui avaient fait partie de l'Escouade du crime organisé depuis les vingt dernières années. C'était la première fois qu'il en voyait un afficher un tel sang-froid et une telle détermination. «Celui-là, songea-t-il, il va falloir s'en méfier.»

8

Le lendemain de la visite de Gauthier, François se retrouva à son tour au bar de Vastelli, en compagnie de Perreault et de Lambert. À leur arrivée, un barbu se précipita vers Perreault pour lui souhaiter la bienvenue. Trapu, il portait une chemise ouverte sur une poitrine velue et une grosse chaîne en or pendait à son cou. François n'eut aucun mal à reconnaître Vastelli.

— Frank, je te présente François Gagnon, un ami!

— Les amis de Roger sont toujours les bienvenus chez moi!

François lui serra la main. Vastelli leur assigna une table et prit leur commande. François et Lambert s'assirent; Perreault suivit Vastelli jusqu'au comptoir.

— Alors, Gagnon… demanda Perreault.

— Marco a fait faire une vérification. Il a un dossier: trafic de stupéfiants, voies de fait, excès de vitesse… Pas grand-chose, mais il a l'air régulier.

Satisfait de ces renseignements, Perreault retourna s'asseoir avec les deux autres. Après une conversation animée sur la saison de baseball agrémentée de plusieurs bières, Perreault annonça ses couleurs à François.

— J'aurais un travail à te confier…

— Combien ça paye? demanda François.

Perreault expliqua qu'on éprouvait de la difficulté à se faire rembourser une somme de quinze mille dollars prêtée à un certain Pierre Paquette. Moyennant dix pour cent de cette somme, serait-il d'accord pour essayer avec Lambert de convaincre Paquette de rembourser sa dette?

François refusa net. Il ne voulait pas s'attirer d'ennuis et Dave pouvait fort bien se charger de cette tâche. Perreault insista.

— Penses-y bien! Mille cinq cents dollars pour quelques heures de travail…

Perreault avait sa petite idée derrière la tête. Il avait une impression favorable de François, mais il n'était pas stupide. Il voulait l'utiliser comme pigeon. Si sa présence pouvait permettre à Dave de récupérer l'argent, tant mieux. Mais si jamais ça tournait mal et qu'il arrivait quelque chose à Paquette, on tiendrait Gagnon pour responsable.

Au moment où François accepta, Perreault fit un petit signe de la main lui enjoignant de se taire. Un groupe d'enquêteurs de l'Escouade du crime organisé, avec Tom Celano à leur tête, faisaient irruption dans le bar, interrompant du coup les conversations. Celano venait à l'occasion se rappeler au bon souvenir de Vastelli. «Ça les énerve», avait-il affirmé à Gauthier.

Il alla prendre place au comptoir; Gauthier et Boisvert le suivirent, tout en scrutant les mines renfrognées des clients. Celle de François l'était d'autant plus qu'il ne comprenait pas ce qui se passait. Il fulminait. Qu'est-ce que Pierre pouvait bien foutre là avec des gars de son escouade? On ne fait pas une reconnaissance dans un endroit où il y a déjà un agent double! C'est trop dangereux!

Gauthier, aussi mal à l'aise que François, évita son regard; il s'installa au bar, à côté de Celano. Tout souriant, Vastelli versa un cognac.

— Comme d'habitude, Tom? demanda-t-il insidieusement.

Sans attendre la réponse, il poussa le verre devant Celano et désigna Gauthier du menton.

— Il prend quoi, le caporal Gauthier?

Celano eut un choc. «Comment se fait-il qu'ils se connaissent?» se demanda-t-il.

— Rien! fit Gauthier sèchement en regardant Celano. Je ne bois pas avec n'importe qui!

Vastelli avait offert ce verre à Celano avec tant de naturel que Gauthier devait sûrement croire que les deux s'entendaient comme larrons en foire. Et Gauthier n'aimait déjà pas ses méthodes de travail… Ça n'allait pas arranger les choses. Celano laissa tomber la cigarette qu'il venait d'allumer dans le verre que Vastelli lui tendait.

— Moi non plus! fit-il en regardant Gauthier.

Le temps s'était arrêté. Tout le monde dévisageait les trois enquêteurs sans parler. Boisvert se promena entre les tables et fit une courte pause en face de François. Celui-ci continua d'observer Pierre au bar, avec un regard lourd de reproches. Quand Boisvert eut terminé sa petite inspection, Gauthier fit un signe. Les enquêteurs ressortirent aussi rapidement qu'ils étaient entrés.

François passa à proximité du comptoir en allant aux toilettes. Vastelli parlait à voix basse avec un autre homme.

— … ça fait deux soirs de suite qu'il vient ici! Il est mieux de ne pas en prendre l'habitude!

* * *

Pendant le trajet menant chez Paquette, Lambert sentit le besoin de faire une mise au point avec François. Qu'il ne s'illusionne surtout pas, c'était lui le boss! François le rassura, avant de faire glisser la conversation sur son auto, vantant la force du moteur qui équipait le modèle de cette année-là et la qualité de la chaîne stéréo. Flatté, Lambert se détendit. L'agent double avait remarqué la panoplie de téléphones cellulaires qu'il traînait avec lui, typique des gens qui tentent de faire échec à la surveillance. Prendre un nouveau cellulaire deux ou trois fois par semaine, l'échanger avec un ami, varier les numéros et les noms de codes…

Quand Paquette vint leur ouvrir, Lambert s'empressa de montrer qu'il était maître de la situation. Il empoigna Paquette et le malmena. François comprit vite qu'ils avaient devant eux un pauvre type sans emploi qui n'aurait jamais les moyens de rembourser son emprunt. Il fallait régler la situation à l'avantage de tout le monde… Après avoir calmé les ardeurs belliqueuses de Lambert, il présenta son idée.

— Tu as des assurances? demanda-t-il à Paquette.

Celui-ci hocha la tête, intrigué par la question. François marcha jusqu'au salon en ayant l'air de réfléchir. Après avoir fait un inventaire rapide du contenu de la maison, il proposa l'arrangement suivant: Paquette partirait pour quelques jours avec sa femme et sa petite fille. En leur absence, on allait dévaliser leur maison. La revente des biens servirait à payer les intérêts sur le prêt et la compagnie d'assurances se trouverait à rembourser le capital. Même si la suggestion lui paraissait géniale, Lambert protesta un peu, pour la forme.

— Ça t'avancerait à quoi de lui casser les jambes? lui demanda François à haute voix. Ça ne te rendra pas ton argent!

Paquette céda à son tour. En fait, avait-il le choix?

Le plan fut élaboré promptement. Il allait être mis à exécution dès le week-end.

De retour au restaurant, Lambert raconta à Perreault la combine que lui et Gagnon avaient imaginée. Le restaurateur ne fut pas dupe, se doutant bien que l'idée venait de François… À l'insu de Lambert, François et Perreault échangèrent un regard entendu. François ne put résister à l'envie de lui glisser un message personnel.

— Tes amis les Italiens, eux autres, ils savent faire du café! As-tu déjà pensé acheter une machine à espresso? Ça changerait de l'eau de vaisselle que tu nous sers…

Perreault jeta sur lui un œil incrédule.

— Personne ne boit des espressos dans le coin!

— Moi, oui! répliqua François.

* * *

Lambert avait cessé de regarder François de haut. Sans doute pour célébrer la tournure des événements, il insista pour qu'il l'accompagne dans un bar clandestin — beaucoup plus animé que celui de Vastelli, avait-il précisé —, qui logeait au fond d'une ruelle du centre-ville, à deux pas du Red Light et ses maisons de passe, ses sex-shops et ses cinémas pornos. Pour y entrer, Lambert dut montrer patte blanche. Cet endroit très enfumé était surtout fréquenté par des motards, des truands, des prostituées et leurs souteneurs, ainsi que des joueurs invétérés qui n'étaient plus acceptés nulle part ailleurs ou qui avaient de l'argent à blanchir.

En plus de prendre des paris illégaux sur à peu près tous les sports imaginables, plusieurs tables accueillaient les amateurs de *black-jack* et de *poker*. Une douzaine de machines à sous s'alignaient sur un mur; des caisses de bière et d'alcool s'empilaient jusqu'au plafond sur le mur opposé.

Ce bar appartenait aussi à Frank Vastelli. Malgré l'animation, François s'ennuyait mortellement, essayant de s'intéresser aux propos de Lambert. Alors que, réprimant un bâillement, il allait proposer à Dave de partir, il vit Denise arriver.

Après avoir cherché quelqu'un du regard, elle se dirigea vers un grand blond qui avait passé la soirée à tenter de tirer de l'argent d'une machine à sous. François observa la scène attentivement. Denise s'accrochait au blouson du joueur; elle semblait demander quelque chose avec insistance. Le joueur,

irrité, la repoussait du bras en s'efforçant de garder les yeux sur
la machine à sous.

François demanda à Lambert s'il connaissait le grand
blond.

— Lui? C'est Terry O'Neil, un souteneur. C'est une de ses
filles qui est avec lui… Si jamais tu veux tirer un coup, Denise,
c'est une bonne affaire!

Il lança un clin d'œil à François pour lui faire comprendre
qu'il parlait en connaissance de cause. François eut un coup au
cœur en entendant ce dernier détail. Il fit un effort énorme pour
ne pas mettre son poing dans la figure de Lambert. Ils partirent
peu après. En passant près d'O'Neil, François le dévisagea
longuement, comme pour graver son visage dans son esprit.

9

Gauthier était préoccupé lorsqu'il se présenta au bureau de Tanguay. Il se tira une chaise.

— Tu es matinal! fit Tanguay.

— Je sais… Je voulais te parler de François.

— Qu'est-ce qu'il a, François?

— Tom a fait une demande d'informations à Jérôme Couture au sujet de François Gagnon.

— Et alors? Ça devait bien finir par arriver!

— Je n'aime pas ça: je trouve que son nom sort rapidement.

— Tu m'as dit que vous l'aviez vu chez Vastelli… Tu mets pas un pied chez Vastelli s'il ne connaît pas ton nom.

— Qu'est-ce qu'il y a dans le dossier de François Gagnon?

— Quelques arrestations pour excès de vitesse, voies de fait, une arrestation pour trafic de stupéfiants… Rien de majeur. Assez pour lui donner une image de mauvais garçon, pas trop pour ne pas faire peur.

Pierre se décida à poser une question à Tanguay.

— Celano et Vastelli… ils ont l'air de bien se connaître…

— C'est normal, Pierre… Ça fait dix ans que Tom est au Crime organisé. Il a arrêté Vastelli trois fois.

Tanguay hésita un instant.

— Ça t'agace que Tom soit italien ?

— Pas vraiment. fit Gauthier.

Tanguay le fixa sévèrement. Gauthier regarda sa montre et se leva. Comme pour s'assurer que son patron n'allait pas conserver l'impression que ses commentaires étaient teintés de racisme, il ajouta :

— Je suis peut-être plus chatouilleux quand il s'agit de François.

* * *

Gauthier rejoignit Landry dans un camion d'Hydro-Québec garé à proximité de la résidence de Scarfo. L'espace exigu était truffé d'instruments d'écoute électronique sophistiqués. Vu son organisation modulaire, l'équipement pouvait être rapidement transféré. La Sûreté nationale possédait de nombreux véhicules aux couleurs de Bell Canada, de Gaz Métropolitain, de Vidéotron... De cette façon, on évitait d'attirer l'attention lors d'opérations majeures.

— Comment ça s'annonce ? demanda Gauthier.

— Pas évident ! répondit Landry. Il y a quelqu'un en permanence dans la maison. Les Barbier...

— C'est qui, les Barbier ?

— Blandine et Marcel Barbier. Un couple dans la soixantaine qui veille à l'entretien de la maison.

— Ils ne sortent jamais ? s'étonna Gauthier.

— Attends ! fit Landry. Chaque soir, Blandine finit la vaisselle vers huit heures. Tout de suite après, elle et son mari vont faire une balade au parc, de l'autre côté de la rue. Ils s'assoient sur un banc d'où ils ont une vue sur la maison. Marcel fume une cigarette, puis ils rentrent bien sagement. Un vrai rituel.

Gauthier se gratta le cuir chevelu, se rendant compte de la difficulté de la tâche. Landry poursuivit.

— Généralement, Scarfo est dans la maison, sauf le mardi soir. Il joue aux cartes chez Vastelli. C'est le seul moment de la semaine où la maison est vide pendant vingt minutes!

— Vingt minutes, ce n'est pas assez! fit Gauthier.

Landry secoua la tête.

— Surtout si tu continues d'insister pour faire le travail toi-même.

Gauthier se frotta le menton d'un air dubitatif.

— Si on réussissait à les retarder? demanda-t-il.

— Il faudrait au moins une demi-heure, répondit Landry. Sans oublier le fait qu'ils restent à portée de la vue et que la maison est protégée par un système de sécurité sophistiqué.

Gauthier réfléchit.

— Actionnent-ils le système avant de sortir?

Landry haussa les épaules pour indiquer son ignorance.

— O.K.! conclut Gauthier. On fait ça mardi, dans deux semaines! Ça nous donne le temps de nous organiser.

Landry conserva une mine renfrognée.

— Pierre, pourquoi ne me laisses-tu pas faire? Ce serait beaucoup plus simple!

— Benoît… répliqua Gauthier avec une note d'impatience dans la voix. Je te l'ai dit: je ne veux pas confier ce travail à un contractuel. Je dois en assumer l'entière responsabilité au cas où ça tournerait mal.

— Maudite tête dure! laissa tomber Landry.

10

Gabrielle avait réussi à joindre Pierre aux bureaux de la Sûreté nationale. Comme dans toute grosse administration où les changements prennent du temps à s'effectuer, les appels de Pierre continuaient d'entrer à l'Escouade des narcotiques et lui étaient ensuite acheminés. Elle lui demanda de venir la rencontrer l'après-midi même en face d'un édifice dont elle avait décroché le contrat d'aménagement.

Il s'agissait d'une usine désaffectée en briques claires de neuf étages, dont on avait refait le gros œuvre et dont les fenêtres carrelées avaient été remplacées par de grands pans de vitre de teinte dorée. Pierre imagina que Gabrielle avait dû prendre un plaisir fou à redonner vie à ce bâtiment vétuste.

Quand elle arriva, il eut le souffle coupé: en plus d'être belle, Gabrielle était incroyablement sexy. En fait, il avait l'impression de voir une femme différente chaque fois. Elle portait un pantalon noir moulant et un chandail très court qui se terminait quelques pouces au-dessous des seins. Remarquant la fermeté de son ventre, il en conclut qu'elle devait s'entraîner régulièrement. Il l'embrassa. Elle se détacha de lui, mystérieuse.

— Viens, j'ai quelque chose à te montrer, dit-elle à Pierre en ouvrant la porte de secours.

Ils commencèrent à monter l'escalier extérieur. Mine de rien, Pierre ressentit un chatouillement dans l'estomac quand il vit que l'escalier menait jusqu'au toit. Il souhaita de tout son cœur que ce ne soit pas là leur destination. Orgueilleux, il ne voulait pas avouer à Gabrielle qu'il avait le vertige.

— Je sais que c'est d'une éthique un peu douteuse, mais j'ai besoin de ton aide, fit-elle au cours de l'ascension. Je mets la dernière main à un très gros contrat, enchaîna-t-elle. Presque trop beau pour être vrai…

— Et en quoi puis-je t'aider? demanda Pierre, un peu surpris.

— J'ai beaucoup réfléchi avant de t'appeler et j'en suis venue à me dire que je serais stupide de ne pas profiter de mes relations à la Sûreté, fit-elle en se tournant vers lui.

Pierre fit un sourire crispé. «Déjà le quatrième étage», pensa-t-il.

— Je sens que tu vas me demander quelque chose de pas très légal…

Pierre approcha son visage de son ventre. Juste comme il allait y poser ses lèvres, elle pivota sur elle-même et poursuivit son ascension.

— J'ai besoin d'informations sur un dénommé Jean-Claude Gervais. C'est le président de la compagnie Investissements Gesco.

— De quel type d'informations as-tu besoin?

— Son chiffre d'affaires, sa solvabilité, les actionnaires, ses associés, ses antécédents…

«J'aurais dû m'en douter», pensa Pierre. Il avait toujours refusé ce genre de service, surtout à quelqu'un qui n'était pas de la police. Non seulement ce n'était pas légal, mais plusieurs agences de détectives privés se spécialisaient dans ce type d'enquête.

Gabrielle s'arrêta de nouveau, reprenant son petit manège.

— Je vais voir ce que je peux faire, ne put que répondre Pierre.

Nerveux, il poursuivit son ascension, serrant la rampe très fort, gardant les yeux rivés sur les hanches de Gabrielle, qui ondulaient gracieusement. Mais cela lui permettait avant tout de ne pas regarder dans le vide. Au neuvième, elle le fit entrer par une fenêtre.

Dans une grande pièce qui semblait destinée à devenir une salle de réunion, il y avait une longue table en bois, et sur la table, un plan de l'étage. Gabrielle recommença à se faire aguichante. Mais cette fois-ci, Pierre ne lui laissa pas la chance de s'éloigner. Il la prit fermement dans ses bras et l'embrassa. Loin de le repousser, elle lui rendit son baiser et se colla sur lui. Pierre sentit que Gabrielle et lui désiraient la même chose. S'étant assuré que personne ne viendrait les déranger, il jeta par terre ce qui se trouvait sur la table et renversa Gabrielle sur celle-ci.

Tout en continuant de l'embrasser passionnément, il aida Gabrielle à sortir de ses vêtements. En un rien de temps, ils se retrouvèrent à demi nus. Ils firent l'amour avec une excitation décuplée par l'étrangeté du moment et de l'endroit. Tous leurs doutes s'étaient dissipés, l'attrait était irrésistible de part et d'autre. Mais le bruit d'une pièce de métal tombant sur un plancher de béton, dans une pièce voisine, mit un frein à leurs ardeurs. Même incomplète, cette première expérience s'était avérée délicieuse.

— Si on faisait ça dans un bon vieux lit, la prochaine fois? demanda Pierre. Il y en a un grand dans la chambre où « mes chaussettes sont rangées par couleurs»…

Gabrielle approuva. Ils se rhabillèrent en riant. Pierre la provoqua gentiment.

— Est-ce que ça signifie que tu vas finalement accepter mon invitation à souper?

Gabrielle éclata de rire. Elle expliqua à Pierre qu'elle sortait à peine d'une relation mouvementée et qu'elle s'était juré de ne pas se lancer tête baissée dans la prochaine… surtout pas avec un homme rencontré dans un bar.

Pierre l'embrassa de nouveau et s'imprégna de son parfum, auquel se mêlait une légère odeur de transpiration. Gabrielle se dirigea vers la fenêtre donnant sur l'escalier. Pierre regarda désespérément autour de lui.

— N'y a-t-il pas un ascenseur dans ce foutu building ?

11

Dans les jours précédant leur départ pour la campagne, Francine Paquette trouva étrange le zèle de son mari qui notait les numéros de série de tous les appareils de la maison. De plus, il s'était doté d'un Polaroïd et photographiait tous les meubles.

— On ne sait jamais ce qui peut arriver! lui avait-il dit.

À leur retour, Francine découvrit avec stupeur que la « prémonition » de Robert avait été juste. Passé la réaction de panique de sa femme, Paquette appela la police, qui vint faire les constatations d'usage. Les agents lui conseillèrent de prévenir sa compagnie d'assurances et allèrent interroger des voisins. Selon toute vraisemblance, les voleurs avaient cassé un carreau de la porte de la cuisine et avaient fait sauter le verrou.

Le lendemain matin, Paquette eut un choc quand d'autres policiers se présentèrent chez lui : Georges Lemire et Michelle Vallières. Depuis que Lambert était surveillé par la police, Paquette avait été vu à quelques reprises en sa compagnie. La Sûreté exerçait aussi une surveillance sur lui, à titre de client — ou devrait-on dire à titre de victime? — de Lambert. Quand

Lemire avait appris que Paquette s'était fait dévaliser, cela lui avait mis la puce à l'oreille.

Conscient qu'il n'était pas normal que la Sûreté nationale s'intéresse à un simple cambriolage, Paquette les entraîna dans la cuisine dans l'espoir de soustraire leur conversation aux oreilles de sa femme. Avec son tact habituel, Lemire avisa Paquette qu'ils étaient au courant de sa dette envers Dave Lambert.

— Le cambriolage, finalement... Ça tombe bien, non?... suggéra Lemire.

Francine, saisissant des bribes de conversation, se rendit compte que quelque chose clochait et vint les rejoindre.

— Qu'est-ce qu'il veut insinuer, Robert? demanda-t-elle.

Extrêmement nerveux, Paquette essaya de chasser sa femme, lui disant qu'il y avait malentendu et qu'il allait le régler avec eux.

— Madame... fit Michelle Vallières. Votre mari doit quinze mille dollars à un *shylock*. Comme il ne pouvait pas les rembourser, on a de bonnes raisons de croire qu'il y a un lien avec le fait que vous n'ayez plus de meubles!

Francine mit la main sur sa bouche, comprenant tout à coup pourquoi son mari avait fait l'inventaire de leurs biens. Celui-ci avoua, autant à sa femme au bord des larmes qu'aux enquêteurs, qu'il n'avait pas eu le choix. Passant du désarroi à la colère, sa femme l'injuria.

Paquette craqua.

— C'est pour toi que j'ai fait ça! hurla-t-il à sa femme. Avec quel argent aurais-je pu payer tes robes? Et la maison? Et l'auto?

Ébranlée, elle courut se réfugier dans une autre pièce.

— Écoute, Paquette, fit Vallières, inutile de culpabiliser ta femme, on sait très bien que tu as perdu la plus grande part de cet argent-là au jeu!

— Ce ne serait pas Lambert qui t'aurait offert cet arrangement? demanda Lemire.

Paquette baissa les épaules, abattu.

— Il est venu me voir la semaine dernière. Il voulait me tabasser. C'est Gagnon qui m'a offert l'arrangement.

Vallières et Lemire se regardèrent.

— Gagnon ? demanda-t-il.

— François Gagnon, fit Paquette.

Valllières nota le nom dans un calepin.

— On a quelque chose à te proposer, fit Lemire. Tu témoignes contre Lambert et on laisse tomber les accusations au criminel. Naturellement, ta compagnie d'assurances va vouloir te poser des questions.

Paquette refusa. Pas question de témoigner contre Dave Lambert, c'était trop dangereux. Lemire insista, lui démontrant qu'il n'avait pas le choix. Paquette céda. Pour sa sécurité et celle de sa famille, Lemire lui suggéra d'aller s'installer chez sa belle-mère, à Québec, pendant les quelques semaines précédant le procès. En cas d'urgence, un numéro de téléphone lui permettrait de joindre la Sûreté nationale vingt-quatre heures sur vingt-quatre.

* * *

Quelques jours plus tard, Lambert et Gagnon se présentèrent chez Paquette pour discuter des modalités de remboursement. Ils se heurtèrent à une porte verrouillée. Croyant que Paquette était allé faire une course, Lambert proposa à François d'attendre son retour dans l'auto tout en profitant du soleil.

Ils se calèrent dans leurs sièges. Lambert leva la capote de l'auto et plaça une cassette dans le lecteur. Au grand dam de François, Dave n'avait que des cassettes de country. «La journée va être longue…», pensa-t-il.

Au bout d'une heure, François, qui commençait à être nerveux, suggéra à Lambert d'aller se promener afin de ne pas se faire remarquer. Celui-ci consulta sa montre.

— On va attendre encore une demi-heure...

Avant même que la demi-heure soit écoulée, comme le craignait l'agent double, une auto-patrouille s'immobilisa derrière la voiture de Lambert. Deux agents municipaux en descendirent et se postèrent de chaque côté de la voiture, la main sur la crosse de leurs revolvers. L'agent qui se trouvait du côté du conducteur demanda son permis à Lambert. Celui-ci protesta.

— Mais on ne fait rien de mal!

— Ça fait plus d'une heure que vous êtes stationnés là et que vous semblez attendre quelqu'un ou quelque chose... répondit l'agent.

Lambert tendit son permis. Quand il descendit de l'auto, l'agent vit qu'il portait une arme sous son ceinturon. Il fit aussi descendre Pelletier. Il les obligea à s'étendre sur le sol, face contre terre. Après avoir confisqué l'arme, les agents les forcèrent à les suivre au poste pour une vérification d'identité plus approfondie et un interrogatoire.

Au bureau de la Sûreté nationale, l'ordinateur du directeur de l'Escouade du crime organisé émit un signal sonore. Tanguay leva les yeux; il s'agissait d'une demande d'informations émanant d'un poste de la police municipale au sujet de François Gagnon. Connaissant bien le superviseur de ce poste, Tanguay lui téléphona.

Après un court échange de civilités, Tanguay alla droit au but.

— J'ai une demande d'informations sur François Gagnon venant de ton poste.

— ...

— Tu peux le faire relâcher, c'est un de mes hommes!

— ...

— Il n'était pas seul?!

— ...

— Fais en sorte que l'autre ne se doute de rien!

Une heure plus tard, François fut relâché. Pour sa part, Dave Lambert ne ressortit qu'en début de soirée. Pour ne pas éveiller de soupçons, François l'attendit sagement à la sortie. Lambert était furieux de ce contretemps. Naturellement, il n'était pas question de retourner chez Paquette avant quelques jours.

— Attends que je lui mette la main dessus, celui-là! fit-il en démarrant.

12

Cet après-midi-là, François alla dans le centre-ville chercher une pièce pour sa moto. Sans vraiment réfléchir, il se retrouva au bar clandestin de Vastelli. Assise sur un muret en ciment qui longeait une maison de passe, une jeune femme à la longue tignasse châtaine semblait perdue dans ses pensées. Reconnaissant Denise, il gara sa moto un peu plus loin et alla vers elle. Celle-ci, perturbée depuis sa rencontre avec François, récapitulait les événements dans sa tête.

Dès son entrée à la Sûreté nationale, elle avait prouvé posséder l'étoffe d'un bon agent double, passant sans difficulté d'un rôle de prostituée droguée — quelle ironie ! pensa-t-elle — à celui de jeune femme d'affaires tout ce qu'il y a de conventionnel.

Puis, elle avait rencontré François, si passionné lui-même par son travail qu'elle avait senti le besoin de se surpasser. Après avoir collaboré à quelques enquêtes, elle était devenue amoureuse de lui. Ayant réussi à garder leur relation secrète, ils avaient pris part à une opération d'infiltration d'une bande de motards. Peut-être que Denise avait poussé la conscience professionnelle trop loin. Toujours est-il qu'elle s'était mise à se droguer pour gagner la confiance de son entourage.

S'en étant rendu compte, François avait fait circuler la nouvelle selon laquelle la bande était infiltrée par un agent double, entraînant l'avortement de l'opération. À partir de là, elle ne comprenait plus ce qui s'était passé. Trahie par l'homme qu'elle aimait, congédiée par la Sûreté nationale, il ne lui était resté que la drogue. Elle s'y était d'ailleurs enfoncée au point qu'elle devait se prostituer pour réussir à défrayer les coûts de sa dispendieuse accoutumance.

Quand elle vit approcher François, elle se leva d'un bond et s'engagea dans la ruelle. François la rejoignit.

— Denise, il faut qu'on se parle !

— Qu'on se parle de quoi, François ?

— Je ne sais pas, moi… De toi… de nous…

— François, on a travaillé trois ans à infiltrer ce gang de motards. Et juste au moment où on allait réussir, tu m'as trahie !

— Ce n'est pas vrai, Denise ! C'était le seul moyen de te sortir de là.

Elle le foudroya du regard.

— Maintenant, si tu veux vraiment faire quelque chose pour moi, fous le camp !

Ayant entendu ce cri de rage, une amie de Denise s'approcha d'eux.

— As-tu des problèmes ?

— Ça va. François est un vieil ami. Justement, il s'en allait…

— O.K. Je m'en vais. Mais que tu le veuilles ou non, je vais revenir. Je vais revenir tant et aussi longtemps que tu ne voudras pas m'écouter.

Enfourchant sa moto, il se fondit dans la circulation. Troublée par l'insistance de François, Denise laissa flâner son regard dans la direction où il était disparu…

* * *

Dans une rue paisible en banlieue de Québec, Francine Paquette embrassa son mari.

— N'oublie pas que je dois passer au garage avec l'auto avant la fin de la journée, fit Pierre Paquette.

— Ne t'inquiète pas, répondit sa femme en franchissant le seuil. J'en ai pour une heure, tout au plus.

— Et n'oublie pas mes cigarettes!

— Promis! cria-t-elle.

Après la visite de Lemire et Vallières, les Paquette avaient connu des journées tumultueuses. Comme Francine n'avait pas entendu la remarque de Vallières concernant les dettes de jeu de son mari, elle avait décidé de passer l'éponge et de se montrer moins exigeante à l'avenir. Depuis leur arrivée à Québec, le couple Paquette vivait une renaissance. Pierre était plus détendu, plus amoureux. En fait, n'eût été la présence de sa belle-mère, le temps passé à Québec lui serait apparu comme une deuxième lune de miel. Peut-être était-ce le fait de ne plus se sentir menacé par Dave Lambert...

Francine déverrouilla la portière arrière de l'auto, installa sa petite fille dans le siège d'enfant et s'assura qu'elle était bien attachée. Elle se mit au volant et tourna la clé dans le démarreur.

Dans la maison, Paquette entendit une explosion assourdissante et plusieurs vitres du salon volèrent en éclats. Sous le choc, il se rua sur le balcon et constata que son automobile n'était plus qu'une carcasse entourée d'une boule de feu. Il venait de perdre les deux êtres qu'il chérissait le plus au monde.

* * *

Le lendemain, dès l'ouverture des bureaux, le directeur général de la Sûreté nationale fit une entrée en coup de vent à l'Escouade du crime organisé et fonça vers le bureau de Gilbert Tanguay. Laurent Daigneault n'était pas homme à afficher ses états d'âme et c'était la première fois qu'on le voyait arriver de cette manière.

— Gilbert! Qu'est-ce que j'apprends!? lança-t-il à Tanguay en guise de salutation et avant même de refermer la porte.

Tanguay se tint sur la défensive.

— On envoie des témoins à Québec et on n'est même pas en mesure de garantir leur protection! Qu'est-ce que les médias vont dire si ça se sait?

Tanguay se dit: « Les médias... Il se fiche éperdument des victimes! Il s'inquiète de ce que vont dire les médias!»

— Écoute, Laurent, c'est malheureux, mais on n'avait pas les ressources pour leur assurer une protection à temps plein...

— Je vais dire quoi, moi, aux journalistes? ajouta Daigneault, au bord de la crise de nerfs.

Dans de telles situations, Tanguay laissait passer la tempête, se gardant de dire quoi que ce soit qui puisse envenimer les choses. Daigneault se calma.

— Il faut à tout prix mettre la main sur les coupables!

— Je travaille déjà là-dessus, répondit Tanguay.

— Tu parles d'une bavure! Juste au moment où le premier ministre nomme un nouveau ministre de la Justice...

— Ah, oui? fit Tanguay.

— Viger a été dégommé. Une histoire de pot-de-vin qu'il aurait reçu...

— Et qui le remplace?

— Paul-Émile Langlois.

Tanguay fronça les sourcils.

— Paul-Émile Langlois est notre nouveau patron? Tiens, tiens...

— Je ne sais pas encore ce que ça va représenter pour nous, poursuivit Daigneault. Peut-être qu'on sera mieux appuyés.

Tanguay admira la naïveté de son patron. «Il ne manquait plus que ça: un ami de Scarfo comme ministre de la Justice...», pensa-t-il.

Dans les bureaux de l'escouade, le malaise causé par l'attentat de Québec était généralisé. Lemire et Vallières avaient été dévastés en apprenant la nouvelle. Ils étaient quasiment les seuls, à la Sûreté nationale, à savoir que Paquette se trouvait chez sa belle-mère. Personne n'osait souffler mot à propos de quoi que ce soit; le climat était chargé de méfiance. On évitait de croiser le regard de Georges Lemire, car la moindre allusion pouvait le faire sortir de ses gonds.

Lemire vérifia les dossiers de Lambert et de Gagnon. Dans son esprit, aucun doute possible : cet attentat était lié aux pratiques usuraires de Roger Perreault. L'enquêteur ne resta pas longtemps au bureau. Il se mit en route pour aller épingler Lambert, la rage au cœur.

Il n'y a pas qu'à la Sûreté nationale que la nouvelle s'était répandue comme une traînée de poudre. En milieu d'après-midi, Lambert se présenta chez François en état de panique. Les mots se bousculèrent quand il voulut expliquer la raison de sa visite : bombe… avertissement… Paquette… explosé au mauvais moment… accident.

François mit de longues secondes à saisir l'horreur de ce qu'essayait de lui dire Lambert. Le pauvre Dave était complètement dépassé par les événements; il n'osait ni rentrer chez lui, ni affronter Perreault. Camouflant son propre désarroi, François rassura Lambert et passa un coup de fil à Perreault.

— Roger? C'est François. Il faut que je te parle. J'ai quelqu'un en crise sur les bras. Attends-moi, j'arrive…

— Ne bouge pas d'ici, dit-il à Lambert avant de sortir. À part Roger, personne ne sait que tu es là.

François n'eut pas le temps de traverser la rue. Une auto lui bloqua le passage. C'était Georges Lemire.

Ayant frappé à la porte de Lambert en vain, il se rendait au restaurant de Perreault. En apercevant François, il avait décidé qu'il était temps de faire connaissance avec ce type qu'on voyait de plus en plus souvent avec Lambert. François jura qu'il ne savait pas où se trouvait celui-ci. Lemire le força à le suivre au poste pour l'interroger. Avant de démarrer, il jeta un coup d'œil sur le restaurant.

Par la vitrine de son établissement, Perreault vit François se faire embarquer. Aussitôt l'auto disparue au bout de la rue, il se dirigea vers l'appartement de François.

Il frappa à la porte et s'identifia. Lambert, qui avait également assisté à l'arrestation de François, prit une grande inspiration et ouvrit. Au bord des larmes, il jura que la mort de la femme et de la fillette de Paquette avait été un accident. Il débita une nouvelle fois son histoire, s'inquiétant en plus de savoir si François allait le livrer à la police. Perreault entraîna Lambert vers la cuisine, insistant pour connaître toutes les circonstances de cette tragique méprise.

— Ça va aller, Dave… fit-il. Tu vas quitter la ville pour un bout de temps, histoire de te faire oublier… Tout est déjà arrangé.

Lambert bondit de sa chaise quand on frappa à la porte. Perreault l'apaisa d'un geste de la main et alla ouvrir.

— Ne t'inquiète pas, Dave… Je te présente Vincenzo Spadollini. Il va t'emmener au Vermont. Là, tu seras en sûreté. Tu dois partir tout de suite.

Lambert accepta d'emblée.

— Est-ce que j'ai au moins le temps de pisser? demanda-t-il à la blague en allant aux toilettes.

À travers la porte entrebâillée, Perreault continua de lui parler sur un ton rassurant, sur le ton qu'on utilise avec un malade à l'article de la mort.

— Là où tu t'en vas, il n'y aura pas de problème…

Spadollini avait vissé un silencieux au bout de son revolver. Sur la pointe des pieds, alors que Perreault poursuivait son monologue, il rejoignit Lambert dans la salle de bains et lui tira trois balles dans la nuque.

Perreault baissa la tête et une intense tristesse s'empara de lui. Dave avait beau n'être qu'un pauvre petit con, cela lui faisait de la peine de le voir finir ainsi… Il aurait peut-être pu intercéder pour lui, mais il savait qu'on ne s'oppose pas à la volonté de Giuseppe Scarfo. Quand le Parrain avait appris la mort de la femme et de la petite fille de Paquette, il avait ordonné l'élimination du responsable de cette bavure. Cela attirait l'attention sur les activités de Perreault, mais surtout, Scarfo était un homme de principes : on ne s'attaque pas ainsi à des innocents !

13

Dans la moiteur d'une salle d'interrogatoires de la Sûreté nationale, Lemire cuisinait François Gagnon depuis plusieurs heures, ignorant qu'il était en présence d'un collègue. François aurait pu emprunter la route la plus facile, demander à voir Gauthier et tout régler en quelques secondes. Assumant son rôle d'agent double jusqu'au bout, il avait plutôt opté pour la confrontation. Pas question de dévoiler son identité à Lemire. Le métier était assez dangereux comme ça…

Touché par la mort de la femme et du bébé de Paquette, Lemire voulait à tout prix mettre la main sur Lambert. Cent fois, il avait posé les mêmes questions. Cent fois, François lui avait servi les mêmes réponses. Sa patience était mise à rude épreuve.

— Tu vas me dire où je peux trouver Dave Lambert! hurla Lemire.

— J'y pense! fit François. Tu as oublié de me réciter mes droits!

Lemire prit le parti de sourire. Il en avait vu d'autres.

— Oh! Je vois que MONSIEUR connaît ses droits…

— Et tu dois me laisser appeler un avocat, ajouta François.

— Voyons, Gagnon, ce n'est pas nécessaire. On peut s'entendre, toi et moi. Je ne te demande pas grand-chose, je veux seulement que tu me dises où je peux trouver Lambert, fit Lemire, le plus suavement possible.

— Je préférerais téléphoner à un avocat, répliqua François d'un air narquois, faisant perdre son sourire à Lemire.

— Gagnon, ne joue pas au plus fin avec moi. Je sais que tu es allé rendre visite à Paquette avec Lambert. Je sais aussi que tu y es retourné, toujours avec Lambert. On dirait que vous êtes inséparables depuis quelque temps...

— Dave m'avait dit qu'il avait quelqu'un à voir... Je ne faisais que l'accompagner.

— Ne fais pas l'imbécile! Paquette lui-même nous a dit que c'est toi qui avais suggéré le cambriolage...

François resta muet; il dévisageait Lemire.

— Écoute-moi bien, la tête forte, fit l'enquêteur en serrant les poings. Dans cet attentat, deux personnes innocentes ont perdu la vie, dont une petite fille de dix-huit mois. Tu ne sortiras pas d'ici tant que tu ne m'auras pas dit où je peux trouver Lambert! Est-ce assez clair?

François savait que Lemire ne plaisantait pas. Comme il aurait eu envie de lui dire: «Hé, bonhomme, calme-toi! On est du même côté, toi et moi. Moi aussi, je veux les trouver, les coupables.»

— Tu devrais faire attention à ton cœur, fit François, frondeur. À ton âge...

Cette boutade mit Lemire hors de lui. Il poussa la table, coinçant François contre le mur et lui coupant la respiration.

— À mon âge, justement, je suis encore capable d'en briser, des petits coriaces! fit Lemire en augmentant la poussée.

Grimaçant de douleur, François réussit néanmoins à articuler:

— Attention à l'infarctus!

Lemire, aussi rouge que François, mais pour une raison différente, augmenta encore la pression. François ne pouvait pratiquement plus respirer. La porte de la salle d'interrogatoires s'ouvrit alors brusquement. Gauthier entra dans la pièce.

— As-tu des problèmes, Georges? demanda Gauthier, mine de rien.

En sueur, les yeux injectés de sang, Lemire arrêta de pousser la table. François en profita pour prendre une longue inspiration.

— Moi? Non! fit-il en s'épongeant le front. Mais lui…

Gauthier lui donna une tape sur l'épaule.

— Va te reposer un peu, Georges. Je prends la relève…

À contrecœur, Lemire sortit de la salle.

Gauthier s'assit en face de François.

— Content de te voir! fit François. Je le trouve un peu zélé, ton Georges…

— Il faut le comprendre: il accepte très mal la nouvelle de la mort des Paquette. C'est lui qui leur avait suggéré d'aller s'installer à Québec.

— Tu parles d'un imbécile, ce Lambert! lança François.

— Ce qui est troublant, c'est que personne en dehors de la Sûreté ne savait où se trouvait Paquette…

— Il y aurait eu une fuite?

— De toute évidence. On cherche de qui ça peut provenir.

— Je vais voir de mon côté si je ne pourrais pas trouver des indices, fit François au moment où Lemire revenait dans la salle.

Gauthier se leva en regardant François dans les yeux. Celui-ci paraissait inquiet.

— Tu avais raison, Georges, fit-il. C'est un petit coriace. Mais on doit le relâcher, on n'a aucun motif pour le retenir.

Quand François se trouva devant Lemire, ce dernier exprima sa vexation.

— Gagnon… si jamais je te remets la main au collet, tu vas VRAIMENT passer un sale quart d'heure!

Cette fois, François n'eut pas envie de sourire. Il avait assez provoqué ce pauvre Georges. Il baissa la tête et partit.

* * *

Les heures passées en compagnie de Lemire avaient été longues et éprouvantes. François retourna chez lui se laver et changer de vêtements. En sortant de la douche, il remarqua des taches sur le mur, à côté de la cuvette et sur le carrelage. En y regardant de plus près, il eut l'impression qu'il s'agissait de taches de sang grossièrement effacées au moyen d'un chiffon. Nerveux, il grilla cigarette sur cigarette en attendant l'ouverture du restaurant. Dès qu'il vit Perreault arriver, il se précipita à sa rencontre. Les deux hommes étaient fébriles.

— Qu'as-tu dit aux policiers ? demanda Perreault.

— Rien ! répondit François. Qu'est-ce qui s'est passé chez moi ? J'ai assez vu de flics ces derniers jours... Je ne veux pas d'ennuis supplémentaires !

— Rassure-toi ! Ta salle de bains a besoin d'être repeinte. Ton propriétaire va s'en occuper.

— Ça ne répond pas à ma question, répliqua François sur un ton agressif.

— Écoute, François... Fais-moi confiance !

Perreault consulta sa montre.

— On s'en reparlera. J'ai un rendez-vous.

Il se dirigea vers son auto, François entra au restaurant. Si, comme il le soupçonnait, Perreault avait éliminé Lambert, il ne serait pas facile de découvrir les auteurs de l'attentat contre les Paquette.

* * *

Perreault avait un rendez-vous au quartier général des Messengers, le groupe de motards avec lequel il transigeait. Depuis que Vastelli lui avait confirmé que François Gagnon avait un casier judiciaire pour divers délits, il n'avait plus fait aucun doute dans son esprit que François pouvait prendre la relève de Dave Lambert. Il attendait le moment propice pour le lui offrir.

Perreault laissa sa voiture à deux coins de rue du lieu de son rendez-vous et fit à pied le reste de la distance tout en regardant à quelques reprises par-dessus son épaule. Arrivé devant une grande maison de briques rouges aux fenêtres voilées, il salua un des hommes occupé à peindre une clôture métallique neuve.

Il sonna à la porte et se posta devant une caméra de surveillance fixée au mur. Un barbu portant un chapeau de cow-boy l'accueillit chaleureusement. Avant de refermer la porte, il jeta un regard circulaire sur la rue.

Dans une pièce aménagée en salle de réunion, Robert Sauvageau, le chef du chapitre québécois des Messengers, l'attendait en compagnie du Pic et de Pinceau. Sauvageau était un hybride de l'homme d'affaires et du motard. Grand, costaud, sa barbe et ses cheveux étaient soigneusement taillés, contrairement à ce que l'on voyait chez ses hommes. Ses ongles étaient manucurés et il portait un costume de bonne coupe, un peu étroit pour ses larges épaules. Depuis des années, il imposait crainte et respect chez les membres des Messengers.

Perreault le salua avec courtoisie et toisa les deux autres hommes. Sauvageau l'avait convoqué sous prétexte de tirer au clair l'attentat contre les Paquette. Sachant que Scarfo était furieux, il ne voulait pas que cet incident nuise aux relations de son gang avec la mafia. Il voulait surtout s'assurer que Perreault allait transmettre le message. Du regard, il donna la parole à Pinceau.

— Roger, c'est Dave qui nous a demandé de faire sauter l'auto de Lambert. On a confié ça aux gars de Québec. Ils ont fait le boulot !

Perreault se sentit obligé de défendre Lambert.

— Ce n'est pas ça qu'il t'a demandé !

— Veux-tu dire que je suis un menteur? s'offusqua Pinceau.

— Ce que je veux dire, c'est que Lambert voulait que tu fasses sauter l'auto quand il n'y avait personne à bord. Seulement pour faire peur à Paquette.

Pendant que les mots sortaient de sa bouche, il comprit que Sauvageau avait décidé que Dave Lambert serait le bouc émissaire.

— Il ne nous a jamais dit ça, fit le Pic, sûr de lui.

— On ne donne pas un contrat pour faire sauter une auto vide, maugréa Pinceau à voix basse.

— Le détonateur était branché sur le système électrique, ajouta le Pic. Alors, aussitôt qu'elle a tourné la clé dans le démarreur, boum!

Perreault était découragé par tant de bêtise. De toute évidence, les hommes de Sauvageau refusaient d'admettre qu'ils avaient commis un impair. Il ressentit cela comme une injustice à l'endroit de Lambert. Mais comme les absents ont toujours tort...

— Roger, fit Sauvageau, on n'a pas le choix. Il faut qu'on se débarrasse de Lambert. Je ne veux pas voir la police débarquer ici et je ne veux pas que Scarfo pense que c'est notre faute!

Perreault lança un clin d'œil à Sauvageau.

— C'est qui, ça, Dave Lambert?...

* * *

Après les funérailles de sa femme et de sa fille, Pierre Paquette était rentré discrètement à Montréal. La rage au cœur, la seule solution qu'il avait trouvée pour se faire justice fut de raconter son histoire à Bertrand Fournel, considéré par beaucoup comme le justicier des pauvres et des truands, le patron des causes désespérées. Il l'avait donc appelé au journal pour lui donner rendez-vous dans une ruelle de l'est de Montréal.

Dave Lambert, François Gagnon, Georges Lemire, la Sûreté nationale… tout le monde y passa. Mais Paquette en avait surtout contre la Sûreté. Fournel posa des questions et prit plusieurs pages de notes.

— Les deux enquêteurs s'appelaient Georges… Georges…

— Georges Lemire? demanda Fournel.

— Oui, c'est ça! Il était accompagné d'une femme…

— Michelle Vallières?

— Je crois que c'est ça… Ils m'ont proposé de témoigner contre Lambert. J'ai commencé par refuser, je trouvais ça trop dangereux!

Il s'interrompit, semblant revivre les événements.

— Pourquoi ne l'ont-ils pas arrêté, Dave Lambert? Pendant qu'il était temps… Dix-huit mois qu'elle avait, ma petite fille! Dix-huit-mois…

Balançant entre l'agitation et le découragement, entre la rage et les larmes, Paquette profitait de l'oreille attentive de Fournel pour se vider le cœur. La Sûreté nationale l'avait abandonné, et maintenant il fallait que quelqu'un paye.

— Si tu ne publies pas mon histoire dans ton journal, je te jure que je vais trouver une autre façon de me venger!

Compatissant, Fournel affirma que son histoire paraîtrait dans un avenir rapproché.

* * *

Après que Paquette lui eut promis qu'il se tiendrait tranquille quelque temps, Fournel appela Pierre Gauthier. Une heure plus tard, il entrait au Paradiso, où Gauthier l'attendait, escorté de Lemire.

— Avec ce que Paquette m'a dit, la Sûreté va en prendre pour son rhume… Vous lui aviez promis de le protéger!

—Tu sais bien que la Sûreté n'a pas les ressources pour assurer la protection d'un pauvre type qui ne peut pas rembourser son *shylock*! fit Lemire.

— Vous avez des suspects ?

— L'enquête est entre les mains des Homicides, fit Gauthier.

— Dave Lambert ?

— Il y a un mandat d'émis contre lui. On le cherche toujours.

— Et François Gagnon ?

Pierre déglutit.

— On lui a parlé… Pour l'instant, on ne peut rien retenir contre lui.

Fournel se leva.

— Bon. Je vais écrire que vous recherchez Lambert. Pour le reste, je vais voir…

— Bertrand, fais attention à ce que tu vas écrire ! Après ce qu'il vient de vivre, Paquette mérite mieux que ça.

Fournel s'étonna de la remarque de Gauthier.

— Il mérite pas mal mieux que ce que la Sûreté lui a donné ! conclut Fournel.

Deux jours plus tard, Fournel faisait la une de son journal avec un article intitulé **« L'HOMME SOUPÇONNÉ DU MEURTRE D'UNE FEMME ET DE SA FILLETTE TROUVÉ ASSASSINÉ ! »** Juste comme il terminait son article, la nouvelle de l'assassinat de Dave Lambert était tombée sur son bureau. Il avait donc dû réécrire son texte en catastrophe.

Selon les informations qu'il avait pu recueillir, on avait découvert dans un boisé des Basses-Laurentides l'auto de Lambert incendiée. L'autopsie du cadavre calciné avait révélé qu'on avait abattu Dave Lambert de trois balles tirées à bout portant et qu'on avait ensuite mis son corps dans le coffre de l'auto. Pour l'instant, on se perdait en conjectures sur les motifs et les auteurs de l'assassinat.

Après avoir fait allusion à l'inertie de la Sûreté nationale, Fournel concluait son article de la façon suivante :

« Compte tenu de ses liens avec certains éléments proches de la mafia, on peut présumer que Dave Lambert a été victime de l'*omertà,* la loi du silence ! »

14

Dans les semaines précédant son opération chez Scarfo, Gauthier vit Gabrielle à plusieurs reprises ; ils passèrent quelques nuits ensemble. S'étant découvert une belle compatibilité sexuelle, ils faisaient l'amour durant des heures. À l'occasion, il leur arrivait d'aller manger au restaurant ou, tout simplement, de marcher longuement. En plus d'être fort agréables, ces moments avaient l'avantage de distraire un peu Gauthier de l'opération qui se préparait.

Pendant près de deux semaines, il soupesa toutes les hypothèses, scruta les plus petits détails. Il analysa des séries de photos de l'intérieur de la maison de Scarfo faites par Landry au moyen d'une lentille très puissante et étudia le plan de la maison et des alentours. Il discuta à maintes reprises avec Landry et demanda l'avis de Tanguay. Devant les difficultés de l'opération, ce dernier l'incita à la prudence et lui suggéra d'explorer d'autres pistes. Mais pour Gauthier, la conclusion restait toujours la même : on n'irait nulle part tant qu'on n'installerait pas des micros chez Scarfo.

De son côté, Landry avait tout fait pour fournir à Gauthier les renseignements dont il avait besoin. Habillé en postier, il avait effectué une livraison spéciale chez Scarfo. Avec la caméra miniature cachée dans sa casquette, il avait filmé les serrures des portes, le hall d'entrée et la boîte du système de sécurité. Il avait projeté le tout à Gauthier, attirant son attention sur certaines particularités. Il lui avait montré à crocheter la serrure de la porte de la cuisine, à fixer un micro à une prise de courant; il lui avait aussi permis de se familiariser avec un plan de la maison.

Scarfo tenait souvent des réunions dans son bureau, mais il utilisait la salle à manger quand les groupes reçus étaient importants. Les deux endroits étant trop éloignés l'un de l'autre, Landry et Gauthier avaient décidé de placer un micro dans chaque pièce.

En plus des problèmes en apparence insurmontables (la présence de gardiens et d'un système d'alarme, le manque de temps), Gauthier avait rejeté l'idée d'employer des micros alimentés par piles. Peu fiables, ils dureraient quelques jours seulement, une semaine tout au plus. Il fallait des micros alimentés par le courant alternatif, dont l'installation nécessitait plus de temps.

À mesure que le mardi fatidique approchait, chaque problème, un par un, trouva sa solution. Une lecture attentive des dossiers de surveillance montés par Landry lui permit de faire une découverte a priori banale, mais qui s'avéra très intéressante.

Quelques semaines plus tôt, Scarfo s'était fait livrer des meubles. En fouillant dans la pile de photos, Gauthier découvrit ce qu'il cherchait : une première photo sur laquelle on voyait le nom du marchand sur le côté du camion ainsi qu'un manutentionnaire transportant une grosse lampe et une deuxième photo montrant cette lampe posée sur le buffet de la salle à manger. Il trouva chez le marchand en question une lampe identique, qu'il apporta à Landry.

— Tu peux installer le premier micro! On vient de gagner un temps précieux, lui dit-il, repartant aussi rapidement.

En voyant la lampe, Landry afficha un large sourire. Il restait convaincu que Gauthier se casserait la gueule dans cette opération, mais il ne pouvait s'empêcher d'admirer son cran et sa détermination.

Le mardi matin, en compagnie de Landry qui allait tout coordonner dans son camion, Gauthier réunit le groupe d'enquêteurs et d'agents doubles qui participeraient à l'opération et s'assura que chacun connaissait son rôle à la perfection.

* * *

À seize heures trente, Landry vit sur son moniteur une luxueuse voiture américaine arriver chez Scarfo. Le chauffeur en descendit — il s'agissait de Spadollini — et alla ouvrir la portière au Parrain. D'Ascola prenait déjà place à l'arrière. Landry nota l'heure et mit un casque d'écoute muni d'un microphone. L'opération de filature se mit en branle.

— Central à Chico… C'est parti!

— Bien reçu!

Nerveux, Landry déballa un sandwich et l'avala tout en s'assurant que chacun de ses instruments était parfaitement fonctionnel. À dix-neuf heures, on frappa à la porte de manière distinctive; c'était Gauthier. Landry l'accueillit froidement, visiblement contrarié de ne pas avoir été choisi pour ce travail.

— Benoît, fais confiance à tes ex-collègues!

Il enfila une combinaison foncée, comme celles que portent les éboueurs. Landry secoua la tête et se tourna vers ses appareils en soupirant.

— Scarfo est au restaurant.

Gauthier montra du doigt un gros sac de sport.

— C'est la lampe? demanda-t-il.

— Oui! fit Landry en lui tendant un casque d'écoute miniaturisé.

— Tiens! Mets ça. On va le tester.

Pierre mit le casque sur sa tête et plaça le fin micro devant sa bouche. Les tests s'avérèrent positifs. Les yeux toujours rivés sur son moniteur, Landry obligea ensuite Gauthier à réciter tout ce qu'il avait appris au cours des deux dernières semaines : le crochetage de la serrure de la porte arrière, le désamorçage du système d'alarme, la pose du micro dans le bureau de Scarfo...

* * *

D'Ascola devait faire part à son vieil ami Giuseppe des dernières informations qu'il avait reçues au sujet de Pierre Gauthier et il redoutait la réaction du Parrain. Pour sa part, Scarfo était en grande forme.

— Ça faisait longtemps que tu ne m'avais pas payé un souper, Marco... fit-il en souriant.

Il commanda un campari. Les deux hommes consultèrent le menu.

— La commande de bœuf va arriver à l'abattoir demain, fit D'Ascola.

— Ah, oui ? C'est intéressant... fit Scarfo, sans lever les yeux du menu.

Après une pause, D'Ascola reprit.

— Les employés vont devoir travailler en fin de semaine...

Scarfo déposa son menu. Il connaissait bien son *consigliere*.

— Tu ne m'as pas invité ici pour me parler de l'abattoir, tout de même... Qu'est-ce que tu as à me dire ?

D'Ascola lui remit alors une grande enveloppe brune.

— Des informations sur Gauthier... se contenta-t-il de dire.

— Ah... Tu as finalement trouvé quelque chose à son sujet?

Scarfo mit ses lunettes sur le bout de son nez. Il ouvrit l'enveloppe et en retira des photos. Sur son visage passa alors une gamme d'expressions allant de l'incrédulité au dégoût, de la douleur à la colère. Les photos montraient Gabrielle marchant dans la rue avec Pierre Gauthier, Gabrielle embrassant Pierre Gauthier, Gabrielle au restaurant avec Pierre Gauthier. Et le bouquet : des photos de piètre qualité, vraisemblablement prises de nuit et à travers une fenêtre, où elle faisait l'amour avec Pierre Gauthier.

D'Ascola leva la tête pour affronter le regard de Scarfo, s'attendant à le voir exploser. Connaissant bien Giuseppe, il savait que celui-ci faisait un effort surhumain pour maîtriser ses émotions.

— Qui est au courant ? demanda Scarfo sur un ton sec.

D'Ascola eût préféré éviter de répondre. Scarfo le regarda droit dans les yeux. Le *consigliere* sut que le Parrain n'allait pas répéter sa question.

— Angelo et ses hommes. Ce sont eux qui ont fait les photos.

— Assure-toi qu'Angelo va se la fermer. Et dis-lui bien que l'ordre vient de moi !

Scarfo se leva, suivi de D'Ascola.

— Récupère les négatifs, Marco ! On rentre à la maison.

* * *

À vingt heures dix pile, le couple Barbier vérifia que la porte arrière était verrouillée et sortit par la porte avant. Il prit sa femme par le bras et ils se dirigèrent vers le parc situé en face de la maison. Quand ils furent de l'autre côté de la rue, un camion d'une compagnie de déménagement s'arrêta derrière la camionnette de Landry. Apparemment soucieux, le conducteur en descendit afin de voir s'il lui restait une largeur suffisante pour faire passer son camion. Profitant de cet écran qui avait pour but de bloquer la vue des Barbier, Gauthier sauta de la camionnette et accourut vers la maison de Scarfo, la contournant pour atteindre la porte arrière.

Pendant que Gauthier finissait de crocheter la serrure de la porte de la cuisine, Marcel Barbier allumait sa cigarette, tout en jetant un regard distrait sur le mastodonte qui obstruait la rue. Gauthier poussa la porte, alla directement au panneau de contrôle du système de sécurité situé près de la porte d'entrée. Il consulta les voyants lumineux et respira: l'alarme n'était pas enclenchée. Il venait de sauver de précieuses secondes.

— Pierre! fit la voix de Landry. Scarfo est sorti du restaurant!

Il y eut un silence.

Plusieurs voitures de police banalisées se relayèrent pour filer Scarfo. Les occupants demeuraient en communication entre eux et s'assuraient de maintenir en tout temps un contact visuel avec l'auto de Scarfo. La circulation était passablement dense, et malgré des trésors de conduite sportive, la nouvelle tomba sec:

— On l'a perdu!

Cinq portières d'auto s'ouvrirent presque simultanément; cinq paires d'yeux scrutèrent l'horizon intensément. Un agent monta même sur le toit de son auto pour essayer de voir le véhicule disparu. Pendant de longues, de très longues secondes, une certaine panique s'empara des membres de l'équipe de filature. Finalement, la radio crépita; on venait de le retracer à une intersection. L'agent de filature dont le nom de code était Chico emprunta une rue parallèle à vive allure. À l'intersection suivante, revenant sur ses pas, il brûla un feu rouge et heurta violemment l'arrière de l'auto conduite par Spadollini.

Celui-ci immobilisa l'auto et en descendit pour constater les dégâts.

— Non, mais… Tu ne sais pas conduire! cria-t-il.

Chico s'excusa.

— Je n'ai pas vu le feu rouge!

Peu désireux d'être mêlé à cette histoire, Scarfo héla un taxi.

— Occupe-toi de ça, Marco. Moi, je rentre à la maison…

Voyant que Scarfo allait se défiler, le compagnon de Chico ne vit qu'une solution pour le retarder quelques secondes de plus. Il se dirigea vers Spadollini en l'injuriant, visiblement prêt à en venir aux coups. Scarfo fit signe au chauffeur de taxi de l'attendre et revint calmer Spadollini. Il monta ensuite dans le taxi, qui démarra juste comme des policiers arrivaient sur les lieux de l'accident.

* * *

Évitant les fenêtres, Gauthier rejoignit la salle à manger et s'arrêta devant la lampe qui trônait sur le buffet. Il déposa son gros sac sur le sol et en extirpa une lampe, dont la base contenait un micro. Il la déposa sur le buffet, ajusta l'abat-jour, s'assura qu'elle était à la même place et mit l'originale dans son sac.

— Alors, Benoît, ça fonctionne? murmura-t-il à la lampe.

— Cinq sur cinq! répondit Landry.

Gauthier monta ensuite l'escalier menant à l'étage. Tout en restant en communication avec lui, Landry avait le couple Barbier à l'œil. Il vit Marcel Barbier écraser sa cigarette sur le sol et faire le geste de se lever. À ce moment, Marc Larose intercepta le couple sous prétexte de le soumettre à un sondage sur l'utilisation du parc et sur les améliorations qu'on pourrait y apporter. Jetant un coup d'œil sur la maison, M. Barbier constata que le camion s'était finalement frayé un chemin. Ennuyé d'être ainsi dérangé dans ses habitudes, il laissa sa femme répondre aux questions du «fonctionnaire».

— Fais vite, Pierre! fit Landry. Marc vient de les intercepter.

— O.K., répondit Gauthier.

La voix de Landry résonna de nouveau dans son casque d'écoute.

— Pierre! Scarfo a pris un taxi. Il sera là dans quelques minutes!

Pierre ne répondit rien. Il essuya une goutte de sueur qui lui chatouillait l'arcade sourcilière. Le deuxième micro s'avérait plus difficile à installer. La prise murale du bureau de Scarfo n'était pas identique à celle sur laquelle il s'était exercé et il avait du mal à y loger le minuscule appareil.

— As-tu fini ? demanda Landry.

— Presque, fit Gauthier.

— Pierre ! lança Landry, mort d'inquiétude, Marc ne peut plus les retenir !

Landry voyait les Barbier revenir à la maison. Sur leurs talons, Larose, l'air nerveux, continuait de poser des questions, mais M. Barbier avait décidé que l'interview avait assez duré.

— Pierre !

À ce moment, Gauthier réussit à fixer la plaquette à la prise de courant.

— Terminé ! fit-il.

Gauthier ramassa son gros sac et fit un pas vers la porte. Il aperçut alors une photo encadrée sur un rayon de la bibliothèque. Malgré qu'il n'eût pas de temps à perdre, son sixième sens l'incita à la regarder de plus près. Il s'approcha et écarquilla les yeux. Sur la photo, Giuseppe Scarfo lui adressait son plus beau sourire, le bras passé autour des épaules d'une jeune femme aussi souriante que lui. « Gabrielle ! », pensa-t-il. Le temps s'arrêta. Il regarda avec incrédulité le visage de la jeune femme, essayant de comprendre ce qu'elle faisait en compagnie de Scarfo.

— Pierre ! cria Landry. Qu'est-ce que tu fais ? Ils arrivent à la porte d'entrée !

Gauthier secoua la tête pour se ressaisir et se rua vers le couloir. Comme un chat, il dévala l'escalier et arriva à la cuisine. Il entendit la porte d'entrée s'ouvrir. Il tourna la poignée de porte au moment où Marcel exprimait à sa femme ses doutes sur les sondages d'opinion.

— Tu sais bien que ça ne donne rien, ces sondages. On leur dit ce qu'on désire, puis après ils font à leur tête.

Gauthier referma doucement la porte de la cuisine. Plié en deux, il contourna la maison en frôlant la haie de cèdres bien taillée. À ce moment, un camion à ordures passa lentement dans la rue. Gauthier se précipita vers celui-ci et s'accrocha au marchepied. Cent mètres plus loin, le camion croisa un taxi. Scarfo rentrait chez lui.

15

Dans une chambre du Lido, un motel du nord de Montréal, un homme et une femme faisaient l'amour. Ou plutôt, une femme faisait l'amour à un homme. Les poignets de l'homme étaient retenus à la tête du lit par des menottes. La femme avait gardé sa jupe et son soutien-gorge. Assise sur lui, la jupe relevée autour de la taille, elle effectuait un va-et-vient.

Le client ferma les yeux et commença à gémir.

— Ah oui, Diane! Ah oui!…

Trop absorbé, au bord de l'orgasme, il n'entendit pas une porte s'ouvrir et se refermer. Il n'entendit pas non plus le bruit d'une chaise qu'on traînait au pied du lit.

Juste comme il allait jouir, une voix à l'accent sicilien se fit entendre. Boisvert en fit presque une syncope.

— Ça va, Diane, tu peux arrêter!

Même si elle attendait cette visite, Diane sursauta également. En moins de deux, elle se releva et sauta hors du lit.

— Laisse-nous, maintenant! lui ordonna D'Ascola. Lui et moi avons à parler…

Diane lança au client un dernier regard rempli d'excuses. Elle ramassa ses vêtements et sortit sans demander son reste.

Nu comme un ver, si ce n'est qu'il portait des chaussettes noires, Boisvert débanda aussitôt. Il tira sur les menottes, oubliant qu'elles provenaient de la Sûreté nationale et qu'il ne pourrait pas s'en libérer aussi facilement. Il replia ses jambes pour cacher son sexe flasque aux yeux du *consigliere*.

— Marco! Mais qu'est-ce que tu fais là?! hurla le client humilié. Ce n'est vraiment pas drôle! Détache-moi!

D'Ascola le regarda d'un air méprisant.

— Tu fais vraiment pitié… Tu sais que tu es un dépravé? Toi, un flic… qui devrais être un exemple pour la société…

— Marco, détache-moi tout de suite!

D'Ascola se fâcha.

— *Basta*! Je n'ai pas d'ordre à recevoir de toi, petit minable!

Intimidé par sa colère, le policier se tut. D'Ascola reprit son calme et poursuivit.

— Alors… Tu ne veux plus travailler pour nous?

— Écoute, Marco, plaida Boisvert. Je vous ai beaucoup aidés; j'ai toujours fait ce que vous m'avez demandé. Les informations sur Gauthier… sur Gagnon. Mais faire sauter l'automobile de Paquette avec sa femme et son bébé à bord, ça n'avait plus de sens. Gauthier est en train de passer la boîte au peigne fin pour découvrir l'origine de la fuite. Je ne veux plus continuer… C'est rendu trop dangereux!

D'Ascola se leva.

— Tu feras ce qu'on te dira de faire! Tu ne voudrais tout de même pas que ta famille ou tes collègues de la Sûreté nationale apprennent que tu es un désaxé?

Les larmes aux yeux, le client essaya de s'expliquer. D'Ascola le regarda avec dédain.

— Et nous, on t'a fourni tout ce que tu demandais: de l'argent, des putains, des enfants même… Tu n'es plus en position d'exiger quoi que ce soit!

D'un geste nonchalant, D'Ascola prit la clé des menottes sur la table de chevet et le libéra.

16

Après une nuit où il avait peu dormi, Gauthier était arrivé au bureau très tôt le matin. En vain, il avait cherché sur l'ordinateur un dossier au nom de Gabrielle Lacroix. Quand Tanguay se présenta au travail, une heure avant tout le monde, comme il le faisait souvent, il fut surpris de voir Gauthier à son bureau, plongé dans des dossiers.

— Salut, Pierre! Matinal, aujourd'hui…

Relevant à peine la tête, Gauthier marmonna un salut.

— Tu as oublié de te raser? lança Tanguay en riant.

Mais quand il vit Pierre se lever, il cessa de blaguer, se rendant compte que son enquêteur n'était pas dans son assiette.

— Y a-t-il eu un pépin dans la pose des micros? demanda-t-il, inquiet.

Pierre secoua la tête; il indiqua à Tanguay qu'il le suivait dans son bureau. Pendant que le chef se livrait à son rituel du matin, Gauthier se laissa tomber sur une chaise.

— Gabrielle Lacroix… Ça te dit quelque chose?

Tanguay fit signe que non.

— Pourquoi?

— C'est quelqu'un que je connais. J'ai vu une photo d'elle en installant les micros chez Scarfo.

— Tu connais du drôle de monde… fit Tanguay.

Le visage de Gauthier resta de marbre. Tanguay reprit son sérieux.

— D'après ce que je sais, la seule Gabrielle qu'il y a dans l'entourage de Scarfo, c'est Gabrielle Provost, sa fille.

Une profonde inquiétude s'empara de Gauthier.

— Quel âge a-t-elle ? demanda-t-il faiblement.

Tanguay s'assit et réfléchit quelques secondes.

— Exactement, je ne pourrais pas te dire. Une trentaine d'années…

Il alla fouiller dans le coffre-fort, là où il gardait ses dossiers chauds ainsi que les renseignements qu'on ne pouvait entrer dans le système informatique. Il tira d'un dossier une photo qu'il tendit à Pierre.

— La photo date de quelques années, mais ça te donnera une bonne idée…

Cela lui fit l'effet d'un coup de massue. Il se passa lentement la main sur le visage, comme pour effacer un mauvais rêve. Tanguay consulta le dossier plus attentivement.

— Gabrielle Provost : contraventions impayées, infractions au code de la route, entrave au travail d'un agent de la paix par supposition de personne. L'été dernier, elle s'est fait arrêter pour excès de vitesse sur l'autoroute des Laurentides. Son permis de conduire portait le nom de Gabrielle Lacroix.

Tanguay venait de ruiner l'espoir que Gauthier continuait d'entretenir sur la possibilité d'un malentendu.

— Remarque… Quand ton père est le Parrain de la mafia, tu as peut-être intérêt à changer ton nom…

Il s'arrêta et regarda Gauthier.

— Et tu connais la fille de Scarfo ?

— Je COUCHE avec la fille de Scarfo depuis plusieurs semaines…

— Quoi ?

Tanguay se leva d'un bond, en proie à la colère. Il marcha dans son bureau et signalant à Gauthier les dangers d'une telle situation.

Pierre l'interrompit sèchement.

— Gilbert… Ça suffit, le sermon. Je l'ai rencontrée dans un bar quelques jours avant que tu viennes me chercher. Elle m'avait dit qu'elle s'appelait Gabrielle Lacroix.

Tanguay se calma.

— Et qu'as-tu l'intention de faire maintenant ? demanda Tanguay en appuyant ses poings sur son bureau et en regardant Gauthier dans les yeux.

— Tu n'as pas besoin de t'inquiéter. Je vais régler ça tout de suite, fit Gauthier avant de ressortir du bureau.

* * *

À l'heure où Tanguay faisait son entrée à la Sûreté nationale, Gabrielle arrivait chez son père, qui avait insisté pour la voir le plus rapidement possible. Elle fit la bise à Mme Barbier et causa un peu avec elle.

— Ton père t'attend dans la cuisine, fit Blandine Barbier.

Gabrielle alla le rejoindre et l'embrassa. Notant une froideur inhabituelle chez lui, elle décida de ne pas s'en formaliser.

— Alors, tu m'offres un café ? demanda-t-elle en souriant.

Scarfo se rendit au comptoir et versa du café noir dans une petite tasse. Il la déposa sur la table. Gabrielle s'assit et attendit la suite en regardant son père arpenter la cuisine. Elle commença à se douter de la gravité de la situation. D'ordinaire, son père ne tournait pas ainsi autour du pot. Ne sachant comment aborder la question, Scarfo sortit l'enveloppe de photos d'un tiroir et la lui tendit. Elle l'ouvrit et se leva brusquement en voyant la série de photos d'elle et de Pierre.

— Quoi ? Tu me fais suivre, maintenant ?

— Non, Gabriella. Pas toi… LUI ! As-tu la moindre idée de qui il est ?

— Je sais que c'est un flic! répondit-elle.

— Et sais-tu où il travaille?

— À la Sûreté nationale!

— Où, à la Sûreté nationale? demanda Scarfo en haussant le ton.

— Mais... à l'Escouade des narcotiques.

En un sens, cette réponse fit plaisir à Scarfo. Il était convaincu que sa fille disait la vérité. Cela lui confirmait que Gauthier la manipulait.

— Pierre Gauthier est un enquêteur de l'Escouade du crime organisé...

Gabrielle voulut protester.

— Mais non, il est...

Scarfo haussa encore le ton, criant presque.

— ... Non seulement il veut ma tête, mais il est venu me le dire en personne!

Estomaquée par cette charge inattendue, Gabrielle ne dit rien. Scarfo poursuivit.

— Il se sert de toi! C'est un salaud, Gabriella! Celui-là, plus que les autres encore! Ils ont tout fait pour me coincer depuis vingt ans: les micros, la filature, l'intimidation, l'infiltration... Ils ne savent tellement plus quoi faire pour arriver à leurs fins qu'ils envoient le brave petit Gauthier coucher avec ma fille!

Gabrielle prit une longue inspiration et essaya de mettre un peu d'ordre dans ce qu'elle venait d'entendre. Les arguments de son père, loin de la convaincre, ne faisaient qu'amplifier sa détermination.

— Qu'as-tu l'intention de faire? demanda Scarfo.

— Ce n'est pas toi qui vas décider qui je vais fréquenter!

— Gabriella! Mais tu es complètement folle! Ce type est un salaud de la pire espèce. Quand il aura eu ce qu'il veut, il te laissera tomber et tu seras à ramasser à la petite cuillère!

— Écoute-moi à ton tour! Pierre Gauthier, je l'aime bien. C'est tout. On a du plaisir ensemble! Ne t'inquiète pas, je n'ai aucune intention de l'épouser!

Elle se leva.

— En connais-tu beaucoup des pères de famille qui ont peur de voir leur fille fréquenter un policier ? enchaîna-t-elle.

— Gabriella, réfléchis un peu ! C'est comme si tu descendais sur un champ de bataille et que tu allais te placer entre deux types qui s'apprêtent à se tirer dessus !

— Je suppose que tu préférerais me voir avec Vincenzo ? ironisa Gabrielle.

— Ne dis pas de mal de Vincenzo ! C'est un bon garçon… et il a un bel avenir !

Gabrielle prit son sac et courut vers la porte. Scarfo n'eut pas le temps de la suivre.

— Gabriella ! cria-t-il.

Il n'eut pas de réponse ; elle avait déjà claqué la porte.

Dans la boîte de son camion, Benoît Landry, perplexe, la regarda sortir de la maison. Il avait enregistré leur conversation et n'en croyait pas ses oreilles.

« Moi qui pensais connaître Gauthier… se dit-il. Il faut être culotté pour s'envoyer la fille du Parrain ! »

* * *

Toujours sous le choc de sa découverte, Gauthier, assis à son bureau, réfléchissait à la question. Il avait tellement lu et vérifié tous les détails entourant la Famille Scarfo… Il n'allait pas laisser une banale histoire d'amour tout gâcher ! Paranoïaque, il vit sous un nouvel angle l'intérêt soudain que Gabrielle lui avait manifesté après son arrivée à l'Escouade du crime organisé. « Scarfo doit savoir à quelle heure je prends ma douche et quelles céréales je mange au déjeuner… »

De toute évidence, et malgré l'attachement qu'il éprouvait déjà pour elle, il ne pouvait prolonger cette relation. Il allongea le bras vers le téléphone ; celui-ci sonna au même moment.

— Pierre Gauthier… fit-il sur un ton sec et ennuyé.

— Pierre …

— Gabrielle! s'exclama-t-il en reconnaissant sa voix.

— Il faut que je te parle!

— Moi aussi, il faut que je te parle! Je te rejoins dans une demi-heure.

Il raccrocha et se cala dans son fauteuil, regardant le combiné. Envahi par une soudaine lassitude, il prit le chemin du Bourbon Café.

Contrairement à ses habitudes, Gabrielle s'était installée à une table située en retrait. Pierre s'assit et la regarda froidement.

— Gabrielle, toi et moi, ça se termine ici.

Gabrielle eut une réaction de surprise et de dépit.

— Et je suppose que ça t'arrangeait de coucher avec la fille du Parrain pendant que tu enquêtais sur son compte?

Pierre reçut le commentaire comme un coup de poignard.

— Gabrielle, je te jure que je n'aurais jamais fait une chose pareille!

Elle devint agressive.

— Depuis quand es-tu au courant?

Pierre regarda sa montre.

— Depuis une demi-heure.

— Une demi-heure… ironisa Gabrielle. Quelle coïncidence!

— Je suis tombé par hasard sur une vieille photo de la fille de Scarfo dans un dossier. Quand mon téléphone a sonné, je m'apprêtais à t'appeler.

— Pourquoi te croirais-je?

— Je suis un professionnel… Je n'aurais rien eu à gagner d'une telle situation! Si j'avais su qui tu étais, il ne se serait rien passé entre nous!

Gabrielle sourit tristement.

— Dommage. J'ai cru que c'était possible, nous deux…

Songeuse, elle replaça une mèche de cheveux qui lui tombait sur le front.

— Désolé, Gabrielle… Toi et moi, c'est fini!

Il se leva et partit, laissant Gabrielle désemparée.

* * *

Après la visite de Gauthier au bar de Vastelli, Marco D'Ascola avait confié à Angelo Bogliozzi le mandat de suivre l'enquêteur pour en apprendre plus sur sa vie personnelle. Il voulait ainsi compléter les renseignements que son informateur à la Sûreté nationale lui avait déjà transmis.

Bogliozzi et ses hommes, qui connaissaient bien ce genre de travail, avaient ramené quantité de photos de Gabrielle en compagnie de Gauthier, poussant le zèle jusqu'à faire des photos de nuit à travers la fenêtre de la chambre à coucher de Gauthier. Bogliozzi savait que Scarfo avait les photos en main. Même si le *consigliere* l'avait exhorté de ne parler de tout cela à personne, il avait conservé quelques photos pour se faire plaisir... et surtout pour humilier Vincenzo Spadollini, l'ex-fiancé de Gabrielle.

Bogliozzi détestait Spadollini parce qu'il était le « petit préféré » de Scarfo. À son avis, il bénéficiait de faveurs qui n'étaient pas à la portée de capos comme lui. De plus, Bogliozzi attendait depuis deux ans que son frère soit admis dans la Famille comme membre à part entière. Pour d'obscures raisons, l'échéance était sans cesse reportée. Connaissant le caractère bouillant de Spadollini et sachant que celui-ci allait être reçu dans la Famille avant son jeune frère, il avait élaboré un plan pour discréditer Spadollini aux yeux de Parrain. Si ce qu'il s'apprêtait à faire avait pour résultat d'amener le jeune coq de Spadollini à commettre des bêtises, il s'en lavait les mains.

En arrivant au bar de Vastelli en début d'après-midi, il vit Spadollini converser avec deux hommes. Il s'approcha de leur table en agitant quelques photos tirées de sa poche.

— Hé, Vincenzo ! fit-il avec un sourire sadique. Tu sais ce qu'elle fait, ta Gabriella bien-aimée ?

Sans attendre la réponse, il jeta sur la table des photos montrant Gabrielle en train de faire l'amour avec Gauthier.

— Elle baise avec un flic du Crime organisé ! enchaîna-t-il. Puis elle a l'air d'aimer drôlement ça...

Spadollini prit les photos et les regarda de plus près. Les deux hommes qui étaient avec lui étirèrent le cou pour mieux voir. Rouge de colère, Spadollini se rua sur Bogliozzi. Les deux hommes essayèrent de les séparer, intimidés par la carrure et la réputation de durs des deux combattants. En entendant le brouhaha, D'Ascola sortit de l'arrière-salle. À la vue des photos sur le plancher, il comprit tout de suite.

— Angelo, je t'avais dit de la fermer!

Bogliozzi défia le *consigliere*.

— Marco, fit-il le plus innocemment du monde, il faut bien qu'il le sache que sa bien-aimée couche avec un flic! On ne peut pas le laisser garder ses illusions...

Spadollini se jeta de nouveau sur lui. Sur un signal de D'Ascola, quelques hommes vinrent prêter main-forte aux deux premiers pour les séparer.

— Angelo! Plus un mot à personne! ordonna D'Ascola.

Bogliozzi sortit de l'établissement en bombant le torse; D'Ascola ramassa les photos et les mit dans sa poche. Quant à Spadollini, il retourna piteusement au bar, commanda un double scotch et l'avala d'un trait.

* * *

Le duo Lemire-Vallières n'avait pas chômé. De concert avec Gauthier, ils avaient préparé une stratégie visant à mettre de la pression sur Bogliozzi. Avec l'aide de Marc Larose, qui s'imposait de plus en plus dans ses nouvelles fonctions au Crime organisé, ils avaient piégé une prostituée travaillant pour Lucille Mallette, la forçant à les conduire chez sa patronne.

Lucille Mallette était une femme dans la quarantaine paraissant plus vieille de dix ans, séquelles d'une vie de prostitution, de drogue et d'alcool. Les filles qui étaient à son service la respectaient et l'aimaient. En effet, c'était plutôt rare, dans ce milieu, une directrice d'agence d'escortes qui prenait soin de son monde comme Lucille Mallette le faisait. Plusieurs la considéraient comme leur mère. Une mère sévère, mais juste et compréhensive.

La fille s'était donc présentée chez Lucille pour lui remettre le fruit de son labeur de la journée. Aussitôt la porte ouverte, Lemire et Vallières avaient fait irruption dans l'appartement. Se rendant compte qu'elle était piégée, Lucille avait regardé la fille au bord des larmes pour lui signifier de ne pas s'inquiéter.

Quand la fille fut partie, Lucille s'était enfermée dans le mutisme. Après plusieurs minutes, pendant lesquelles elle avait refusé de répondre aux questions de Vallières, Lemire avait pris la relève. Selon une vieille habitude, il n'y était pas allé de main morte.

— Je connais mes droits! avait affirmé Lucille.

— Tant mieux, avait répliqué Lemire, on va perdre moins de temps! Maintenant, nous allons causer de ton intérêt!

— Je veux parler à mon avocat! avait fait Lucille, imperturbable.

— Écoute, la grosse, c'est moi qui vais décider quand tu vas pouvoir appeler ton avocat… Si tu ne me dis pas où et quand tu remets sa part à Bogliozzi, je sème des sachets de cocaïne partout dans ta maison.

Lucille avait haussé les épaules.

— Dans tes armoires, dans tes chaussures, dans ton téléviseur… Non seulement on te coincera pour proxénétisme, mais tu seras aussi accusée de possession et trafic de drogue.

— Maudit chien sale! avait craché Lucille.

Lemire n'avait pas bronché; il avait enchaîné avec un sourire malicieux.

— Comme ça, tu n'auras plus besoin d'aller à Tanguay[1] porter des oranges à ta sœur… Tu auras tout ton temps pour faire du tricot avec elle.

---

1. Prison à sécurité minimum pour femmes.

Cette fois, Lucille avait blêmi. Sa sœur n'avait plus que quelques mois à faire d'une peine de prison qu'elle purgeait après avoir été reconnue coupable de trafic de stupéfiants et elle n'avait surtout pas envie d'aller la rejoindre.

— Il vient chercher sa part vers minuit chaque vendredi, avait-elle dit d'une voix à peine audible, la tête baissée.

Lemire s'était emparé d'un calepin noir qui traînait sur le bureau. Lucille Mallette avait bondi comme un ressort pour essayer de le lui arracher des mains. À sa réaction, l'enquêteur avait compris qu'il venait de découvrir quelque chose d'intéressant. Il avait feuilleté le carnet, qui contenait des noms de filles, des noms de code et des numéros de téléphone. Il l'avait glissé dans la poche de son veston.

— Ce sera mon livre de chevet ce soir… avait-il dit en souriant.

* * *

Le lendemain après-midi, Lemire alla trouver Pierre devant la machine à café.

— Il faut que je te parle. Dehors, fit-il avec un air de conspirateur.

Les deux hommes sortirent du bureau. Avec Jérôme Couture qui les attendait devant l'ascenseur, ils se rendirent dans la ruelle. Lemire raconta à Gauthier son opération chez Lucille Mallette et lui tendit le carnet noir, attirant son attention sur un nom qui revenait plus souvent que les autres… Puis il céda la parole à Couture, qui se gratta le crâne.

— Georges ne m'a pas donné beaucoup de détails, mais c'est évident qu'il est question ici d'une agence d'escortes…

Lemire s'impatienta.

— Ça, on le sait déjà, Jérôme!

— J'ai réussi à remonter trois mois en arrière dans les communications téléphoniques de cette agence. À partir des numéros de téléphone, j'ai trouvé que le dénommé Bobby, leur client le plus assidu, c'est Guy Boisvert... Il a appelé à plusieurs reprises de chez lui.

La nouvelle renversa Gauthier.

— Je m'en doutais! fit Lemire, hors de lui.

Pour sa part, Gauthier donna un coup de pied dans une poubelle en métal qui alla bruyamment s'écraser sur un mur.

— Laisse-le-moi, Pierre! dit Lemire.

L'idée de voir Lemire tabasser Boisvert le séduisit, mais il s'efforça d'être plus rationnel.

— Jérôme, pas un mot de tout ça! Même pas à Tanguay!

Couture se montra d'accord.

— Georges, il va falloir que tu te retiennes quelques jours. Il faut à tout prix savoir quels renseignements il a transmis et à qui.

Lemire exprima son doute.

— Je ne suis pas certain que je vais être capable de regarder ce salaud-là en face...

Gauthier parla plus rudement à Lemire.

— Écoute-moi bien! On est peut-être tous dans la ligne de tir de la mafia à l'heure qu'il est! Alors ne fais pas de bêtises! S'il le faut, va te refraîchir les idées pendant une heure avant de remonter au bureau!

Lemire soupira, puis hocha la tête.

— On s'occupe de son cas aussitôt que possible, conclut Gauthier.

Dans l'ascenseur, trois hommes à l'air préoccupé se demandaient comment ils allaient affronter cette nouvelle situation. Avant de réintégrer son bureau, Couture se rappela qu'il venait d'obtenir les informations demandées par Gauthier sur Jean-Claude Gervais et la compagnie Investissements Gesco.

17

La secrétaire de Gino Favara fit entrer Scarfo dans le bureau de son patron et l'invita à s'asseoir. Favara était en train de réaliser au téléphone une importante transaction boursière. Scarfo écouta attentivement les propos de son capo. Après de longues minutes, se rendant compte qu'il ne comprenait rien à ce jargon, il examina le bureau et son contenu. Les toiles de peintres contemporains, les meubles et les accessoires design, les nombreux ordinateurs représentaient autant d'indices lui montrant que lui et Favara n'étaient pas de la même génération.

Ensuite, il observa Favara lui-même. Sûr de lui, voire arrogant, celui-ci donnait des ordres à son interlocuteur au sujet d'actions qu'il fallait acheter dès qu'elles tomberaient en deçà d'un montant donné, précisant dans quelles conditions il faudrait les revendre. Impeccablement coiffé et manucuré, il portait un élégant complet rayé et sa cravate aux tons de bleu s'harmonisait avec le gris acier de ses yeux.

Ayant terminé son inventaire visuel, Scarfo commença à s'impatienter. Favara, qui s'en aperçut, lui fit comprendre d'un geste qu'il n'en avait plus pour longtemps.

— Il faut que je te laisse. Aussitôt que ça descend sous la barre des douze dollars, tu achètes! On se reparle. *Ciao!*

Il raccrocha et se leva pour faire l'accolade à Scarfo.

— Excuse-moi, Giuseppe, c'était mon courtier. Qu'est-ce qui me vaut le plaisir de ta visite? Ça semblait urgent…

— Les dollars américains que tu m'as remis il y a deux semaines, ils sont faux!

Favara lança un regard incrédule à Scarfo.

—Jean-Claude Gervais est allé faire le dépôt en Suisse. On l'a fait attendre au comptoir pendant près d'une heure. Le banquier lui-même est venu l'en aviser.

— Giuseppe… J'espère que tu ne crois pas…

— Pas du tout! fit Scarfo avec un accent de sincérité. Mais il ne faudrait pas que ça se reproduise! On a une réputation à maintenir. Et ça risque d'attirer l'attention.

Mal à son aise, Favara réfléchit.

— Ça ne se produira plus! Je crois savoir d'où ça vient…

Comme pour se rattraper, il fit une proposition au Parrain.

— J'ai un tuyau en or pour toi! Denver Mining, achète ça! Il y a une fusion qui s'en vient. Le prix des actions va au moins doubler. Je peux m'en occuper pour toi, si tu le désires.

Scarfo secoua la tête.

— Non, Gino. La Bourse, je te laisse ça. J'aime mieux investir mon argent dans les politiciens… En misant sur les deux partis, je suis certain de ne jamais perdre ma mise.

Favara fit signe à Scarfo de parler moins fort. Il se tourna et augmenta le volume de la radio.

— La vente d'uranium enrichi au Moyen-Orient, ça t'intéresse? demanda-t-il à voix basse.

— Mais où vas-tu prendre ça?

— Je suis en négociation avec les Russes…

Scarfo se leva en riant.

— Gino, tu es trop compliqué pour moi. La Bourse, l'uranium, les Russes, les ordinateurs, Internet… Moi, je suis trop vieux. Aussi longtemps que tu me donneras mon cinquante pour cent, tu peux faire ce que tu veux… Allez, *ciao!*

— *Ciao,* Giuseppe!

Après le départ de Scarfo, Favara réfléchit un long moment. Le fait qu'on lui avait refilé de faux billets le mettait hors de lui. Il appuya sur un bouton de son téléphone. Trente secondes plus tard, son bras droit, Ronnie Dante, entra dans son bureau.

Grand et maigre, Dante avait le profil d'un rapace. Probablement à cause de son admiration et de son dévouement sans borne pour Favara, il avait adopté certaines de ses attitudes.

Favara regarda Dante froidement.

— Tu vas organiser une rencontre avec Brian Callaway le plus tôt possible!

Sans poser une seule question, Dante ressortit. Une heure plus tard, il frappa à la porte du bureau de Favara.

— Demain après-midi! fit-il laconiquement.

* * *

Favara et Dante garèrent la voiture dans un entrepôt désaffecté d'un secteur industriel de Montréal. Quelques minutes s'écoulèrent avant qu'une limousine noire aux vitres teintées arrive par la grande porte de l'entrepôt et s'arrête à côté de la voiture de Favara. Deux hommes vêtus de complets noirs et de verres fumés en descendirent.

— *Hi,* Ronnie!

— Salut! fit Dante à l'endroit de celui qui semblait le chef. Je te présente Gino, mon patron.

— La prochaine fois, il faudra nous laisser un peu plus de temps. C'est trop court comme délai! fit Callaway.

— Je sais, répondit Dante. Mais cette fois-ci, c'est une circonstance particulière. Dante retira une mallette du coffre arrière de l'auto de Favara, la déposa sur le capot de la limousine et l'ouvrit. Le garde du corps de Callaway fit de même avec une mallette remplie d'argent, qu'il déposa sur le capot de l'auto de Favara. Callaway prit un sac de cocaïne et l'inspecta.

— Tu peux compter l'argent, dit-il à Dante.

— Je te fais confiance, fit Dante en refermant la mallette contenant l'argent.

À ce moment, l'entrepôt se remplit de cris.

— Police! Les mains en l'air! Que personne ne bouge!

Sortant de nulle part, plusieurs policiers qui portaient un gilet pare-balles envahirent la place et cernèrent les trois hommes.

— *Fuck!* lança Callaway.

Lui et son comparse furent rapidement fouillés et désarmés. On les fit étendre la face contre le sol, les mains sur la nuque. Lorsque Callaway vit qu'on n'avait pas touché aux deux autres, il comprit que les policiers étaient des faux. Il traita alors Favara et Dante, de traîtres et de vendus. Favara posa un genou par terre, à côté de la tête de Callaway.

— Il y a deux semaines, tu as refilé à Ronnie pour soixante-quinze mille dollars de faux billets.

— Mais… c'est impossible!

— Bien sûr, fit Favara sur un ton exagérément compréhensif. Tu étais allé t'acheter des cigarettes le matin et le marchand t'avait remis pour soixante-quinze mille dollars de fausse monnaie…

— Si l'argent était faux, c'est parce que quelqu'un d'autre me l'avait refilé!

Callaway criait presque, envahi par la peur.

— Et tu as décidé que c'est Ronnie qui allait en hériter!

— Je vais m'assurer personnellement que ça ne se reproduira pas!

— Je te garantis que ça ne se reproduira pas…

Favara se releva, essuya son pantalon avec soin et alla s'asseoir dans son auto, du côté du passager. Il fit un petit signe à Dante, qui dégaina son arme et s'approcha des deux individus.

Il appuya le canon de son revolver sur la nuque du garde du corps de Callaway. Une détonation fendit l'air.

— Non! Non! hurla Callaway.

Une seconde détonation le fit taire à tout jamais. Le plus calmement du monde, Favara attendit que Dante le rejoigne.

— Je m'excuse, Gino. Je ne pouvais pas savoir qu'il s'agissait de faux billets… fit Dante, penaud.

— Ronnie, tiens-toi loin de la drogue si tu veux rester avec moi!

18

Gauthier se rendit à un motel du nord de la ville. Il gara son auto devant l'unité 123, où l'attendaient Pelletier et Tanguay.

— Je me suis ouvert un compte en banque, j'ai pris un abonnement au club vidéo... disait Pelletier à Tanguay quand Gauthier frappa à la porte.

Tanguay lui ouvrit.

— Tu es en retard! fit-il à Gauthier en tapant de son doigt sur sa montre.

— Je voulais être sûr de ne pas être suivi, répondit Gauthier.

— Comme ça, tu sors avec la fille de Scarfo! lui fit Pelletier avec l'air conspirateur de quelqu'un qui venait d'entendre un potin et qui voulait en savoir plus.

Gauthier ne sembla pas apprécier.

— Sortais, François... Sortais!

Regardant Tanguay d'un air ennuyé, il ajouta:

— Les nouvelles voyagent vite...

— Je considérais ça comme un élément important de l'enquête! répondit Tanguay.

Content de sa mise au point, Tanguay se tourna vers Pelletier.

— Et Perreault?

— Ça va bien…

— Tu sais que tu as commis un geste illégal en suggérant à Paquette de frauder sa compagnie d'assurances, fit Tanguay. J'espère pour toi que ça ne se saura pas.

— Ne me fais pas chier avec ça… Sais-tu comment ça se passe, la vie d'agent double? Je voulais empêcher Lambert de tabasser Paquette… Il fallait aussi que je provoque quelque chose! Si je n'avais pas fait ça, je serais encore assis au comptoir du restaurant de Perreault à avaler son café imbuvable! répondit sèchement François.

Après une courte pause, il ajouta:

— Dans certaines circonstances, je n'ai pas beaucoup de temps pour réfléchir!

N'en revenant pas du ton sur lequel lui parlait Pelletier, Tanguay se leva pour aller aux toilettes. François se tourna vers Gauthier.

— Tu ne pourrais pas faire une tournée des souteneurs qui travaillent pour Bogliozzi!

— Laisse-moi faire mon travail! Je paye justement une visite à Bogliozzi tout à l'heure, pour lui mettre un peu de pression sur les épaules, répondit Gauthier.

— Denise en arrache ces temps-ci…

— Dans le fond, ce que tu veux, c'est que je mette le grappin sur O'Neil, fit Gauthier.

— Bon, tu as compris! répondit Pelletier.

— Je t'ai déjà prévenu pour Denise! répliqua Gauthier en haussant le ton.

— O.K., O.K.! Occupe-toi de ta Gabrielle, moi je vais m'occuper de Denise! riposta Pelletier en haussant le ton à son tour.

— Ne t'énerve pas! Je te dis seulement d'être prudent! cria Gauthier, exaspéré par la tournure de la conversation.

— Tu me l'as déjà dit! cria Pelletier. Inutile de répéter!

— Ça va, on n'en parle plus! conclut Gauthier en se laissant tomber sur une chaise.

Tanguay revint sur les entrefaites. Il attendit quelques secondes pour être certain que l'orage était passé.

— Bon… On peut continuer? Vous m'expliquerez tout ça, si ce n'est pas trop demander. Je suis seulement votre patron, après tout!

* * *

En fin de soirée, Gauthier alla prendre Lemire chez lui. Ensemble, ils s'embusquèrent dans la ruelle qu'empruntait Bogliozzi pour aller recueillir les recettes hebdomadaires de l'agence d'escortes. Après une courte attente, ils virent sa Mercedes noire s'arrêter à la hauteur de l'appartement de Lucille Mallette. Bogliozzi en descendit, remonta son col pour se protéger de la pluie et entra chez elle d'un pas rapide. L'opération était devenue tellement routinière que le mafioso n'avait même pas pris la peine de regarder autour de lui.

Quelques minutes plus tard, il ressortit en tenant un sac en papier. Il courut jusqu'à son auto. Il s'assit au volant et déposa le sac sur le siège du passager. Comme il introduisait la clé dans le démarreur, il sursauta.

— Police! Enlève la clé du démarreur et place tes deux mains sur le volant! lui fit Gauthier.

Bogliozzi regarda le badge.

— C'est toi, ça, Gauthier, le gars qui est venu rencontrer Scarfo? dit-il d'un ton méprisant.

Voyant que Bogliozzi ne se conformait pas à son ordre, Gauthier dégaina son arme.

— Qu'y a-t-il dans ce sac?

— Mon lunch! fit Bogliozzi.

— Montre-le-moi! intima Gauthier. Pas de mouvement brusque!

Bogliozzi ne bougea pas. Gauthier écrasa le canon de son revolver sur sa tempe.

— Donne le sac! Plus vite que ça! Tu n'as pas idée à quel point ça me ferait de la peine de te loger une balle dans la tête...

Le mafioso tendit la main vers le sac. Il se rendit compte alors qu'une autre arme était pointée sur lui, du côté du passager. Il prit le sac doucement et le donna à Gauthier. Celui-ci l'ouvrit, le tourna à l'envers. Quelques liasses de billets tombèrent dans une flaque d'eau. Il se mit ensuite le nez dans le sac.

— Mais non, Angelo, tu te trompes! Je ne vois pas de lunch... Seulement les recettes de l'agence!

Du bout du pied, il poussa quelques liasses.

— Terry O'Neil nous avait dit que les recettes étaient bonnes, mais il nous avait menti: elles sont excellentes!

Bogliozzi serra son volant pour ne pas exploser. Il choisit d'ironiser à son tour.

— Qu'est-ce que tu veux... fit-il. Ce n'est pas tout le monde qui peut se payer la fille de Scarfo!

Ignorant sa remarque, Gauthier lui présenta une carte professionnelle.

— Tiens, Angelo. Quand ça se mettra à aller mal pour toi, appelle-moi...

Pendant que Lemire tenait Bogliozzi en joue, Gauthier se dirigea vers l'avant de la Mercedes. D'un coup de crosse de revolver, il fracassa le phare gauche.

—*Tèsta di merda*[1]*!* lança Bogliozzi, fou de rage.

Gauthier se déplaça alors et fit connaître le même sort au phare droit. Il fit ensuite un signe à Lemire et tous deux s'engouffrèrent dans leur auto. Bogliozzi sortit de son véhicule en lançant des injures et s'agenouilla sous la pluie pour ramasser l'argent éparpillé sur le pavé. L'auto des enquêteurs stoppa à sa hauteur.

---

1. Tête de merde!

— Tes phares sont défectueux, Angelo, lui lança Gauthier. Fais attention! Tu pourrais te faire arrêter par la police…

19

Tous les capos assistaient, dans une salle du bar de Vastelli, à leur réunion mensuelle. Bogliozzi arpentait la pièce en vociférant. Jamais personne n'avait osé l'humilier de la sorte! Habituellement, il résolvait ses problèmes lui-même. Mais comme il s'agissait de Gauthier, il avait eu la sagesse d'aller demander la bénédiction du Parrain. L'écume à la bouche, il n'avait pas voulu s'asseoir et il n'avait pas non plus attendu que Scarfo l'invite à prendre la parole.

— Il m'a humilié, Giuseppe! Laisse-moi lui régler son compte!

Scarfo écouta patiemment les doléances du capo. Dans son for intérieur, il admirait le cran de Gauthier et il éprouvait un certain plaisir à voir Bogliozzi si furieux. Ce dernier était important dans la Famille parce qu'il générait beaucoup de revenus, mais son caractère de cochon lui déplaisait.

— Tu ne régleras rien du tout, Angelo! fit Scarfo en haussant le ton.

Puis il se tourna vers les autres hommes présents.

— Si Gauthier essaie de vous provoquer vous aussi, ne faites pas comme Angelo. Tenez-vous loin et ne répondez pas à ses provocations!

Aveuglé par la colère, Bogliozzi fit ce qu'il faisait si souvent : il dépassa les bornes.

— Giuseppe, le même flic qui a baisé ta fille se permet d'humilier un de tes capos et tu ne réagis pas ?

Quelques capos émirent des commentaires à voix basse. Scarfo bondit de son siège et vint se camper devant Bogliozzi.

— Angelo ! Toi et ta grande gueule ! Fais ce que je te dis de faire ! As-tu autre chose à ajouter ?

Bogliozzi se rendit compte qu'il venait de commettre un impair. Il savait que sa cote d'amour n'était pas très élevée auprès du Parrain. De toute évidence, elle avait encore chuté.

— Si tu as quelque chose à ajouter, tu le fais maintenant, à ma face ! enchaîna le Parrain en plantant son index dans la poitrine de Bogliozzi.

L'ancien boxeur baissa les yeux.

— C'est toi, le boss, Giuseppe, laissa-t-il tomber faiblement en tournant les talons.

Il sortit du bar en proie à une envie incontrôlable de taper sur quelqu'un. Il fit signe à un de ses hommes de main. Tous deux sautèrent dans l'auto du capo, qui démarra sur les chapeaux de roues. Direction : le Red Light ; objectif : Terry O'Neil. Bogliozzi le trouva sans difficulté au bar clandestin. Il l'arracha de sa machine à sous et l'entraîna à l'extérieur de l'établissement. Pendant que son garde du corps surveillait la ruelle, Bogliozzi se défoula sur O'Neil.

— Alors, comme ça, tu connais Pierre Gauthier... fit Bogliozzi entre deux coups de poing dans les côtes du souteneur.

O'Neil, qui ne comprenait rien à cette attaque, essayait tant bien que mal de se protéger.

— Angelo, plaida-t-il, je ne connais pas de Pierre Gauthier. Je te le jure !

Bogliozzi continua de frapper.

— Dans ce cas-là, pourquoi Gauthier m'attendait-il chez Lucille ? Comment savait-il que je passerais chez elle à minuit hier soir ?

166

— Je ne sais pas, Angelo, je te jure que je ne sais pas…

— Et pourquoi a-t-il mentionné ton nom ? rugit Bogliozzi en appliquant une autre droite à O'Neil.

— C'est peut-être une de mes filles, finit par dire le souteneur en sanglotant. Je vais faire mon enquête. Je te jure que je vais trouver d'où ça vient, Angelo.

Bogliozzi le frappa encore.

— Si j'étais un informateur, t'imagines-tu que les flics te le diraient ? lança O'Neil en désespoir de cause.

Bogliozzi s'arrêta. O'Neil avait raison, jamais les flics ne brûleraient ainsi un informateur. Il regarda O'Neil. Le sang giclait de sa bouche. Appuyé sur le mur, les jambes flageolantes, le grand blond n'était plus que l'ombre de lui-même. Bogliozzi se rendit compte que son impétuosité lui avait joué un tour. Il ne s'en repentit pas. De toute façon, il n'était jamais inutile de rappeler ses employés à l'ordre de temps en temps… Il ajusta le blouson d'O'Neil et lui tapota la joue.

— Parle à tes filles, Terry, lui dit-il sur un ton faussement amical. Et le plus tôt sera le mieux.

Sitôt Bogliozzi parti, O'Neil se laissa choir au sol. Il vérifia s'il n'avait pas une dent cassée; à son grand soulagement, sa dentition était intacte. Il se releva en tenant ses côtes endolories et tituba en direction de la maison de passe.

De l'autre côté de la rue, quelqu'un éprouva une intense satisfaction à le voir sortir de la ruelle ainsi amoché. S'étant rendu compte que Bogliozzi entraînait O'Neil à l'extérieur du bar, François était allé regarder la scène. Son sourire se serait sûrement évanoui s'il avait connu les intentions d'O'Neil à ce moment précis. C'était à son tour de vouloir taper sur quelqu'un. Et il avait un visage en tête : Denise Deslongchamps. Il commencerait par elle.

Il n'eut aucune difficulté à la trouver puisqu'elle était avec un client. À peine le client sorti, il se rua dans la chambre. Peut-être n'allait-il pas trouver la réponse à sa question, mais au moins il lui ferait payer ce qu'il venait de subir aux mains de Bogliozzi.

Denise, fut doublement surprise de le voir entrer en coup de vent et dans un tel état.

— Mais qu'est-ce qui t'arrive ? demanda-t-elle.

— Ta gueule ! fit O'Neil en la giflant. Tu connais ça, Pierre Gauthier ?

— Non ! fit-elle sans hésiter.

O'Neil la frappa de nouveau.

— Tu ne m'aurais pas trahi à cause de l'argent que tu me dois ? insinua-t-il.

— Voyons, Terry, tu es fou ! Qu'est-ce qui se passe ?

O'Neil l'étendit sur le lit et continua de la frapper.

— Il arrive que mon boss se fait harceler par Pierre Gauthier !

— Je te l'ai dit : je ne le connais pas !

— Si Gauthier connaît mon nom, c'est parce que quelqu'un lui a parlé !

Aussi enragé que Bogliozzi l'avait été quelques minutes plus tôt, O'Neil multiplia les coups. Denise n'ayant plus aucune réaction, il vit qu'elle s'était évanouie. Il releva sa longue carcasse et sortit un sachet de cocaïne d'une de ses poches. Il forma une fine ligne sur la cuvette des toilettes, roula un billet de dix dollars pour en faire une paille et aspira la ligne bruyamment en bouchant son autre narine.

Fier de lui, il regarda le visage ensanglanté de Denise. Il remplit un verre d'eau et le lui lança au visage. Denise bougea à peine.

— Arrange-toi un peu et retourne travailler ! lui ordonna-t-il en sortant de la chambre.

* * *

Après avoir vu O'Neil se faire tabasser, François était rentré rejoindre le Pic et Pinceau. De sa table, il le vit venir reprendre sa place devant la machine à sous en bousculant un client qui avait eu le malheur de s'y installer. Il avait passé une chemise propre et lavé ses blessures, mais on ne remarquait que son œil au beurre noir. Ravi, François le regarda masser ses côtes endolories en grimaçant.

Il cessa de sourire quand il vit Denise arriver à son tour. Plus amochée encore qu'O'Neil! Ses gros verres fumés ne réussissaient pas à camoufler complètement son œil droit tuméfié. Sa lèvre inférieure était enflée et son visage portait des marques. Il la regarda s'approcher lentement de sa table.

Denise quêtait de la poudre pour être capable de faire son travail. Elle s'arrêta à la table voisine de la sienne. Un motard au cœur tendre lui tendit un sachet de poudre en lui demandant ce qui lui était arrivé.

— Je suis tombée dans l'escalier, articula-t-elle difficilement.

Elle assura le motard qu'elle le payerait le plus tôt possible et se faufila jusqu'à la porte du fond. François fit mine de sursauter en consultant sa montre, s'excusa auprès de ses voisins de table et sortit par la porte d'en avant. Se précipitant vers la ruelle, il rattrapa Denise.

— Mais qu'est-ce qui t'est arrivé?

Denise le regarda d'un air hagard.

— François… Qu'est-ce que tu me veux, encore?

Il lui mit les mains sur les épaules.

— Je veux juste t'aider!

Denise parut ébranlée par sa sincérité. Étourdie, elle s'appuya contre le mur et pleura doucement.

— C'est O'Neil qui t'a fait ça? insista François.

— Oui, répondit-elle sur un ton monocorde. Il paraît que Bogliozzi se fait harceler par Pierre Gauthier. Terry fait le tour de ses filles pour savoir si ce n'est pas l'une d'elles qui lui aurait parlé.

François comprit que le plan qu'il avait élaboré avec Gauthier s'était retourné contre Denise. Au bout de son rouleau, elle se jeta dans ses bras pour y trouver un peu de réconfort. Les yeux embués, il la serra contre lui, ne sachant que dire. Il passa la main dans ses longs cheveux. Il sursauta quand une voix résonna derrière lui.

— Comme c'est touchant!

François se tourna; il se retrouva face à face avec O'Neil. Celui-ci s'adressa à Denise.

— Toi, retourne dans la rue! Ce n'est pas comme ça que tu vas réussir à me rembourser ce que tu me dois!

François vit rouge. Oubliant toute prudence, il s'élança vers O'Neil et le terrassa d'une combinaison de coups de poing. La lèvre d'O'Neil recommença à pisser le sang. François s'assit sur lui et l'agrippa par le col.

— Espèce d'ordure! Si jamais tu la touches une autre fois, c'est moi qui vais te régler ton compte!

Il le remit ensuite sur ses pieds et le laissa partir.

— On va se revoir! Sois sûr de ça! lui lança O'Neil.

François s'aperçut alors qu'il avait fait une gaffe. Denise se jeta dans ses bras.

— François, il faut partir!

Ils coururent jusqu'à la moto et François démarra. Denise se colla à lui et le serra tellement fort qu'il en avait du mal à respirer. Il emprunta un parcours tortueux qui le conduisit à sa résidence personnelle.

Il n'eut aucune difficulté à convaincre Denise de rester chez lui le temps de récupérer. Il lui fit couler un bain chaud dans lequel elle s'immergea pendant plus d'une heure. Quand elle sortit de la salle de bains, vêtue d'un vieux pyjama de François, il la conduisit à sa chambre et la mit au lit. Il s'étendit à côté d'elle et caressa ses cheveux jusqu'à ce qu'elle s'endorme.

Il la regarda dormir quelques minutes, puis, à contrecœur, il regagna son petit semi-meublé, non sans avoir baisé le front de Denise, qui avait souri faiblement.

* * *

Fatigué, déçu de la tournure des événements, François s'affala dans le sofa et grilla cigarette sur cigarette tout en essayant de réfléchir à la situation. Par réflexe, il avait allumé le téléviseur qui lui retransmettait l'image de la morne façade du restaurant Chez Ginette. Juste comme il se résignait à aller se coucher, la sonnerie du téléphone le fit sursauter. Vu l'heure, il le laissa sonner à plusieurs reprises et répondit d'une voix endormie.

— Quelqu'un s'en vient te voir! lui dit Perreault.

— Il est trois heures du matin! Ça ne peut pas attendre à demain? demanda François.

— Je crois que tu n'as pas le choix! Je lui ai donné rendez-vous devant le restaurant. Il va arriver d'une minute à l'autre.

François simula un bâillement.

— Bon. Je m'habille et j'arrive.

François vit alors sur son écran une Mercedes noire s'arrêter devant le restaurant. Il ne put identifier le costaud qui descendit du côté du conducteur, mais le passager était O'Neil. François s'empara de la manette de contrôle et fit un zoom sur le costaud. «Bogliozzi!», pensa-t-il.

François sentit une goutte de sueur couler entre ses omoplates. L'espace d'un instant, il paniqua. Perreault sortit du restaurant et commença à discuter avec Bogliozzi.

Sans perdre une seconde, François prit une boîte métallique au fond d'une armoire et en tira un revolver. D'une boîte de céréales, il retira son badge et le mit dans la poche arrière de son pantalon. S'assurant qu'il y avait des balles dans le chargeur, il glissa le revolver sous sa ceinture avant d'enfiler son blouson. Il s'alluma une cigarette et donna un grand coup de poing dans la porte du frigo.

Toute l'opération risquait d'être bousillée! Si les choses tournaient mal et qu'il devait en arriver là, il ne pourrait utiliser son arme qu'après leur avoir montré son badge pour s'identifier. Connaissant la réputation de Bogliozzi, cela lui laissait une marge de manœuvre très réduite.

Il respira profondément avant de sortir. Il alla lentement vers les trois hommes qui le regardaient. Impatient, Bogliozzi ouvrit la portière de son auto.

— Monte! lui lança-t-il. On va aller faire une petite promenade.

— Si tu veux me parler, fais ça ici! répondit François. Ma mère m'a toujours dit de me méfier des étrangers qui m'offrent des balades en auto…

François savait trop bien que cette Mercedes serait son tombeau s'il acceptait d'y monter. Perreault se demanda si François faisait preuve de courage ou d'inconscience. Le mafioso referma la portière de l'auto et fit quelques pas en direction de François.

— Tu connais Denise Longchamp?

— Non. Mais je connais une Denise Deslongchamps!

Voyant que François se payait sa tête, Bogliozzi s'avança d'un autre pas.

— Terry pense que tu sais où elle est…

François secoua la tête et jeta sa cigarette sur le sol. Tous les muscles de son corps étaient en état d'alerte.

— Aucune idée!

— Elle est partie avec toi, non?

— C'est vrai. Mais je l'ai laissée quelques rues plus loin. Elle m'a dit qu'elle allait se reposer chez une de ses amies.

Plutôt que de continuer à répondre aux questions, François passa à l'offensive. Tout en s'adressant à Bogliozzi, il pointa un doigt accusateur vers O'Neil.

— Si j'étais toi, je me méfierais d'un lâche qui ne trouve pas mieux que de tabasser ses filles.

O'Neil fit à son tour quelques pas en direction de François. La présence de Bogliozzi le rendait plus brave.

— Écoute, Gagnon… Ce n'est pas toi qui vas me dire comment traiter mes filles! Puis Denise me doit cinq mille dollars.

François serra les poings; il se tourna vers O'Neil.

— Je vais te le rembourser, moi, ton fric! Mais fiche-lui la paix!

Pour éviter que les deux hommes n'en viennent aux coups, Perreault se plaça entre eux. Bogliozzi émit une proposition.

— O.K., Gagnon. Tu donnes cinq mille dollars à Terry, on ramène la fille sur la rue, puis on oublie tout ça!

Et sur un signe qu'il fit à O'Neil, ils remontèrent dans l'auto.

— Pourquoi on ne lui règle pas son compte tout de suite? demanda O'Neil.

Bogliozzi prit une mine condescendante.

— Terry, tu es vraiment un pauvre con. On va s'occuper de lui… mais seulement après qu'il t'aura remboursé!

* * *

François passa chez lui. En entrant, il trouva la maison sens dessus dessous. Il ne se donna même pas la peine d'appeler Denise. Il s'assit et contempla le désordre. Après quelques jours d'un combat acharné contre le manque de drogue et contre les fantômes du passé, elle ne s'était plus sentie capable de résister. Fouillant la maison, elle avait trouvé les huit cents dollars qu'il avait camouflés au fond d'une penderie. Elle était repartie avec l'argent vers ce qui lui semblait le seul destin possible : Terry O'Neil.

20

Tanguay jubilait. En compagnie de Gauthier, il terminait l'écoute d'un enregistrement que Landry avait fait d'une rencontre de Scarfo avec François Corbeil, l'attaché politique du nouveau ministre de la Justice, Paul-Émile Langlois.

(Voix de Corbeil) — Paul-Émile a beaucoup apprécié votre aide.

(Voix de Scarfo) — Ça me fait toujours plaisir d'aider un ami.

(Voix de Corbeil) — Il est bien conscient que sa nomination est due dans une large mesure aux généreuses contributions que vous avez faites à la caisse du parti…

(Voix de Scarfo) — Voyons, monsieur Corbeil… Paul-Émile a toutes les qualités pour faire un excellent ministre de la Justice. *(Une pause, bruits de pas)* — Puisqu'on parle de contributions… Voici cent treize chèques de trois mille dollars, pour un total de trois cent trente-neuf mille dollars.

(Voix de Corbeil) — Si jamais on peut faire quoi que ce soit pour vous, monsieur Scarfo, n'hésitez pas à nous le demander.

(Voix de Scarfo) — J'avais entendu dire que le procureur adjoint voulait déménager ses bureaux à Montréal… J'avais

donné le nom d'un contact à Paul-Émile pour trouver un édifice qui pourrait abriter les nouveaux bureaux…

(Voix de Corbeil) — Jean-Claude Gervais, je crois… Le ministre m'en a parlé. On s'en occupe!

(Voix de Scarfo) — C'est vrai que Nardelli va être nommé ministre des Transports?

(Voix de Corbeil) — On en parle avec de plus en plus d'insistance…

(Voix de Scarfo) — Ne me dites pas que je vais être obligé de me lancer dans la construction d'autoroutes?

(Rires)

(Voix de Corbeil) — À vous d'en juger, monsieur Scarfo!

(Bruits de pas qui s'éloignent)

(Voix lointaine de Scarfo) — Vous ferez mes salutations à Paul-Émile! Et si vous avez besoin de quoi que ce soit, n'hésitez pas à m'appeler!

(Voix de Corbeil, à peine audible)

— Je n'y manquerai pas. Au revoir, monsieur Scarfo!

Tanguay arrêta le magnétophone.

— Il va falloir approfondir le cas de Jean-Claude Gervais, fit Gauthier.

Tanguay ne répondit pas. Il semblait penser à autre chose.

— Il a vraiment des contacts partout, ce pourri-là! dit Gauthier en parlant de Scarfo.

Aucune réaction de Tanguay, qui se frottait les mains en souriant béatement.

— Se battre contre Scarfo, c'est une chose. Contre un ministre, c'est une autre paire de manches! réfléchit Gauthier à haute voix.

Voyant qu'il monologuait, Gauthier observa son patron. Il semblait ne plus pouvoir s'arrêter de sourire. Finalement, Tanguay sortit de son mutisme. Le magouilleur en lui jouissait. Il venait de mettre la main sur une arme redoutable et n'aurait aucun scrupule à s'en servir. Il s'appuya sur son bureau et regarda Gauthier droit dans les yeux en agitant la bande.

— Te rends-tu compte que cette bande-là vaut son pesant d'or si jamais Langlois veut nous faire chier?

* * *

Gauthier s'étira longuement. Absorbé par son travail administratif, il n'avait pas vu la soirée passer. En sortant du bureau, il décida d'aller prendre un verre au Paradiso, presque désert à cette heure tardive.

Il commanda une bière et s'installa à une table en retrait. Il récapitula les événements survenus depuis son arrivée à l'Escouade du crime organisé: sa visite à Scarfo, sa rencontre avec Bogliozzi, l'installation des micros. Il conclut avec une certaine satisfaction qu'il avait abattu une excellente besogne. Mais alors, pourquoi éprouvait-il ce sentiment de vide?

Gabrielle! Bien sûr. Il ne l'avait pas rappelée et n'avait pas non plus l'intention de le faire, mais elle lui manquait. Il ferma les yeux et prit une longue inspiration. Il revit les courbes de son corps et sentit son parfum. Une main se posa doucement sur son épaule, le tirant de sa rêverie. Un verre de bière à la main, Michelle Vallières demanda si elle pouvait s'asseoir.

— Qu'est-ce que tu fais là, toi? Je croyais être le seul à travailler ce soir, fit Gauthier.

— J'avais des recherches à effectuer aux Archives, répondit-elle.

— On va en profiter! fit Gauthier en levant son verre. On n'a pas souvent l'occasion de se parler en dehors du bureau.

Michelle se montra directe.

— Alors, c'est vrai pour la fille de Scarfo?

— C'était vrai.

— Tu l'aimais?

Pierre fut pris au dépourvu.

— Euh… Tu sais, ça faisait seulement quelques semaines qu'on se connaissait!

Pour éviter d'autres questions embarrassantes, il inversa les rôles.

— Tu travailles tard! Ton petit ami ne doit pas tellement apprécier…

Michelle sourit tristement.

—Je n'en ai pas! En connais-tu, toi, au Crime organisé, qui ont une vie affective normale? À part Tanguay. Avec la vie qu'on mène, ce n'est pas facile de rencontrer quelqu'un... encore moins de le garder!

Pierre reconnut la justesse de l'observation. Ils continuèrent de bavarder tout en consommant beaucoup d'alcool. À la fin d'une soirée remplie d'éclats de rire et de confidences, le plus naturellement du monde ils s'embrassèrent en sortant du Paradiso. Se sentant tous les deux seuls et en manque d'affection, ils se retrouvèrent aussi naturellement dans le lit de Michelle.

Pierre apprécia sa nuit. Michelle était belle, sensuelle, enjouée. Il ne put s'empêcher de faire des comparaisons. Là où Gabrielle avait été passionnée, Michelle s'était avérée tendre, chaleureuse. Ils avaient fait l'amour, en douceur, sans précipiter leurs gestes. Lorsqu'il s'était endormi, Pierre s'était demandé si ce n'était pas d'une relation de ce type dont qu'il avait besoin.

21

Comme il le faisait à longueur de journée, O'Neil était assis devant une machine à sous, SA machine à sous, celle dans laquelle il engouffrait des tonnes de pièces de un dollar. Denise s'approcha de lui par-derrière et plaça ses mains sur ses yeux.

— Surprise! fit-elle.

O'Neil poussa un juron. Qui osait lui faire perdre ainsi un dollar? Il arracha les mains de Denise de son visage et se tourna vers elle.

— Où étais-tu?

— Chez une amie. J'avais besoin de vacances.

— Ton « amie », ce ne serait pas François Gagnon, par hasard? demanda-t-il.

— O.K., avoua Denise. Gagnon, c'est un ami d'enfance. Il a un peu perdu les pédales. Il m'a forcée à le suivre!

O'Neil saisit Denise par le bras et l'entraîna dehors. Il la plaqua sur un mur et serra sa mâchoire dans sa main, comme pour la broyer.

— À l'avenir, tu me demanderas la permission avant de prendre des « vacances »!

Elle agita alors une liasse de billets. Le souteneur lâcha son bras.

— Huit cents beaux dollars pour toi! Puis tu vas être doublement content, je les ai volés à Gagnon. C'est plus que ce que j'aurais pu gagner sur la rue!

Incrédule, il s'empara de l'argent et le compta.

— Mais là, je suis en manque! ajouta-t-elle.

O'Neil mit l'argent dans sa poche et leva la main vers le visage de Denise. Elle eut un mouvement de recul, croyant qu'il allait la frapper.

— Ça, on va dire que c'est les intérêts sur ce que tu me dois, fit-il en tapotant la poche dans laquelle il avait mis l'argent.

— Comme tu veux, balbutia-t-elle. Mais je t'en supplie, donne-moi de la poudre!

— O.K., mais il va falloir la gagner…

D'un air complice, O'Neil passa son bras autour des épaules de Denise et l'emmena à la maison de passe.

— J'espère que ton ami Gagnon ne se sentira pas trop offusqué que tu lui aies volé son fric. Il m'a promis de me rembourser ce que tu me dois.

Il avait mis dans sa phrase toute la cruauté dont il était capable, comme pour tester Denise.

— Gagnon, c'est un bon gars, mais il est tellement naïf… répondit-elle, pour le plus grand plaisir d'O'Neil.

* * *

En pénétrant dans la chambre, O'Neil baissa son pantalon et s'assit sur le bord du lit tout en agitant un sachet de cocaïne. À cet instant, Denise eut l'impression que son cerveau se scindait en deux. Une partie d'elle-même regarda le sachet de cocaïne en salivant. L'autre partie éprouva de la répulsion à la vue de la chambre sordide et du matelas crasseux où une multitude d'hommes l'avaient prise.

Du coup, elle sentit monter en elle une nausée qui n'avait rien à voir avec le manque de drogue. Avant même qu'O'Neil puisse réagir, elle vomit copieusement sur lui. Il sauta du lit en criant et, sur une jambe, essaya de relever son pantalon. Dégoûté, il lança le sachet de cocaïne sur le plancher et sortit de la chambre en jurant comme un charretier. Aussitôt qu'il fut parti, la nausée de Denise s'atténua.

Elle s'agenouilla dans sa vomissure et, d'une main tremblante, quasi amoureuse, ramassa la petite enveloppe. De l'extérieur, son *alter ego* contemplait la scène avec dégoût. Après de longues secondes d'hésitation, elle plongea son nez dans le sachet, essayant de faire taire sa conscience. Mais elle savait bien qu'à partir de ce moment elle n'en serait plus jamais capable.

22

Gabrielle avait passé la soirée chez elle. D'humeur morose, elle essayait de se concentrer sur la lecture d'un roman avant de se mettre au lit. On sonna à la porte. À une telle heure, ce ne pouvait être que lui. Elle se leva d'un bond, s'arrêta devant le miroir, déplaça soigneusement ses cheveux, élargit un peu l'encolure de son peignoir et alla ouvrir.

— *Babe!* fit le visiteur. Comme tu es belle!

— Vincenzo!

Accablée, elle essaya de refermer la porte.

— Je t'ai dit que je ne voulais plus te voir!

Mais Spadollini bloqua la porte avec son épaule et se faufila à l'intérieur sans difficulté.

— Il faut que je te parle!

— Si c'est pour me relancer, c'est inutile. On n'a plus rien à se dire, toi et moi.

— Je ne suis pas ici pour ça!

N'ayant pas le choix, Gabrielle le laissa entrer et retourna s'asseoir dans son fauteuil préféré.

— Je te donne dix minutes pour me dire ce que tu as à me dire. Je suis fatiguée et je me lève tôt demain matin.

— Je viens te parler de ton amant de la Sûreté nationale.

Gabrielle s'impatienta.

— Vincenzo, c'est fini avec Pierre Gauthier! Je ne veux plus en entendre parler!

Il prit place sur le sofa en face d'elle.

— Je sais que tu le vois encore!

Gabrielle se tut. Décidément, il n'était pas facile d'avoir une vie privée. Il tira une photographie de la poche de son blouson et la lui tendit. On y voyait Pierre en compagnie d'une belle femme aux longs cheveux châtains. Ils s'embrassaient avec passion.

— Elle, c'est Michelle Vallières. Une collègue de travail de Gauthier.

Instinctivement, Gabrielle referma l'encolure de son peignoir. Les idées se bousculèrent dans sa tête. Elle se remémora les propos de son père. Ou bien Pierre lui mentait et se servait d'elle ou bien il y avait quelqu'un d'autre dans sa vie. Dans un cas comme dans l'autre, elle se sentait trahie. Après une pause bien calculée, Vincenzo poursuivit.

— Tu vois bien qu'il te manipule!

Gabrielle déchira la photo et jeta les morceaux par terre. Elle se leva et ouvrit la porte.

— Je t'ai assez écouté. Fous le camp!

— Ne crie pas comme ça! Il a peut-être installé des micros chez toi… fit Vincenzo sur le ton d'un comploteur.

Il savait qu'il venait de faire mal à son ex-fiancée, mais il considérait que c'était un juste retour des choses. Avant de ressortir, il tenta d'embrasser Gabrielle sur les lèvres. Elle détourna la tête.

— Je t'ai dit de t'en aller!

Il lui passa doucement la main sur la joue.

— Tu ne devrais pas me traiter comme ça, *babe*, laissa-t-il tomber, comme s'il s'agissait d'un avertissement. Un de ces jours, tu pourrais avoir besoin de moi…

Elle lui claqua la porte au nez et s'empressa de verrouiller. Elle se rassit dans son fauteuil et évalua la situation. Certaines affirmations de Vincenzo s'étaient enregistrées dans son cerveau. Elle regarda les morceaux de la photo sur le plancher et des larmes roulèrent sur ses joues.

Elle s'habilla rapidement et sauta dans son auto.

* * *

Pierre sortait de la douche quand Gabrielle sonna de manière insistante à sa porte. Il noua une serviette de bain autour de sa taille et alla ouvrir en maugréant.

— Oui… oui… Une minute! cria-t-il.

Sans même le saluer, elle entra. Il jeta un coup d'œil à l'extérieur et referma la porte. Quand il se retourna, elle se tenait devant lui les bras croisés. Dans ses yeux, il y avait du feu.

— Excuse-moi… J'aurais dû t'appeler en fin de semaine, fit-il.

Elle lui tendit les deux morceaux de la photo que Spadollini lui avait remise.

— Qui t'a donné ça? lui demanda Pierre, estomaqué.

— Je l'ai reçue par la poste, ironisa-t-elle. C'est tout ce que tu as réussi à trouver pour mettre fin à notre relation? Sauter dans une autre?

Pierre évita son regard. Depuis qu'il était à l'Escouade du crime organisé, il se doutait bien qu'il était suivi. Il en avait maintenant la preuve devant les yeux.

— Je suis venue pour t'avertir que tu es surveillé, mais surtout pour savoir si ça constitue ta réponse à notre dernière conversation.

Pierre la fit passer au salon. Elle poursuivit, sur un ton plus calme.

— J'avais besoin de te voir. Il y a trop de choses que je n'arrive pas à comprendre. Au début, je trouvais la situation… excitante. L'idée de sortir avec un flic… J'avais l'impression de jouer avec le feu et je me disais que ça allait être une aventure sans conséquence. Mais ce n'est plus aussi simple. En tout cas, pas pour moi!

Pierre prit place à ses côtés.

— Gabrielle, pour la centième fois... Si j'avais su que tu étais la fille de Scarfo, on ne se serait jamais connus. Mais, en même temps, depuis que tu es arrivée, je cherche un prétexte pour te garder ici cette nuit!

Un pâle sourire se dessina sur le visage de Gabrielle.

— Et ta collègue, c'est sérieux?

— On a pris un verre ensemble... Ça n'ira pas plus loin!

Ayant entendu les mots qu'elle désirait entendre depuis le début, Gabrielle enlaça Pierre et l'embrassa à son tour.

— Serais-tu jalouse?

— Très! N'oublie pas que j'ai du sang sicilien...

Pierre la souleva dans ses bras et la transporta jusqu'à sa chambre. Alors qu'il lui faisait franchir le seuil, elle fit sauter le nœud qui retenait la serviette à sa taille...

Ils laissèrent leur passion se déchaîner une bonne partie de la nuit, oubliant toute contrainte extérieure, s'aimant comme si c'était la dernière fois.

Au petit matin, ils prirent le café ensemble. Après avoir hésité un peu, Pierre décida de lui livrer le résultat des recherches effectuées sur Jean-Claude Gervais et sur la société Investissements Gesco. Connaissant maintenant la véritable identité de Gabrielle, leur teneur avait pris une signification nouvelle.

— Jean-Claude Gervais est président et seul actionnaire d'Investissements Gesco, une filiale de Gesco International. Gesco n'a pas les moyens de se payer une bâtisse de ce genre. C'est une société prête-nom mise sur pied il y a quelques années...

— Prête-nom pour qui? demanda Gabrielle, intriguée.

— Disons que ce gros contrat est un cadeau que ton père t'a fait sans te le dire! fit Pierre.

Gabrielle leva les yeux au ciel. Pierre poursuivit.

— Gesco veut y installer son nouveau siège social. Comme l'opération est pilotée par Favara, on sait que c'est une opération de blanchiment d'argent.

Gabrielle l'interrompit.

— C'est qui, Favara ?

Pierre la regarda, incrédule.

— Tu ne connais pas Gino Favara ? C'est lui, le grand argentier de la mafia montréalaise…

— Comme si je les connaissais tous ! s'indigna Gabrielle.

— J'imagine… répondit Pierre avec un sourire en coin.

— Et toi, comment vas-tu ? demanda Pierre après un moment de silence.

— Ça va… J'essaie de m'occuper l'esprit !

Voyant l'heure du départ arriver et n'en pouvant plus, Gabrielle mit la main sur le bras de Pierre.

— Tu as réfléchi à notre sujet ?

— Toi et moi, c'est fini ! laissa tomber Pierre.

* * *

Apparemment résignée, Gabrielle rapporta les tasses dans la cuisine et en profita pour déverrouiller la porte. Sur le balcon, ils s'embrassèrent, puis se dirigèrent chacun vers son auto.

Quelques minutes plus tard, Gabrielle revint sur ses pas et pénétra dans la maison par la porte déverrouillée. Elle se rendit à l'étage, là où Pierre avait son bureau. Elle mit l'ordinateur sous tension. L'écran s'illumina sur une petite boîte lui demandant un mot de passe. Elle le referma.

Elle regarda autour d'elle et ouvrit un classeur qui n'était pas verrouillé. Elle passa les dossiers un par un et s'arrêta sur celui qui était identifié « Scarfo ». Elle l'ouvrit et le parcourut rapidement. Elle se rendit compte qu'il contenait des transcriptions de conversations téléphoniques de son père avec diverses personnes, dont certaines dont elle ne connaissait pas le nom.

Elle remit soigneusement le dossier à sa place et repartit par le même chemin.

Fière de sa découverte, elle retourna à son auto, garée à deux coins de rue plus loin. Pas un instant elle ne se douta que Pierre était aussi revenu sur ses pas et qu'il avait tout vu.

Le reste de la journée, elle eut de la difficulté à se concentrer sur son travail, pensant aux transcriptions téléphoniques. Les passages qu'elle avait lus indiquaient que des micros avaient été installés dans la maison de son père. Et elle se demanda si son père et Vincenzo avaient raison, s'il se pouvait que Pierre soit manipulateur à ce point. Il lui fallait en avoir le cœur net.

* * *

À sa sortie du bureau, elle se rendit à un rendez-vous. Vincenzo, sûr de lui, l'attendait avec un sourire épanoui. Quand elle arriva à sa hauteur, il enleva ses verres fumés et voulut l'embrasser sur la bouche. Gabrielle lui tendit la joue.

— J'ai besoin de toi! dit-elle.

— Je le savais, *babe*, que tu ne pourrais pas te passer de moi bien longtemps...

Gabrielle frissonna comme à chaque fois que Vincenzo l'appelait *babe*. Elle le regarda. Bien qu'il fût très beau et qu'il ait été un amant convenable, il y avait trop de choses qu'il ne comprenait pas au sujet des femmes en général et d'elle en particulier.

— Vincenzo, je me demande si tu n'avais pas raison hier soir, au sujet des micros.

Le sourire de Vincenzo s'évanouit.

— Je veux en avoir le cœur net. Tu dois sûrement connaître quelqu'un qui pourrait brosser mon appartement.

Vincenzo hésita.

— Mais pourquoi ne le dis-tu pas à ton père, Gabriella? Il va s'en occuper.

Gabrielle secoua la tête.

— Non! Il a assez de préoccupations comme ça. Puis c'est juste une intuition que j'ai... Je lui en parlerai seulement si on trouve quelque chose!

Perplexe, Vincenzo choisit de ne pas la contrarier.

— O.K., *babe,* fit-il. Quelqu'un va entrer en contact avec toi dès demain. Il s'appelle Laurent Sigouin.

Puis, après une courte pause:

— J'espère que tu sauras être reconnaissance... fit-il en approchant son visage du sien.

Gabrielle ne laissa pas Vincenzo l'embrasser; prenant sa tête entre ses mains, elle lui appliqua un baiser sonore sur la joue avant de tourner les talons.

— *Ciao.* N'oublie pas... Mon père n'a pas besoin d'être inquiété avec ça pour le moment!

Vincenzo tâcha de lui sourire. Il ne savait plus comment interpréter le comportement de Gabrielle à son endroit. Il l'aimait toujours et il était prêt à tout pour elle. Pourtant, il avait du mal à concilier ses intérêts personnels et ceux de la Famille.

23

François terminait son petit-déjeuner quand on sonna à sa porte. Lorsqu'il ouvrit, Pinceau et le Pic foncèrent sur lui comme deux joueurs de football, le renversèrent et le clouèrent au plancher. Perreault, qui les suivait, enjamba les corps enchevêtrés et se dirigea vers le blouson de François, posé sur le dossier d'une chaise. Il fouilla dans les poches pour en ressortir un portefeuille. Il éplucha les papiers de François un à un et laissa tomber le portefeuille sur la table.

— Qu'est-ce qui se passe ? cria François.

Perreault ne répondit pas. Il se tira une chaise. Pendant un moment qui parut extrêmement long, il dévisagea François. Puis, il se décida.

— J'ai eu une conversation intéressante avec le Pic. Il paraît que tu me cherchais, il y a quelques semaines...

— Si tu veux qu'on se parle, rappelle tes chiens ! cria François en essayant de se défaire d'eux.

— Commence par répondre à ma question !

— J'avais de la drogue à écouler et je me suis informé. C'est le Pic qui m'a parlé de toi !

Il essaya de se tourner pour faire face au Pic.

— Dis-lui, le Pic, que c'est vrai!

Perreault regarda le Pic. Celui-ci eut l'air gêné. Le cerveau de François fonctionnait beaucoup plus rapidement que le sien. Sa version semblait conforme aux faits, même si le Pic n'était plus très sûr des détails.

Perreault soupira bruyamment et fit signe aux deux motards de relâcher François. En se remettant debout, celui-ci asséna un coup de genou dans le bas-ventre de l'énorme Pinceau, qui s'affaissa en râlant. En moins de deux, le Pic attrapa François par le col. Il allait lui donner un coup de poing au visage quand la voix de Perreault se fit entendre.

— Ça suffit!

Les dents serrées, le Pic arrêta son geste.

— Allez m'attendre dehors! lança Perreault aux deux motards.

Le Pic aida Pinceau à se relever et le conduisit vers la sortie. Le mastodonte, toujours plié en deux, les mains entre les cuisses, lança un dernier regard assassin à François.

— C'est quoi, ton affaire? demanda Perreault.

François s'alluma une cigarette et fit mine de réfléchir.

— Après ce que tu viens de me faire là, je ne suis pas sûr que j'ai envie de t'en parler! répondit François en exhalant la fumée en direction du restaurateur.

— Je ne peux pas me permettre de faire de gaffe... Ça coûte trop cher!

Faisant semblant de se calmer, François approcha une chaise de Perreault.

— J'ai de l'héroïne pure à écouler... Un kilo!

— Je vais voir ce que je peux faire, se contenta de répondre Perreault.

Après son départ, François mit la caméra en action. Pinceau gesticulait en indiquant l'appartement de François. Perreault essayait de l'apaiser.

Dans quel bourbier s'était-il enfoncé? Où allait-il bien pouvoir trouver un kilo d'héroïne pure?... Au bout d'un moment, il imagina une solution. Il sortit, sauta sur sa moto et roula pendant une quinzaine de minutes pour égarer un éventuel poursuivant. Il se rendit ensuite chez lui et passa un coup de fil à Pierre Gauthier.

* * *

— Ça n'a aucun bon sens! Je ne peux pas faire ça! répéta Tanguay en s'arrachant presque les cheveux.

— Tu n'as pas le choix! fit Gauthier en frappant de son poing sur le bureau du directeur. Sinon, François est dans la merde!

— As-tu une idée de la paperasse que je vais devoir remplir pour justifier la sortie d'un kilo d'héroïne des voûtes de la Sûreté? cria Tanguay.

Gauthier se montra cynique.

— Ah, bon! Mon meilleur agent risque sa vie pour faire avancer une enquête et MONSIEUR le directeur s'inquiète de la paperasse!

Tanguay fusilla Gauthier du regard et hissa le drapeau blanc.

— O.K., fit-il, il va l'avoir, son héroïne. Mais la prochaine fois, j'aimerais bien que vous en discutiez avec moi AVANT de prendre de telles initiatives!

— Promis! fit Gauthier. La prochaine fois…

Il se dirigea vers la porte.

— Ah, oui! N'oublie pas… De l'héroïne pure!

Tanguay voulut avoir le dernier mot.

— Si jamais il l'utilise pour une transaction, je veux voir l'argent sur mon bureau. Ça appartient à la Sûreté!

— Alors organise-toi pour que l'héroïne soit la meilleure possible!

Tanguay chercha sur son bureau, mais il ne trouva aucun objet à lancer à la tête de son enquêteur. De toute façon, Gauthier avait déjà refermé la porte derrière lui.

24

C' était un dimanche magnifique, « idéal pour un pique-nique », avait mentionné Michelle Vallières en quittant les bureaux de la Sûreté nationale avec ses collègues, tôt le matin.

Gauthier avait appris à la dernière minute seulement que le gratin de la mafia se rassemblait pour une cérémonie d'intronisation au cours de laquelle Vincenzo Spadollini deviendrait membre à part entière de la Famille. La conversation enregistrée entre Scarfo et son *consigliere* ne contenait cependant aucune précision sur l'endroit.

Selon Gauthier, il fallait que la Sûreté manifeste sa présence à cette rencontre ultrasecrète, à défaut d'avoir été en mesure de faire surveiller les lieux. Des photographes les accompagneraient pour mettre à jour le fichier de photographies. Landry apporterait du matériel d'écoute sophistiqué. Au risque d'improviser, peut-être pourrait-on quand même recueillir certains renseignements.

Les enquêteurs s'étaient donc partagé le travail de filature, chacun s'occupant d'un capo. Durant l'avant-midi, tout ce beau monde convergea, un par un, vers le port de Montréal, dans un stationnement proche d'un quai. Postés à une certaine distance, Gauthier, Vallières et Lemire regardèrent les mafiosi monter à bord d'un bateau-mouche. À onze heures pile, celui-ci appareilla.

— Vraiment pas bête comme idée! fit Vallières avec admiration.

— Ouais, vraiment pas bête! répéta Gauthier.

Voyant que sa présence était inutile, Landry prit congé. Celano vint se joindre à eux.

— Il manque quelqu'un sur le bateau! annonça ce dernier.

— Ah oui? Qui? demanda Lemire.

— Bogliozzi… Il est sur un quai avec son bâton de baseball et il frappe des cailloux dans le fleuve. Il n'a pas l'air très content.

— Il n'a pas été invité? demanda Gauthier.

— Je crois qu'il boude, répondit Celano. Angelo accepte mal que Scarfo ait encore une fois remis l'intronisation de son frère, Tomasso.

— Tiens, tiens… fit Lemire. De la bisbille dans la Famille?

* * *

À bord du bateau-mouche, le champagne coulait à flots. Scarfo considérait Vincenzo comme son fils; il n'avait donc pas lésiné sur les dépenses pour faire de la cérémonie un événement mémorable. À midi, peu après que le bateau eut mouillé à une distance respectable de la rive, D'Ascola se leva pour commander le silence et déclarer la réunion ouverte.

— *In onore della Famiglia, la riunione e aperta.*

Puis, il céda la parole à Scarfo.

— Aujourd'hui, c'est un grand jour dans la vie de Vincenzo Spadollini, un gars qui nous a rendu de grands services…

Tout autour de Spadollini, les participants acquiescèrent; certains lui donnèrent des tapes amicales dans le dos.

— C'est à notre tour maintenant de lui démontrer respect et reconnaissance en l'accueillant au sein de notre Famille.

Le Parrain lui fit signe de s'approcher.

— Répète après moi :
Io, Vincenzo Spadollini,
Voglio entrare
In questa organizzazióne
Per proteggere
La mia Famiglia
E per proteggere
Tutti i miei amici.
Io giuro
Di non svelare
Questo segréto
E di ubbidire
Con amore
Ed omertà.

D'Ascola prit une enveloppe dont il tira un petit couteau en or ainsi qu'une image de la Vierge Marie. Solennellement, il tendit le canif au Parrain.

— Quel doigt choisis-tu, Vincenzo ? demanda Scarfo.

Spadollini montra l'index de sa main droite. Scarfo lui fit une petite coupure dans le doigt ; D'Ascola plaça sous sa main l'image de la Sainte Vierge pour recueillir quelques gouttes de sang. Le Parrain demanda ensuite à Spadollini d'étendre les mains et il y déposa la photo. Alors que D'Ascola mettait le feu à l'image de la Vierge avec un briquet, Scarfo poursuivit le serment d'allégeance.

— *Come brucia*
Questa Santa,
Cosi si brucerà
La mia anima.
Io giuro di entrare vivo
In questa organizzazióne
E di uscire solo morto.

Tout en répétant le serment, Spadollini jongla avec l'image qui se consumait. Au signal de Scarfo, il put enfin éteindre les flammes en se frappant dans les mains. Le Parrain lui fit alors la bise, ce qui déclencha les applaudissements des hommes présents. À tour de rôle, chacun vint embrasser et féliciter le nouveau capo. C'était vraiment un grand jour dans la vie de Vincenzo Spadollini.

Depuis son adolescence, il rêvait de ce moment. Il s'était imposé graduellement au sein de la Famille, ne reculant devant aucune tâche, aussi ingrate soit-elle, pour faire sa marque. Sa détermination et son courage avaient attiré l'attention de Scarfo. Quand il avait rencontré Gabrielle, au cours d'une noce, le coup de foudre avait été réciproque. Bien qu'amoureux, Vincenzo avait vu là l'occasion de mieux se faire apprécier du Parrain et il avait un peu précipité les choses. Peu après leurs fiançailles, Gabrielle avait mis fin à leur relation, incapable d'envisager l'idée de passer le reste de ses jours avec un homme comme Vincenzo. Néanmoins, Scarfo avait eu le temps de développer une estime profonde pour ce jeune homme qui, lui aussi, était orphelin depuis son jeune âge.

* * *

Le bateau revint au quai au milieu de l'après-midi, après que les convives eurent pris un repas copieusement arrosé. C'est donc une bande de joyeux fêtards qui défila sous le regard des enquêteurs. En voyant ce comité d'accueil, Scarfo s'inquiéta. Il n'eut pas le temps de faire circuler le mot d'ordre de ne pas répliquer à d'éventuelles agressions verbales. Il avait raison de s'inquiéter. Georges Lemire donna le coup d'envoi de l'affrontement.

— Pas mauvaise, l'idée de faire ça sur un bateau…

Frank Vastelli fit un geste de la main en direction des enquêteurs.

— Regardez-moi ça… Dire que nos impôts servent à payer leurs heures supplémentaires.

Celano s'adressa à Spadollini.

— Hé! Vincenzo, qu'est-ce que tu t'es fait au doigt? Tu t'es coupé?

Spadollini choisit plutôt de lui montrer son majeur.

— *Vaffanculo*[1], Celano!

Vallières s'adressa à Scarfo.

— Monsieur Scarfo, vous devriez être plus prudent. Un peu plus et on enregistrait votre petite cérémonie.

Visiblement agacé, Scarfo poursuivit son chemin sans regarder personne.

— Vincenzo! lança Gauthier. Si tu parlais moins sur ton téléphone cellulaire, on n'aurait pas su la date de l'initiation!

— Tu devrais savoir que je n'ai pas de cellulaire, répliqua Spadollini.

Un peu éméché, il s'arrêta à la hauteur de Gauthier et bomba le torse.

— Tu parles fort quand tu es avec ton escouade!

Ne se laissant pas intimider, Gauthier en rajouta tout en regardant Scarfo du coin de l'œil. Une réaction à peine perceptible du Parrain lui fit comprendre qu'il marquait des points.

— Ton boss est au courant de ton trafic de cocaïne? Quel pourcentage devras-tu lui donner à partir de maintenant? Dix? Vingt? Cinquante pour cent?…

— Tu devrais te contenter de coller des contraventions, Gauthier! répliqua-t-il sur un ton méprisant.

— On connaît même tes fournisseurs! ajouta Gauthier. Giuseppe devrait s'inquiéter de la qualité de ses nouvelles recrues… Moi, je parie qu'on te met à l'ombre avant la fin de l'été!

---

1. Va te faire foutre!

Furieux, Spadollini voulut s'en prendre à Gauthier. Vastelli et quelques autres vinrent le calmer et l'entraînèrent avec eux.

— Hé! Gauthier… cria Spadollini. Ils le savent, tes amis de la Sûreté, que toi et Vallières, vous couchez ensemble?

Gauthier se figea net. Vallières devint écarlate et ne sut où regarder. Celano se pencha vers Gauthier; l'occasion était trop belle.

— Ça va bien, tes affaires, Gauthier! Gabrielle Provost… Michelle Vallières…

Se rendant compte que la situation venait de tourner à son désavantage, Gauthier sentit la colère l'envahir. Il regarda Celano en tentant de se contenir, car il savait fort bien qu'il ne pouvait pas s'offrir le plaisir de lui donner un coup de poing dans la figure.

— Tom, fais pas chier!

* * *

Le même jour, à l'heure convenue, Sigouin et un adjoint rejoignirent Gabrielle chez son père. Elle avait veillé à donner congé aux Barbier, prétextant qu'elle avait besoin d'un endroit tranquille pour terminer un travail urgent. Après avoir garé sa camionnette dans le garage, Sigouin l'avisa de ne plus dire un mot.

— Si on trouve quelque chose, on vous fera signe! chuchota-t-il. Mais on se parlera seulement à l'extérieur, quand on aura terminé notre travail…

Ils installèrent leur équipement sur la table de la cuisine. Sigouin, un casque d'écoute sur la tête, garda les yeux rivés sur un oscilloscope pendant que l'employé ratissait la maison avec un instrument de balayage électronique, passant l'appareil à proximité de tous les objets électriques susceptibles d'abriter un micro. Debout derrière lui, Gabrielle tortillait une mèche de cheveux entre ses doigts.

Quand l'employé passa devant la lampe posée sur le bahut de la salle à manger, le signal jusque-là rectiligne se transforma en montagnes russes sur le petit moniteur de l'oscilloscope. Pour obtenir la confirmation, Sigouin demanda à son collaborateur de passer de nouveau. Aucun doute, la lampe contenait un micro. Sigouin fit un signe à Gabrielle pour lui indiquer qu'on en avait trouvé un.

La suite de l'opération, à l'étage, permit de découvrir un autre micro dans la bibliothèque de Scarfo. Gabrielle en fut estomaquée. Quand le balayage électronique fut terminé, Sigouin et son employé remballèrent leur matériel dans le plus grand silence et le chargèrent dans la camionnette.

— On peut les désactiver, si vous le désirez!

Gabrielle hésita.

— Non. Ça va aller, répondit-elle. Je vais arranger cela avec mon père. Il va s'en occuper.

Après le départ de Sigouin, elle revint dans la maison. Pendant un long moment, elle regarda la lampe, comme si celle-ci allait lui parler. La confusion s'était installée dans son esprit. Devait-elle révéler à son père la présence des micros, ou se taire? Quelles pouvaient être les conséquences, dans un cas comme dans l'autre?

* * *

En fin d'après-midi, après le retour des Barbier, Gabrielle se rendit chez sa mère, se sentant incapable de porter seule le poids de ce secret.

Hélène Provost avait quitté Scarfo quelques années après la naissance de Gabrielle, ayant obtenu la preuve que son mari faisait partie de la mafia. Elle avait négocié une pension très confortable pour elle et pour son enfant, dont elle avait la garde. Hélène et sa fille étaient très proches l'une de l'autre; leur relation s'était transformée en amitié au cours des années. Au début de la cinquantaine, Hélène Provost était demeurée très belle.

Quand Gabrielle eut fini de raconter sa dernière découverte, sa mère s'exclama :

— Franchement! Arrête de jouer à la police et de te mêler des affaires de ton père! Il est assez vieux pour savoir ce qu'il fait!

— Je sais bien... Mais après avoir trouvé les transcriptions téléphoniques chez Pierre, j'ai voulu aller au fond des choses. Maintenant, je me demande quoi faire avec ça...

— L'écoute électronique, c'est courant aujourd'hui. Pierre Gauthier est un policier et ton père est un bandit!

Gabrielle sursauta en entendant ce mot; elle lança à sa mère un regard plein de reproches. Hélène Provost ne s'en laissa pas imposer.

— Je sais que tu n'aimes pas que je parle de ton père dans ces termes, mais ce n'est pas en niant les faits que ceux-ci vont changer. Gauthier prend tous les moyens pour mettre le grappin sur le Parrain de la mafia! Et ne t'imagine surtout pas que ton père joue plus proprement de son côté!

Gabrielle expira bruyamment.

— Gabrielle... Ton histoire avec Pierre Gauthier, ça n'a aucun sens. Ça n'aurait jamais dû avoir lieu!

— Maman, on ne va pas recommencer cette discussion!

Les poings sur les hanches, Hélène Provost regarda sa fille dans les yeux.

— Alors, pourquoi n'en discutes-tu pas avec ton amoureux? Puisqu'il semble que je ne sois pas de bon conseil...

Gabrielle fut surprise de la réaction de sa mère. Elle avait l'air tellement sérieuse tout à coup!

Hélène poursuivit.

— Tu es bien comme ton père! Quand tu as une idée derrière la tête...

Gabrielle prit conscience que sa mère avait raison. Autant se l'avouer, ses gènes la rattrapaient. Plus elle vieillissait et plus elle présentait des traits de caractère de ce Giuseppe Scarfo qu'elle aurait jadis voulu renier.

— Comme si je tenais cela seulement de mon père... dit Gabrielle en se détendant.

Leur face à face prit fin dans un grand éclat de rire.

25

Denise déambulait sur le trottoir tout en sollicitant des passants. Une automobile s'arrêta à sa hauteur. Le conducteur baissa sa vitre et lui demanda de monter. Elle contourna le véhicule pour s'asseoir sur le siège du passager. Aussitôt, le conducteur démarra. Denise lui exposa ses tarifs. L'homme fouilla dans la poche de son veston et lui montra son badge. Georges Lemire, Sûreté nationale.

— Tu es bien Denise Deslongchamps?

Elle eut un mouvement de découragement.

— Bon… Qu'est-ce que j'ai fait encore?

— Mon boss veut te parler!

— C'est qui, ton boss? demanda-t-elle en cachant son inquiétude.

Ses années d'expérience comme agent double lui avaient appris la méfiance. Ce n'est pas parce que ce type avait un badge qu'il était nécessairement un flic…

— Pierre Gauthier…

— Connais pas!

Elle se mit à hurler en tapant du poing dans la vitre.

— Tu n'as pas le droit de me retenir contre mon gré! Laisse-moi descendre!

Lemire adopta un ton rassurant.

— Ne casse rien… Moi, je fais ce qu'on me demande de faire. Tu le diras à Gauthier lui-même que tu ne le connais pas!

Tout en conduisant, Lemire observait Denise du coin de l'œil. Finalement, sa curiosité l'emporta. Il essaya d'amorcer la conversation.

— Il paraît que… tu es un ancien agent double?

Denise éclata de rire.

— Non, mais… Tu m'as bien regardée, mon gros? Je ne sais pas où tu as pêché ça. Mais si tu crois tout ce que tu entends, tu dois avoir de la difficulté à faire avancer tes enquêtes!

Pour une rare fois, Lemire resta à court de mots. Denise croisa les bras et se cala dans son siège, le front appuyé sur la vitre. Un sourire prit naissance sur ses lèvres.

Quelques minutes plus tard, Lemire la conduisit à une salle d'interrogatoires où l'attendait Gauthier.

— Salut, Denise!

— Qu'est-ce que tu me veux?

— Il faut que je te parle. Tu pourras peut-être m'aider…

— Peut-être que je peux… mais qu'est-ce qui te fait croire que je veux?

Gauthier lui montra une photo.

— Tu le connais?

Denise lui arracha la photo des mains et la scruta.

— Je crois l'avoir déjà vu avec mon amie Diane, fit-elle en laissant tomber la photo sur la table. C'est beau? Je peux m'en aller, maintenant?

Sans attendre la réponse, elle prit son sac à main et se leva. Elle regarda autour d'elle.

— Ça me rend malade d'être ici! Trop de souvenirs!

Gauthier prit un ton ferme.

— Assieds-toi!

Denise respira profondément avant de se rasseoir.

— Bon… Qu'est-ce que tu veux d'autre ?

— Le type sur la photo est un enquêteur de mon équipe.

— Et alors ? fit-elle. Comme si c'était la première fois qu'un flic couche avec une pute !

— Sauf que quand le flic en question fait affaire aussi souvent avec une agence appartenant à la mafia, je suis en droit de m'inquiéter !

— Je n'en ai rien à foutre, moi, de tes inquiétudes ! lança Denise.

— Il faut que je sache quel est son statut par rapport à l'agence de Lucille Mallette ! Et comme tu connais bien Lucille, c'est toi qui vas aller me chercher cette information !

Denise bondit de sa chaise, révoltée.

— Pierre Gauthier, tu n'as pas encore compris que je ne suis plus membre de la Sûreté ! Tu ne te souviens pas ? J'ai été jetée à la porte, en remerciement pour services rendus. Alors, tes petites enquêtes, tu te les mets où je pense !

Gauthier se fâcha à son tour.

— Assieds-toi ! Tu partiras quand j'aurai terminé !

Denise réfléchit quelques secondes dans l'espoir de tourner la situation en sa faveur.

— O.K., fit-elle. Mais tu vas me payer. Un flic corrompu, ça vaut bien cinq mille dollars… Je sais que la Sûreté a un budget pour de tels renseignements.

Gauthier ne put s'empêcher de sourire devant la vivacité d'esprit de son ex-collègue. Quelle coïncidence ! François lui avait justement parlé de cette dette qu'elle avait envers O'Neil… Il eut un instant l'impression de retrouver devant lui la Denise Deslongchamps qu'il avait connue.

— Je vais voir ce que je peux faire pour trois mille… Mais ramène-moi d'abord l'information.

Denise comprit que son pouvoir de négociation s'arrêtait là. Elle mit la photo dans son sac.

— Maintenant, il faut vraiment que je sorte d'ici avant d'être malade… si tu n'y vois pas d'inconvénient…

Malgré son envie de la retenir, de l'engueuler ou même de lui faire la morale, Gauthier choisit de la laisser partir. Pendant quelques minutes, il avait trouvé étrange d'être assis en face de cette femme qui avait jadis été son amie. Il n'en saisit que mieux les difficultés de François à l'égard de la femme qu'il avait tant aimée.

Avant de refermer la porte, Denise se tourna vers lui.

— Il faut avoir fait la rue pour comprendre que c'est aussi pourri d'un côté que de l'autre! lança-t-elle.

* * *

Quelques heures plus tard, Denise rejoignit Lucille Mallette dans un stationnement du centre-ville. Elle l'embrassa sur les joues.

— Veux-tu me dire pourquoi tu voulais me rencontrer ici? Ça semblait urgent!

Denise lui tendit la photo.

— Tu le connais?

Devenant livide, Lucille lui rendit la photo, comme si elle lui brûlait les mains. Elle jeta un regard inquiet autour d'elle.

— Je ne sais pas ce que tu cherches, Denise, mais ne touche pas à ça! C'est trop dangereux!

— Tu le connais donc? insista Denise.

— C'est un enquêteur de la Sûreté nationale. Un client régulier de Diane.

— Et pourquoi est-ce dangereux?

Lucille se dandinait nerveusement;

— Tout ce que je peux te dire, c'est qu'il voit Diane souvent et que ce n'est pas lui qui paye! C'est un désaxé… un malade… On lui a même trouvé des enfants pour ses petites partouzes. Et ça, c'est un service qui coûte très cher. Mais quelqu'un d'autre paie la note…

— Qui?

Lucille ne tenait plus en place.

— Denise, je t'en ai déjà trop dit! Tu n'es pas une enfant de chœur; tu dois bien savoir qui contrôle le réseau? Alors tire tes propres conclusions…

Sur ce, Lucille prit congé, non sans donner un dernier avertissement à Denise.

— Tiens-toi loin de ça! Ça sent trop mauvais…

* * *

Ayant en main les renseignements demandés, Denise donna rendez-vous à Gauthier dans un quartier de la ville où personne ne la connaissait. Elle lui confirma que l'homme de la photo était un enquêteur de la Sûreté nationale et le mit au courant des révélations de Lucille Mallette.

— Tu as mon argent?

Abasourdi par ce que Denise venait de lui dévoiler, Gauthier lui tendit une enveloppe.

— Trois mille dollars. C'est tout ce que j'ai pu obtenir!

Denise contempla la liasse de billets avec satisfaction.

— À ce prix-là, si jamais tu as besoin d'autres informations…

Gauthier la regarda partir avec un brin de nostalgie. Denise avait beau se prostituer et passer la majeure partie de sa vie droguée, elle avait conservé les qualités qui avaient fait d'elle un des meilleurs agents doubles de la Sûreté.

26

Sous prétexte d'aller prendre livraison d'un colis important, Gauthier convoqua Lemire et Boisvert. Tous trois partirent vers une destination inconnue à bord d'un véhicule de la Sûreté nationale. Assis à l'arrière, Boisvert, insouciant, parla de la pluie et du beau temps, de l'équipe de balle molle dont il était l'entraîneur et de ses chances de remporter le championnat. Lemire entretint la conversation alors que Gauthier conduisait sans dire un mot.

— Ils ont quel âge, tes jeunes ? demanda Lemire.

— Une douzaine d'années, en moyenne, fit Boisvert.

Lemire et Gauthier échangèrent un regard. Boisvert remarqua que Gauthier avait quitté la route pour se diriger vers un terrain vague, mais il ne s'en fit pas. Pas plus qu'il ne se douta de quoi que ce soit quand Gauthier lui demanda de descendre. Gauthier passa derrière lui et le poussa contre le véhicule. Rapidement, Lemire prit une grosse corde et attacha le poignet de Boisvert au porte-bagages de la camionnette pendant que Gauthier le délestait de son arme de service.

— Voyons, Pierre... fit Boisvert en riant. C'est une blague ?

Imperturbable, Gauthier reprit sa place derrière le volant et démarra lentement.

— Tu vas marcher un peu, fit-il à l'endroit de Boisvert. Puis, quand tu en auras assez, tu parleras.

— Mais… parler de quoi ?

Se trouvant dans une position inconfortable, Boisvert n'eut d'autre choix que de marcher à côté du véhicule. Gauthier accéléra graduellement et Boisvert dut se mettre à courir. De temps en temps, Gauthier ralentissait.

— Alors, as-tu quelque chose à nous raconter ? fit Gauthier.

— Mais sur quoi ? demanda Boisvert, à bout de souffle.

Gauthier appuya sur l'accélérateur. Après de longues minutes, qui parurent des heures à Boisvert, Gauthier immobilisa le véhicule de nouveau.

— Écoute, lui fit-il. Ma patience a des limites, mais on a encore assez d'essence pour continuer quelques heures… Je veux tout savoir sur tes fréquentations avec les filles de Lucille Mallette et tes liens avec la mafia…

— Mais d'où tu sors ça ?

Gauthier redémarra. Il s'arrêta seulement quand il eut l'impression que le cœur de Boisvert allait flancher. Celui-ci ne respirait plus ; il râlait. Les yeux exorbités, les vêtements trempés par la sueur, il ne tenait sur ses jambes que parce qu'il était suspendu au bout de la corde.

— Guy, fit Gauthier sur un ton conciliant. Je sais tout : l'agence, Diane, les enfants… Je veux simplement l'entendre de ta propre bouche.

Boisvert commença à pleurer comme un enfant. Il cacha son visage dans sa main libre, ne pouvant supporter le regard de ses deux collègues. Lemire défit le lien et fit monter Boisvert à l'arrière. Gauthier prit ensuite la direction des Basses-Laurentides.

— Tu vas appeler ta femme pour lui dire que tu ne rentreras pas coucher ! fit Gauthier.

Cette nuit passée dans une petite chambre de motel s'avéra longue et éprouvante pour les trois hommes. Boisvert confessa tout. Comment il avait connu Diane ; comment il en était venu à lui révéler ses fantasmes ; comment Bogliozzi l'avait piégé, lui fournissant des enfants et prenant des photos de lui lors d'une partouze. Il n'avait plus eu le choix de devenir informateur pour la mafia. Boisvert imputa cette situation à son appétit sexuel insatiable, se présentant comme une victime. De leur côté, Gauthier et Lemire lui tirèrent les vers du nez. À qui se rapportait-il ? Quels renseignements avait-il livrés ? Depuis quand ?

À plusieurs reprises pendant la nuit, Gauthier dut empêcher Lemire de tabasser Boisvert. Au petit matin, après être allés reconduire ce dernier chez lui et lui avoir donné des consignes précises, Gauthier et Lemire arrivèrent au bureau, les traits tirés. Comme convenu, Boisvert avait appelé pour dire qu'il était malade et qu'il ne rentrerait pas au travail pour un bon bout de temps.

Quand elle vit ses deux collègues près de la machine à café, Vallières ne put s'empêcher de leur demander où ils avaient passé la nuit.

— Dans un bar de danseuses, fit Lemire, sur un ton tellement sec que Michelle en resta bouche bée.

* * *

Mado fit une tournée des employés pour leur annoncer que Paul-Émile Langlois, le nouveau ministre de la Justice, viendrait faire une visite durant l'après-midi. En peu de temps, plusieurs enquêteurs se trouvèrent des tâches leur permettant de sortir du bureau. Bien qu'allergique aux politiciens, Gauthier décida de rester. Connaissant les liens entre Langlois et Scarfo, il avait envie de voir de quoi le politicien avait l'air.

Il ne fut pas déçu. Quand Langlois se pointa, il était en réunion avec Gilbert Tanguay. Précédé de Laurent Daigneault et suivi de ses adjoints, le ministre s'avéra tout à fait conforme à la marionnette que Gauthier s'attendait à voir. Daigneault lui présenta le directeur de l'Escouade du crime organisé. Tanguay s'excusa du désordre qui régnait dans son bureau.

— Alors, c'est ici, le centre névralgique de la lutte contre le crime organisé…

Surpris par cette métaphore, Tanguay balbutia.

— Oui… Oui, si on veut…

— Ah, quelle vie fascinante que celle d'enquêteur! Pleine d'imprévus… Vous ne savez jamais à qui vous avez affaire… Remarquez, il en est de même en politique. Vous savez, mon rêve de jeunesse était de devenir policier. Puis j'ai mal tourné et je me suis retrouvé étudiant en droit. Et voyez où j'en suis aujourd'hui.

Gauthier le détesta. Pédant, beau parleur, il roulait ses *r* à la manière d'un vieux curé de campagne. Ses adjoints lui servaient de faire-valoir et faisaient semblant d'apprécier ses moindres jeux de mots.

— Alors, messieurs, continuez votre beau travail!

Après son départ, Gauthier ne put se retenir.

— Je ne suis pas sûr que Scarfo l'ait choisi pour son intelligence, celui-là…

DEUXIÈME PARTIE

27

Comme dans un mauvais polar américain, Giuseppe Scarfo tenait une jeune fille en joue. Terrorisée, celle-ci hurlait : « Papa ! Papa ! » Le Parrain invita le policier à s'avancer. Malgré des efforts surhumains, l'incorruptible fut incapable de faire un pas. Pendant que la jeune fille hurlait à s'en fendre l'âme, Scarfo éclata d'un rire démoniaque qui alla en s'amplifiant. Rapidement, le rire et les cris s'entremêlèrent pour atteindre un paroxysme. L'incorruptible se sentit aspiré vers le bas et commença à tomber dans un puits sans fond.

Pierre Gauthier se réveilla à ce moment. « Roxanne ! » murmura-t-il. Il regarda autour de lui en se demandant où il était. Après de longues secondes, il comprit qu'il sortait d'un cauchemar… et que la réalité ne valait guère mieux.

Épuisé mentalement et physiquement, il prit conscience qu'il ne s'était pas beaucoup arrêté ces derniers mois. Depuis qu'il s'était retrouvé à l'Escouade du crime organisé, à enquêter sur Scarfo, il avait enregistré des succès inespérés, au point que certains éléments de la mafia avaient mis sa tête à prix. Il acceptait cela comme faisant partie des risques du métier. Par contre, jamais il n'aurait cru que la mafia oserait s'attaquer à ce qu'il avait de plus cher au monde : sa fille Roxanne.

Depuis trois jours, le superagent qui semait l'inquiétude dans les rangs de la mafia montréalaise avait cédé la place à un père au bord du désespoir. Pieds nus, vêtu d'un vieux t-shirt et d'un jeans, les cheveux en broussaille, la barbe longue, les yeux rougis par la fatigue, il était affalé dans un divan moelleux, juste à côté du téléphone, au cas où…

Julie, son ex-conjointe, était tellement bouleversée par l'enlèvement de leur fille qu'il n'avait d'autre choix que de paraître calme. Mais une angoisse comme il n'en avait encore jamais éprouvée tenaillait, ne lui laissant aucun répit. D'autant plus qu'ici, à Boston, il n'était pas dans ses affaires. Quelle idée Julie avait-elle eue de s'exiler aux États-Unis après leur séparation ! Ah oui, c'est vrai. Qui prend mari prend pays…

Même si ses collègues de Montréal lui avaient témoigné leur appui et même si le FBI avait affecté à l'enquête ses meilleurs éléments, jamais il ne s'était senti aussi impuissant. Le tourbillon qu'était sa vie — tourbillon qu'il avait lui-même provoqué et entretenu — était en train de le submerger.

Il laissa son regard traîner sur les murs. Tous ces tableaux, il les avait côtoyés pendant plusieurs années sans réussir à comprendre pourquoi Julie y était si attachée. Des taches de couleurs, des lignes fuyant dans tous les sens, des images sans queue ni tête. Et le mobilier… Toujours aussi design. En fait, il se surprit à trouver le divan confortable. Il se rappela la tempête qu'avait déclenché son vieux *lazy boy* quand ils avaient emménagé ensemble. Julie lui avait fait la tête jusqu'à ce qu'il accepte de ranger cette « monstruosité » au sous-sol. Cet événement avait marqué pour lui la fin d'une époque.

Pierre s'était ensuite rendu compte que lui et Julie appartenaient à deux mondes opposés. Leur relation avait sombré dans une acceptation indifférente jusqu'au moment de la « catastrophe », soit la grossesse accidentelle de Julie, alors qu'ils étaient étudiants à l'université, fauchés, et surtout qu'ils n'étaient plus amoureux l'un de l'autre. Pendant de longs mois, après qu'il fut devenu évident que Julie ne se ferait pas avorter, Pierre s'était torturé à l'idée de cette paternité non désirée. Un mois avant la naissance de l'enfant, Julie, plus pragmatique, lui avait annoncé qu'elle le quittait pour son jeune gynécologue dont elle était amoureuse et qui venait d'accepter un poste prestigieux aux États-Unis.

Julie l'avait assuré qu'il pourrait voir sa fille aussi souvent qu'il le voudrait. Ayant accepté ces conditions, Pierre n'avait partagé ce secret avec personne, sauf avec François.

«Mais au fait, où est-il donc, en ce moment, son gynécologue de mari?» se demanda Pierre. Ah, oui! Lors de la disparition de Roxanne, il se trouvait au milieu du Pacifique, dans un avion qui l'amenait à Tokyo pour un colloque international. Quand Julie avait réussi à le joindre pour lui apprendre la nouvelle, Carl avait offert de rentrer au pays. Julie avait refusé. «Pierre est là!» lui avait-elle dit pour le rassurer. Depuis, il téléphonait trois fois par jour pour prendre des nouvelles.

Pierre avait rencontré à plusieurs reprises celui qui l'avait remplacé auprès de Julie et il se demandait bien ce qu'elle trouvait à ce type. Physiquement, ils étaient aux antipodes: même s'ils avaient à peu près le même âge, Carl était petit, grassouillet et toujours tiré à quatre épingles. Julie avait eu beau lui expliquer que Carl lui donnait ce qui lui avait toujours manqué: la tendresse, la complicité et, surtout, la présence, Pierre s'était refusé à comprendre.

Il ne put ensuite s'empêcher de penser à Gabrielle. Avant de quitter Montréal, il lui avait passé un coup de fil pour la prévenir qu'il serait à l'extérieur de la ville pour un certain temps. Lui avait-il dit où il allait? Et pour quelles raisons? Lui avait-il seulement déjà mentionné qu'il avait une grande fille qu'il adorait? Oui? Non? Il ne le savait plus. Il se recroquevilla sur lui-même en pensant très fort à elle.

Pour la première fois, peut-être à cause du recul, l'incongruité de la situation lui apparut avec netteté. Comment avait-il pu, lui, l'as enquêteur de l'Escouade du crime organisé, lui qui faisait trembler toute la *Famiglia,* s'éprendre bêtement de la fille du Parrain?

Il est vrai qu'au début, Gabrielle ne lui avait pas dévoilé sa véritable identité, mais quand il avait appris qui elle était, il aurait dû mettre fin aussitôt à cette relation. Il avait fait une tentative en ce sens, mais trop tard: elle s'était déjà trop incrustée dans sa peau pour qu'il puisse envisager la vie sans elle. Pierre dut se rendre à l'évidence: il était amoureux.

* * *

Après avoir pris livraison de la quantité d'héroïne dont il avait besoin, François Gagnon se présenta au bureau de Perreault à l'heure convenue, portant une mallette. Le restaurateur était en compagnie d'un homme en qui François reconnut le chef des Messengers. En guise de bienvenue, Perreault lui dit de lever les bras et de se tourner. Il le fouilla.

— Qu'est-ce que tu cherches? demanda François.

— Un micro, fit Perreault.

François secoua lentement la tête en signe de découragement.

— Tu as vraiment de la suite dans les idées!

Une fois la fouille terminée, Perreault invita François à s'asseoir.

— Je te présente Robert Sauvageau.

Les deux hommes se saluèrent, aussi méfiants l'un que l'autre. François ouvrit la mallette sur le bureau. Il en retira un revolver, qu'il garda à portée de la main. Perreault et Sauvageau échangèrent un regard inquiet.

— Ça, c'est au cas où l'un de vous deux se serait mis quelque chose de pas catholique en tête!

Perreault regarda à peine le contenu de la mallette. Il poussa celle-ci vers Sauvageau, qui en vérifia le contenu.

— Il est coupé à combien? demanda-t-il.

— Vingt-cinq pour cent, répondit François.

— Ça vaut cent mille, pas plus! Quarante pour cent pour toi, quarante pour moi et vingt pour Roger!

— Non! Cinquante pour moi, quarante pour toi et dix pour Roger!

Sauvageau tourna la tête vers Perreault pour connaître son opinion. Celui-ci lui signifia son accord.

— Alors ça me convient aussi! dit Sauvageau.

Perreault fit alors pivoter sa chaise et retira une cassette d'un magnétophone placé sur une tablette de sa bibliothèque. Il la tendit à Sauvageau. Le chef des motards la plaça dans la mallette et referma celle-ci avant de prendre congé.

— Et ça, fit Perreault à l'endroit de François, c'est au cas où tu serais un flic! C'est illégal ce que tu viens de faire là!

François comprit que Perreault n'hésiterait pas à présenter cet enregistrement en cour si jamais il se faisait prendre.

Dans les jours qui suivirent, il commença à s'impatienter devant la tournure des événements. Les choses ne bougeaient plus: Pierre était à Boston, Dieu sait pour combien de temps, Denise était toujours sous la coupe d'O'Neil et Perreault continuait de se méfier de lui comme de la peste...

Il envisagea divers scénarios susceptibles de gagner la confiance du restaurateur. Après mûre réflexion, il décida de frapper le grand coup. Il en discuta longuement avec Gilbert Tanguay afin d'obtenir son approbation. Puis il se rendit chez Benoît Landry pour mettre au point les détails de l'opération qui, à son avis, allait donner un souffle nouveau à l'enquête.

* * *

François entra dans le restaurant de Perreault et alla s'asseoir au comptoir. Perreault lui-même faisait le service car c'était la journée de congé de Christian. François fut surpris de l'accueil de Perreault. Il ne l'avait encore jamais vu dans une forme pareille. Sans attendre, le restaurateur lui versa un café.

— Tiens! C'est la dernière fois que tu bois de l'eau de vaisselle!

— Qu'est-ce que tu veux dire? s'inquiéta François.

Perreault lui montra de la tête une grosse boîte par terre, au bout du comptoir.

— Ils viennent l'installer demain!

Incrédule, François s'approcha de la boîte. Il s'agissait d'une machine à espresso. Et pas n'importe laquelle! Une grosse. Une luxueuse. Celle avec un aigle sur le dessus.

— Tu es fou! Ça a dû te coûter une fortune! s'exclama François.

Perreault se pencha sous le comptoir et lui tendit une épaisse enveloppe.

— Tes cinquante mille dollars. J'ai payé la machine avec ma part.

Surpris, François regarda son argent. Perreault se versa un café et leva sa tasse en sa direction. François fit de même.

— Ne le dépense pas trop vite! Si tu me le donnes, je l'investis et je t'en rends le double dans quelques semaines!

François ne dit rien. À sa manière, Perreault lui faisait comprendre que le but était atteint.

— Je cherche quelqu'un pour remplacer Dave! Est-ce que ça t'intéresse?

François ressentit un profond malaise. Depuis qu'il avait fait la connaissance de Perreault, il avait développé une certaine estime pour l'homme et une certaine admiration pour le caïd et ses façons de procéder. Mais il n'y avait rien de plus dangereux pour un agent double que de mêler les émotions au travail. L'opération qu'il avait montée avec Landry n'avait plus sa raison d'être et il ne pouvait en empêcher l'exécution.

— Voyons, Roger! s'objecta François. Tu te méfies de moi comme si j'étais le diable!

Perreault sourit.

— Mets-toi à ma place… Je ne peux pas faire confiance à n'importe qui!

Perreault lui fit signe de le suivre à la table située dans la vitrine. Comme Perreault allait s'asseoir, François vit une silhouette du coin de l'œil. L'homme portait une cagoule noire et tenait une mitraillette à la main.

François bondit sur Perreault et le coucha au sol juste au moment où une rafale de mitraillette faisait voler en éclats la vitrine. Autour d'eux, les verres se brisaient et les murs s'emplissaient de trous. Sitôt la fusillade terminée, un véhicule démarra en trombe.

Se précipitant à l'extérieur, François aperçut une camionnette qui tournait le coin de la rue. Il revint à l'intérieur, où Perreault fulminait en constatant les dégâts. Il pensait à haute voix. Qui pouvait oser s'en prendre à lui sur SON territoire? Et surtout, pourquoi?

Pour camoufler son malaise et désamorcer la situation, François se dirigea vers la boîte contenant la machine à café.

— Ouf! fit-il en relevant la tête. Elle n'a rien!

Perreault, qui en avait vu d'autres, fut pris d'un fou rire. En quelques minutes à peine, le restaurant grouilla de policiers en uniforme. On leur avait signalé un attentat à la mitraillette et la cible était morte de rire…

* * *

Comme un train entrant en gare, une sonnerie, d'abord lointaine, se rapprocha, tirant Pierre du sommeil. Il tomba du divan en se tournant pour atteindre le récepteur du téléphone. Il décrocha. C'était Morrisson, du FBI. On était sans nouvelles de Roxanne; par contre, on avait appris qu'Angelo Bogliozzi était venu à Boston une semaine plus tôt rencontrer des membres de la Famille. « Ce n'est pas une coïncidence », pensa Pierre.

Il mit fin à la conversation quand il entendit le parquet craquer derrière lui. Julie, réveillée par la sonnerie du téléphone malgré le somnifère qu'elle avait pris, l'avait rejoint au salon.

Tremblante, elle le supplia du regard pour qu'il lui annonce une bonne nouvelle. Il baissa la tête.

— C'était le FBI. Pas de nouvelles … laissa-t-il tomber.

Julie commença à sangloter. Pierre la prit dans ses bras ; c'était la première fois depuis leur séparation, se rendit-il compte. Il la serra très fort en éprouvant à la fois de l'empathie, de la tendresse et un sentiment de culpabilité. Il l'entraîna vers sa chambre et la fit s'étendre sur son lit. Il se coucha à ses côtés et caressa ses cheveux ; ils parlèrent de la charmante jeune femme que leur fille était en train de devenir. Quand Julie se rendormit, il retourna au salon. Il marcha de long en large, puis il décrocha le téléphone. Il laissa sonner à plusieurs reprises. « Pourvu qu'il soit là », pensa-t-il.

— Allô, fit une voix ensommeillée.

— François ? C'est Pierre.

— Pierre ! As-tu des nouvelles de Roxanne ?

— Non.

— Le FBI fait quelque chose au moins ?

— Ils font ce qu'ils peuvent…

François ne répondit pas, occupé à s'allumer une cigarette.

— Julie a les nerfs à fleur de peau. Moi aussi. Je n'en peux plus… J'ai l'impression que je vais craquer !

Pierre se mit à pleurer en silence.

— Pierre ! Si tu veux que j'aille te rejoindre, tu n'as qu'à le dire… Je laisse tout tomber !

— Ça ne donnerait rien de plus, François.

— Si je peux faire quoi que ce soit…

— Ça va aller. J'avais seulement besoin de parler un peu.

— Appelle-moi quand tu veux !

— Fais attention à toi…

— Je suis certain qu'on va la retrouver ! conclut François, malgré son sentiment d'impuissance.

Pierre retourna s'étendre sur le divan. Pleurer lui avait fait le plus grand bien. Il s'endormit presque tout de suite.

* * *

Au petit matin, une autre sonnerie — celle de la porte d'entrée, cette fois — le réveilla. Il courut ouvrir. Sur le perron, un cadeau inespéré : Roxanne. Ramassée sur elle-même, blême, les yeux cernés, sa fille adorée semblait dormir. Pierre s'empressa de toucher son pouls ; elle était vivante. Il la serra très fort dans ses bras et n'essaya pas de retenir les larmes qui lui montaient aux yeux.

— Papa ? fit-elle faiblement.

Pierre lui couvrit le visage de baisers.

— Oui, c'est moi. C'est terminé... Tu es en sûreté.

Il la ramena à l'intérieur et la déposa sur le divan. Julie, réveillée elle aussi par la sonnette, s'élança vers sa fille en pleurant de joie. Pierre composa le numéro du FBI. Il demanda qu'on envoie d'urgence un médecin, puis il retourna auprès de Roxanne et de Julie. Les trois s'étreignirent longuement.

Plusieurs heures plus tard, devant une table remplie de tasses de café vides, Pierre faisait le point avec Julie, Carl, qui venait juste de rentrer de voyage, le médecin et les représentants du FBI. Roxanne allait bien, mais comme en témoignaient les nombreuses ecchymoses qu'elle avait sur les bras, on lui avait injecté des doses massives d'héroïne au cours de sa captivité. Il fallait donc la traiter comme une héroïnomane.

Pendant que le médecin expliquait à Julie et à Carl ce qu'ils devraient faire, Pierre entraîna Morrisson à part et lui demanda des détails sur le séjour de Bogliozzi à Boston : quand il était arrivé, qui il avait rencontré, combien de temps il était resté.

À chaque réponse, sa détermination s'accrut et un plan machiavélique prit forme dans sa tête. Si la mafia croyait avoir eu des problèmes avec lui jusqu'ici, ce n'était rien comparé à ce qui les attendait à son retour ! Il fit quelques appels à Montréal, dont un à François. Il commençait à tisser la toile dans laquelle Bogliozzi allait être pris.

Il consacra les journées suivantes à sa fille, faisant avec elle de longues promenades, discutant de ses résultats scolaires, de la vie à Boston, de leurs prochaines vacances ensemble, ou encore de ce Billy qu'elle avait tellement hâte de revoir à la rentrée.

Le plus honnêtement possible, il répondit à ses questions au sujet de Gabrielle. Pierre n'était sans doute pas le père idéal, mais depuis quelques années il écrivait à sa fille une fois par mois. Dans une lettre rédigée peu après sa rencontre avec Gabrielle, il en avait fait part à sa fille. Cela lui rappela à quel point il s'était emballé pour Gabrielle avant d'apprendre qu'elle était la fille du Parrain.

Pierre fut aussi en mesure pour la première fois de voir Julie et Carl ensemble. Il comprit enfin ce qui avait attiré Julie chez lui. Carl était un homme doux et attentif. Il s'intéressait à tout ce que faisaient Julie et Roxanne, et surtout il ne cachait pas ses sentiments. Malgré leurs différences — ou peut-être grâce à elles —, une complicité se développa entre les deux hommes.

Après avoir obtenu de Roxanne la promesse qu'elle viendrait passer les vacances de Noël avec lui, et de Carl l'assurance qu'il prendrait le plus grand soin de sa fille, Pierre annonça qu'il devait rentrer.

Dans l'avion le ramenant à Montréal, il réfléchit à sa vie, à sa relation avec Gabrielle, à sa carrière. Il sentit que les événements des derniers jours avaient bouleversé sa vie à jamais.

28

Le personnel de l'Escouade du crime organisé accueillit Gauthier avec chaleur, chacun prenant des nouvelles de Roxanne ou se réjouissant de la conclusion heureuse de l'affaire. Rompant avec son sacro-saint cérémonial du matin, Tanguay se dirigea vers le bureau de Gauthier dès son arrivée. Un peu mal à l'aise, il lui tendit un colis joliment emballé.

— Content de te revoir, Pierre! Tiens, un petit cadeau pour Roxanne. De la part de toute l'escouade.

— Merci, Gilbert. J'ai apprécié votre appui.

Tanguay laissa le personnel se disperser avant de se pencher vers Gauthier.

— Il s'est passé beaucoup de choses pendant ton absence, fit Tanguay d'un ton maintenant grave. On est dans la merde!

Intrigué, Gauthier le suivit dans son bureau et approcha une chaise. Tanguay lui fit signe de patienter un instant, puis alla ouvrir son coffre-fort. Il en tira une cassette qu'il plaça dans un magnétophone portatif. L'enregistrement débutait au moment où la sonnerie d'une porte se faisait entendre. Il y eut ensuite le pas rapide de quelqu'un qui allait ouvrir.

(Voix de Scarfo) Voilà! Voilà! J'arrive.

(Bruit d'une porte qui s'ouvre et se referme)
(Voix de femme) — Giuseppe…
(Voix de Scarfo) — Marie-France…
(Longues secondes de silence)
(Voix de la femme) — Tu sais que je n'aime pas venir chez toi!

(Voix de Scarfo) — Avec cette perruque, ce chapeau et ces énormes verres fumés, personne n'a pu te reconnaître! Suis-moi. J'ai un scoop pour toi… Un gros!

(Voix de la femme) — Ah oui? Raconte!

(Voix de Scarfo) — La Sûreté nationale nage en pleine illégalité. Ils ont organisé un attentat contre le restaurant d'un ami à moi de façon à pouvoir me l'imputer.

(Un moment de silence)

(Voix de la femme) — Mais c'est très grave, ce que tu dis là! Tu as des preuves?

(Bruits de pas)

(Voix de Scarfo) — Une copie du rapport du directeur du Crime organisé, ça t'irait?

(Long silence, bruit de papier)

Ayant hâte d'entendre la suite, Gauthier s'impatienta.

— Franchement, Benoît aurait pu en couper des bouts!

Tanguay fit signe à Gauthier de se taire.

(Voix de la femme) — C'est de la dynamite, ce dossier-là!

(Voix de Scarfo) — Je savais que tu apprécierais…

(Voix de la femme) — Mais, d'habitude, tu donnes ça à Fournel… Il est d'ailleurs en train de monter un dossier sur la Sûreté!

(Voix de Scarfo) — Je veux que ce soit toi qui en profites… parce que c'est gros! Et parce que ton émission a beaucoup plus de crédibilité!

Tanguay appuya sur un bouton pour arrêter la cassette.

— C'est quoi, ce rapport-là? demanda Gauthier.

Le directeur expliqua que, pendant son absence, François avait décidé d'organiser un faux attentat contre Perreault pour précipiter les choses et pour gagner sa confiance. Pierre fut sidéré. L'idée de François n'était pas mauvaise en soi, mais elle risquait de se retourner contre la Sûreté et de mettre l'enquête — et François ! — en péril.

— Le nom de François était-il mentionné dans le rapport ? s'inquiéta Pierre.

— Non, fit Tanguay. Mon rapport à Daigneault parlait d'une opération menée de l'extérieur.

— La femme sur le ruban, c'est bien Marie-France Béliard ?

Tanguay hocha la tête. Marie-France Béliard était une journaliste réputée qui animait une émission d'affaires publiques à la télévision. Depuis quelques années, elle était la maîtresse de Scarfo.

— Je m'en occupe, fit Gauthier en se levant.

— Ce n'est pas tout, intervint Tanguay.

Gauthier se rassit en se demandant quelle autre tuile pouvait lui tomber sur la tête.

— Gabrielle Provost a fait brosser la maison de son père par Sigouin. Il a trouvé les deux micros ! Il a tout raconté à Georges Lemire. Penses-tu qu'elle l'a dit à son père ?

Gauthier ne savait plus quoi penser de toutes les informations qu'il venait de recevoir. Ou bien Gabrielle n'avait rien dit, ou bien Scarfo utilisait les micros pour lancer la Sûreté sur de fausses pistes.

— Alors ? insista Tanguay.

Gauthier se leva.

— Laisse-moi vingt-quatre heures… Je vais régler ça !

— Régler quoi ? demanda Tanguay.

— Tout ! s'emporta Gauthier. Béliard, Perreault, Provost… Je vais tout régler !

Il sortit en claquant la porte.

Malgré l'envie qu'il éprouvait, Pierre n'appela pas Gabrielle. Il passa la journée avec Jérôme Couture à mettre la dernière main au plan qu'il avait élaboré concernant Bogliozzi.

Puis, alors que tous les détails semblaient au point, Pierre téléphona à Guy Boisvert.

Boisvert se présenta au bureau une heure plus tard. Amaigri, les yeux cernés, déprimé, il était dans ses petits souliers à la seule idée de pénétrer dans les bureaux de la Sûreté nationale, même le soir. Il se figea quand il vit que Gauthier n'était pas seul. Il ne put affronter le regard meurtrier de Couture.

Gauthier lui remit une grande enveloppe et lui expliqua ce qu'il attendait de lui. Sur le coup, Boisvert se montra hésitant. Haussant le ton, Gauthier lui fit comprendre qu'il n'avait pas le choix. Sa carrière était terminée à la Sûreté. S'il désirait sauver ce qui lui restait de dignité, il effectuerait cette dernière mission, puis il annoncerait sa retraite.

Boisvert réfléchit un long moment avant de se ranger aux arguments de Gauthier. Il savait trop bien que sa carrière était fichue. Son dernier point d'appui était sa famille et il ne voulait pas risquer qu'un scandale le lui fasse perdre, lui aussi.

* * *

Dans une chambre de motel mal éclairée, Boisvert tendit à D'Ascola l'enveloppe que Gauthier lui avait donnée un peu plus tôt. Il était arrivé le premier au rendez-vous et, nerveux comme il était, il avait bu deux verres de scotch.

— C'est mieux d'être important ! fulmina D'Ascola, qui n'avait pas apprécié qu'on le dérange en fin de soirée.

— C'est la survie de votre organisation qui est en jeu !

Intrigué, D'Ascola saisit l'enveloppe. Boisvert ne lâcha pas prise.

— Avant, je veux que tu me jures que vous allez me laisser tranquille !

D'Ascola ne répondit pas. Il lui arracha l'enveloppe des mains et l'ouvrit fébrilement. Le document contenait plusieurs pages à l'en-tête de la Sûreté nationale.

— Je suis tombé là-dessus en fouillant dans le bureau de Gauthier, fit Boisvert. C'est un document ultra-confidentiel… Bogliozzi est devenu informateur pour la police !

D'Ascola écarquilla les yeux. Fier de son effet, Boisvert enchaîna.

— Il croit que Scarfo le déteste et qu'il n'a plus d'avenir dans l'organisation. Il a décidé de se mettre à table. C'est lui qui nous avait avisés de la séance d'intronisation de Spadollini. C'est pour ça qu'il n'était pas là. Il nous a dit tout ce qu'il savait sur le fonctionnement de la Famille, les capos, les affaires de chacun…

Livide, D'Ascola ne lisait même pas le document, préférant écouter le résumé que Boisvert lui en faisait.

— Il est comme un cheval fou, Marco. Il fonce sur tout ce qui bouge ! La Famille Scarfo va avoir de la difficulté à s'en relever !

— Comment t'es-tu procuré ça ? demanda le *consigliere* dans un souffle.

— J'ai profité de l'absence de Gauthier pour faire des photocopies de ses dossiers.

— Et où il est, Gauthier ?

— À Boston. Sa fille a été enlevée !

— Quoi ? fit d'Ascola, abasourdi.

— Enlevée par Bogliozzi, avec l'aide de membres de la Famille Trupianno. Il leur a dit que Scarfo avait donné son accord. Vous êtes dans la merde, Marco !

Blanc comme un drap, d'Ascola essayait de mesurer l'ampleur des révélations de Boisvert.

— C'est bon ! fit-il en lui tendant une enveloppe. Attends de mes nouvelles !

Se retrouvant seul, Boisvert s'assit sur le lit. Il ouvrit l'enveloppe ; le compte y était. Il avait apporté un seul changement au plan de Gauthier : tant qu'à effectuer une dernière transaction avec la mafia, aussi bien tirer profit. Ça ne ferait de mal à personne.

Maintenant, il ne lui restait qu'à annoncer sa retraite et tâcher de se faire oublier. De toute façon, D'Ascola commençait à lui faire peur. Il était de plus en plus exigeant côté renseignements et ne semblait pas se soucier du sort de son informateur.

Il se releva et sortit de la chambre. En se rendant à son auto, il contempla le ciel étoilé. Il inspira profondément, l'air était frais. Pour la première fois depuis qu'il avait avoué, il se sentit plein d'espoir.

* * *

D'une cabine téléphonique, D'Ascola avait appelé Scarfo pour lui donner rendez-vous à l'abattoir. Dans la chambre froide où ils tenaient leurs conciliabules, il lui remit le dossier et entreprit de lui résumer les propos de Boisvert.

Bien emmitouflé dans sa couverture chauffante, le Parrain fit une colère terrible. Sa décision fut immédiate et sans appel.

— Qu'on me débarrasse de Bogliozzi! hurla-t-il. *Súbito!* [1]

D'Ascola voulut poursuivre.

— Gauthier est allé à Boston…

Mais Scarfo, trop en colère, ne voulut rien entendre.

—Je me fous de Gauthier! Occupe-toi de Bogliozzi!

---

1. Tout de suite!

29

La nouvelle fit l'effet d'une bombe dans les bureaux de la Sûreté nationale : on venait de retrouver le cadavre d'Angelo Bogliozzi dans un stationnement du centre-ville ! Au volant de son auto, il avait reçu une balle de fort calibre dans la bouche.

Après avoir entendu les détails de la nouvelle, Gauthier alla aux toilettes se passer de l'eau sur le visage. Son faux rapport avait donné les résultats espérés. Il devait se calmer un peu avant d'aborder la suite. Régler les problèmes un par un !

De retour à son bureau, il appela Gabrielle et lui donna rendez-vous dans un restaurant. Il s'excusa de l'avoir laissée si longtemps sans nouvelles et l'assura qu'elle aurait les réponses à ses questions lors du souper. Puis il s'enferma dans une petite salle de réunion avec Lemire et Vallières pour discuter du cas de Marie-France Béliard. Quand il en ressortit, une stratégie avait été élaborée ; Lemire et Vallières allaient s'occuper d'elle.

À l'heure du dîner, il parvint à entrer en contact avec François pour le prévenir de la fuite concernant le dossier de l'attentat contre Perreault. Il l'incita à la plus grande prudence et lui fit part des mesures qu'il avait prises de son côté.

Quand il consulta sa montre, à la fin de l'après-midi, il constata que sa journée de travail ne faisait que commencer. Il passa chez lui se changer avant de se rendre à son rendez-vous.

* * *

Pierre et Gabrielle s'étreignirent longuement malgré le malaise qui les habitait. Sans le savoir, ils avaient tous deux en tête la question des micros chez Scarfo. Ils commandèrent un apéritif. En réponse aux questions de Gabrielle, Pierre expliqua qu'il avait dû se rendre à Boston pour régler une affaire importante.

— C'est quand même étrange, que tu disparaisses ainsi pendant deux semaines, fit Gabrielle.

Pierre se contenta d'esquisser un sourire. De toute évidence, chacun attendait que l'autre plonge le premier.

— Tu as l'air mystérieux! fit Gabrielle.

Pierre ne répondit pas tout de suite.

— Tu n'aurais pas trouvé des micros chez ton père? finit-il par demander.

Ce fut au tour de Gabrielle de garder le silence.

— Tu n'es pas obligée de me le dire, fit Pierre.

Maladroitement, elle essaya de se justifier.

— Il fallait que j'en aie le cœur net! Mais je ne lui ai rien dit encore!

— Penses-y bien avant de poser un geste que tu pourrais regretter, fit Pierre.

Cette mise en garde lourde de sous-entendus provoqua un silence insoutenable. Pierre vit un homme s'approcher de leur table. Gabrielle sursauta quand la voix forte de son père retentit derrière elle.

— Bonsoir, Gabriella, fit-il en se penchant pour l'embrasser.

Elle lui rendit son baiser tout en regardant Pierre d'un air interrogateur. Pierre désigna une chaise à Scarfo, qui semblait encore plus surpris que sa fille.

— Qu'est-ce que ça signifie, Gauthier ? Vous ne m'aviez pas dit que ma fille serait là !

Pierre sourit. Gabrielle ressentit une profonde inquiétude. Elle n'avait aucune idée de ce que Pierre mijotait, mais elle devinait que celui-ci avait planifié son coup.

— Monsieur Scarfo, je vous ai demandé de venir me rencontrer pour une raison très précise ! Et pour que Gabrielle et vous puissiez avoir une conversation en tête à tête...

Il prit dans la poche de son veston une enveloppe, qu'il tendit à Scarfo. Celui-ci tira ses lunettes de sa poche et les posa sur le bout de son nez. À l'intérieur de l'enveloppe, il y avait plusieurs photos noir et blanc de Roxanne, dont des gros plans de ses avant-bras marqués de multiples traces d'injections intraveineuses.

— Mais qu'est-ce que ça signifie ? demanda Scarfo.

— C'est ma fille, Roxanne, quatorze ans. Elle a été enlevée et séquestrée pendant cinq jours par des membres de la Famille Trupianno, à la suite d'une demande que leur a transmise Angelo Bogliozzi...

Scarfo enleva ses lunettes d'un geste vif. Gabrielle lui arracha les photos des mains pour les regarder.

— Voyons, Gauthier ! protesta-t-il avec sincérité. Je n'aurais jamais ordonné une telle chose !

— ... et on lui a injecté de l'héroïne pendant ces cinq jours !

À la fois incrédule et horrifiée, Gabrielle dévisageait son père.

— Gabriella, je te jure que je ne suis pas responsable de cela !

— Au fait, poursuivit Gauthier. Je sais que Bogliozzi a été assassiné la nuit dernière, d'une balle dans la bouche. Comme ceux qui parlent trop...

Il fit une pause pour savourer l'image du Parrain en plein désarroi.

— Le rapport qui a été remis à D'Ascola… c'était un faux! Et on a enregistré la rencontre de D'Ascola avec Boisvert sur une bande vidéo. Vous avez fait assassiner Bogliozzi pour rien. Il n'a jamais collaboré avec nous!

Pierre extirpa de sa poche une balle de calibre .38 et la montra à Scarfo. Il avait accumulé tellement de rage au cours de la dernière semaine que, pour la première fois, il le tutoya.

— Tu vois cette balle? demanda-t-il, les mâchoires crispées. Si jamais quelqu'un s'avisait de toucher de nouveau à un seul cheveu de la tête de ma fille, je te jure que je t'en mets une semblable entre les deux yeux!

Sans quitter Scarfo du regard pour que celui-ci se rende bien compte qu'il ne bluffait pas, il laissa tomber la balle dans le verre de martini que l'on venait d'apporter au Parrain. Il se leva, jeta sa serviette sur la table et sortit.

Un instant interdite, Gabrielle ne fut pas longue à réagir. Elle se leva à son tour et regarda son père. Des larmes mouillaient ses joues. Elle serrait les photos de Roxanne contre elle.

— Tu me dégoûtes! lui lança-t-elle.

— Mais, Gabriella… balbutia Scarfo. Tu ne vas tout de même pas embarquer dans son petit jeu?

Gabrielle courut en direction de la sortie sans écouter le plaidoyer de son père. Blessé par la réaction de sa fille et par les révélations de Gauthier, Scarfo contempla la balle qui gisait au fond de son verre. Non seulement il s'était fait rouler comme un enfant par un flic, mais il venait peut-être de perdre sa fille…

30

Michelle Vallières convoqua Marie-France Béliard aux bureaux de la Sûreté nationale. Officiellement, la Sûreté désirait donner son point de vue sur le dossier qu'elle préparait pour son émission.

Convaincue d'avoir un dossier blindé, la journaliste accepta l'invitation avec empressement. En fait, elle se dit qu'un démenti de la Sûreté présenté au début de son reportage donnerait à celui-ci une plus grande tension dramatique. En début d'après-midi, toute pimpante, elle se présenta aux bureaux de la Sûreté en compagnie d'un cameraman et demanda à voir Michelle Vallières et Georges Lemire.

Avec courtoisie, ceux-ci la firent passer dans une salle qui servait généralement aux interrogatoires. Pendant qu'ils prenaient place autour de la table, le cameraman se promena dans la salle pour étudier l'éclairage et trouver le meilleur angle de prises de vue.

Lemire fit un air complice à Vallières; il se sentait d'attaque. Vêtu d'un veston propre et d'une cravate, il avait pris soin de jeter sa gomme à mâcher. Les mains croisées devant lui, il regardait la journaliste avec un sourire angélique.

— Avant de commencer l'entrevue, madame Béliard, on voudrait vous parler seuls à seule quelques minutes, fit-il.

La journaliste chassa le cameraman du revers de la main.

— Guillaume, allez attendre dehors! Je vous appellerai quand on sera prêts!

À la limite de l'obséquiosité, Lemire poursuivit.

— Je voudrais vous parler d'un certain attentat contre un restaurateur de l'est de Montréal…

— Ça fait partie des raisons pour lesquelles je suis ici, mon cher monsieur!

— Eh bien, ma chère madame, fit Lemire suavement. Il y a de mauvaises langues qui prétendent que vous vous apprêtez à accuser la Sûreté nationale d'être l'auteur de cet attentat…

— J'ai en ma possession une copie d'un rapport signé de la main même de Gilbert Tanguay et adressé à Laurent Daigneault, directeur général de la Sûreté nationale. Si c'est cela que vous appelez de «mauvaises langues»…

Sans dire un mot, presque aussi souriante que Lemire, Vallières plaça une photo sur la table, à la vue de la journaliste. Celle-ci y jeta un rapide coup d'œil et réagit à peine.

— Oui, j'ai déjà croisé M. Scarfo dans un cocktail…

Vallières lui tendit une deuxième photo.

— Ce n'est pas parce que nous nous sommes rencontrés à quelques reprises…

Et une troisième, et une quatrième, et une cinquième. Sur la dernière, faite de nuit avec un zoom, on la voyait dans la maison de Scarfo, embrasser celui-ci avec passion. C'est Lemire qui l'avait choisie personnellement. À chaque photo, les yeux de la journaliste s'agrandissaient — tout comme le sourire de Lemire — et sa voix se faisait plus faible. Son teint glissa vers le blanc le plus pur.

— Nous savons que vous êtes la maîtresse de Scarfo, fit Lemire.

— Bien que vous fassiez beaucoup d'efforts pour le cacher, ajouta Vallières.

— Ces photos ne prouvent rien ! protesta la journaliste.

— Pas plus que le document que vous avez entre les mains ! répondit Vallières.

— Ma très chère madame Béliard, poursuivit Lemire. Avant d'accuser la Sûreté nationale de quoi que ce soit, réfléchissez bien !

— Mais le droit du public à l'information ! protesta-t-elle.

— Le public aurait aussi le droit de savoir que vous êtes la maîtresse du Parrain de la mafia, fit Vallières.

— Je ne suis pas certain que votre carrière s'en remettrait si on faisait publier les photos, conclut Lemire.

Outragée, Marie-France Béliard se leva.

— Vous êtes des crapules !

Avant de tourner les talons, son œil s'accrocha de nouveau à la dernière photo. Aussitôt, son visage retrouva un teint rosé. Elle sortit en claquant la porte.

— Beaucoup de classe, cette dame… fit Lemire en se mettant une nouvelle gomme dans la bouche. Crois-tu que j'ai été assez poli ?

— Tu as été parfait, Georges ! Je suis fière de toi ! fit Vallières en retenant un fou rire.

31

Pour la première fois depuis qu'il avait fait ses aveux à Gauthier et à Lemire, Boisvert s'était présenté à son bureau, pour signer les documents ayant trait à sa retraite. Il aurait aimé expédier les formalités, mais ses collègues se pressèrent autour de lui. À ceux qui lui posaient des questions, il justifiait son absence des dernières semaines par un *burn out*. Il se sentait mieux, mais il avait décidé d'abandonner la «vie de fou» d'enquêteur pour aborder une nouvelle carrière.

Tanguay le convoqua pour lui demander s'il avait bien réfléchi avant de prendre sa décision. Laurent Daigneault lui-même vint lui souhaiter bonne chance dans ses nouvelles entreprises. Gauthier et Lemire avaient choisi de se tenir à distance pour ne pas l'embarrasser.

Alors qu'il se trouvait dans le bureau de Tanguay, Mado vint l'aviser qu'il était demandé au téléphone. Il s'excusa auprès de son patron et alla s'asseoir à son bureau une dernière fois. Il prit le combiné.

— Boisvert…

— Regarde dans le dernier tiroir de ton bureau, fit une voix qu'il ne connaissait pas.

— Qui est à l'appareil? demanda-t-il, inquiet.

— Regarde dans le dernier tiroir de ton bureau, répéta la voix. Tanguay et Bertrand Fournel vont recevoir une copie de ce matériel d'un instant à l'autre!

Boisvert déposa l'appareil et étira le bras. Dans le tiroir, il y avait effectivement une grande enveloppe. Il la déchira en jetant des coups d'œil nerveux autour de lui et en tira une série de photos. L'univers s'écroula. Sur les photos, on le voyait se livrer à des activités sexuelles avec des enfants. Il se leva en titubant et se dirigea vers la déchiqueteuse. Les yeux hagards, il y inséra l'enveloppe et son contenu.

En le regardant passer devant son bureau, Vallières lui trouva un air étrange.

— Ça va, Guy? lui demanda-t-elle.

— Ça va... lui répondit-il d'une voix faible en continuant son chemin vers la salle des toilettes.

Elle constata que le récepteur du téléphone était posé à côté du téléphone, sur son bureau. Elle prit le combiné. À l'autre bout, une voix enregistrée insistait pour que l'on raccroche, ce que fit Michelle en cherchant Boisvert du regard.

Elle sentit son cœur s'arrêter en entendant une détonation en provenance des toilettes. Comme la majorité de ses collègues, elle se rua vers celles-ci. Un détective, qui avait dégainé son arme de service, entra en trombe dans la pièce, suivi d'un collègue. Par la porte entrebâillée, Michelle eut à peine le temps de voir un corps étendu dans une mare de sang, une tête ensanglantée à moitié éclatée.

Comme Lemire, elle n'avait jamais aimé Boisvert; elle avait eu plusieurs prises de bec avec lui depuis qu'elle faisait partie de l'Escouade du crime organisé. Il n'était pas l'agent le plus vaillant ni le plus efficace, mais pour l'instant, elle ne voyait que la tête poivre et sel d'un camarade de travail qui, selon toute vraisemblance, venait de s'enlever la vie.

Elle retourna s'asseoir à son bureau et resta prostrée, imperméable à l'espèce de panique qui suivit. Puis elle fut envahie par la nausée. Sachant qu'elle n'avait ni le temps ni l'intention de se rendre aux toilettes, elle vomit dans la poubelle placée à côté de son bureau.

À travers l'agitation qui régnait et dans laquelle elle ne percevait plus qu'un bourdonnement lointain, une voix se détacha, tout près d'elle. Gauthier lui appliqua une compresse d'eau froide sur la nuque et l'invita à prendre de grandes respirations. Elle retrouva ses esprits petit à petit.

— Pourquoi a-t-il fait ça? demanda-t-elle. Et pourquoi ici?

Gauthier se tut. Pour l'instant, il n'avait aucune idée de ce qui avait motivé Boisvert. Mais en même temps, il éprouvait un malaise profond, sentant qu'il avait une part de responsabilité dans son suicide. Il fit un signe de tête à Lemire. Lui non plus ne semblait pas dans la meilleure forme.

— Georges va te raccompagner chez toi. Va te reposer un peu…

Gauthier les regarda se diriger vers la sortie. Au passage, son regard croisa celui de Tanguay. Atterré, celui-ci essayait de ramener le calme dans les bureaux. «Il fait de plus en plus son âge depuis quelque temps, remarqua Gauthier. Ses cheveux semblent blanchir de jour en jour…»

32

Le lendemain matin, par un temps orageux, Gauthier était appelé au bureau de Tanguay dès son arrivée. Laurent Daigneault, le directeur général de la Sûreté, était déjà là en compagnie de deux membres de l'état-major. Très agité, il marchait de long en large devant la grande fenêtre sur laquelle descendaient des filets d'eau. L'orage qui grondait dehors constituait une toile de fond idéale pour la colère de Daigneault. Tanguay, à peine moins blême que la veille, encaissait les coups du mieux qu'il pouvait.

— De quoi on a l'air?

Tanguay ne répondit rien.

— Un pédophile à la Sûreté… que la pègre fait chanter et qui se flambe la cervelle au bureau!

Répondant au regard interrogateur de Gauthier, Tanguay lui montra une grande enveloppe sur son bureau. Gauthier la prit et en extirpa une série de photos noir et blanc sur lesquelles Boisvert se livrait à des jeux sexuels avec des enfants des deux sexes.

Gauthier savait presque tout sur les activités sexuelles de Boisvert, mais d'en avoir ainsi la confirmation suscita chez lui un mélange de dégoût et de pitié. Une des jeunes filles impliquées dans les photos avait à peu près le même âge que Roxanne…

Un des officiers s'adressa à lui.

— Avais-tu remarqué quelque chose d'anormal récemment dans le comportement de Boisvert ? Tu le connaissais quand même un peu…

— Y a-t-il quelqu'un qui connaissait vraiment Boisvert ? répondit Gauthier en laissant tomber les photos sur le bureau. Mais rien là-dedans ne prouve qu'il vendait des informations à la mafia !

— Voyons, Gauthier ! fut la réaction unanime.

— Qui t'a donné ça ? demanda un des officiers à Tanguay.

— Quand je suis rentré ce matin, l'enveloppe était sur mon bureau.

— Tu n'avais pas verrouillé ta porte ?

Tanguay se tut, embarrassé. Daigneault le regarda, attendant lui aussi la réponse.

— J'ai verrouillé ma porte hier soir quand je suis parti et elle était toujours verrouillée quand je suis arrivé ce matin !

— Bon ! Une autre belle affaire ! s'écria Daigneault. On se promène dans les bureaux de la Sûreté en toute impunité !

Dépité, Daigneault remit les photos dans l'enveloppe.

— Je vais les faire analyser au labo. Ce sont peut-être des photos truquées… À partir de maintenant, le dossier relève des affaires internes ; alors pas question que ça sorte d'ici !

Sans même saluer ses subalternes, il quitta la pièce en laissant la porte ouverte. Les deux officiers le suivirent.

— Il me fait chier, ton boss, Gilbert !

— Bah ! Il va se calmer… Il fait des crises de temps en temps pour me montrer que c'est lui, le patron…

À ce moment, le téléphone sonna.

— Tanguay…

— …

Ses yeux s'écarquillèrent.

— Écoute, Fournel… Tu ne vas tout de même pas publier ça! Ce sont peut-être des photos truquées. Tu pourrais au moins attendre l'expertise du laboratoire!

— …

— O.K. Viens au bureau cet après-midi, on va en discuter.

Tanguay raccrocha et se prit la tête à deux mains.

— La catastrophe… fit-il.

— Bonne chance, Gilbert… ironisa Gauthier en refermant la porte du bureau.

Cette fois, il laissait son patron se dépêtrer avec Fournel.

Il alla trouver Lemire et l'entraîna à l'écart. Après lui avoir décrit le contenu de l'enveloppe, il lui demanda que tout ce qu'ils avaient appris sur Boisvert reste entre eux. Malgré son aversion pour Boisvert, Lemire se plia à sa requête. Inutile de frapper un homme qui est déjà dans la tombe…

* * *

En fin d'avant-midi, Fournel se présenta au bureau de Tanguay.

— J'espère que tu as de bons arguments, Gilbert… Parce que moi, je publie ça demain matin!

Aux yeux de Tanguay, Bertrand Fournel représentait tout ce qu'il y avait de sale et de répugnant dans le monde des médias, plus particulièrement chez ceux qui ne reculaient devant rien pour que leur journal vende quelques exemplaires de plus. Pourtant, il avait souvent fait appel à ses services dans le passé pour qu'il rende publiques certaines informations… Tout comme la pègre, d'ailleurs. Malgré son mépris pour l'individu assis devant lui, Tanguay opta pour la prudence et la diplomatie.

Fournel exposa à Tanguay sa vision des choses. Sûr de lui, il écarta du revers de la main tous les arguments que Tanguay lui servait pour l'empêcher de publier la nouvelle.

— Quand un flic pédophile qui travaille au Crime organisé est victime de chantage de la part de la mafia, c'est d'intérêt public! On n'appelle plus cela du sensationnalisme!

— Tu n'as aucune preuve que la mafia le faisait chanter! insista Tanguay.

Devant le refus de Fournel d'écouter ses arguments, il invoqua des raisons personnelles.

— Te rends-tu compte de ce que tu vas faire à sa famille? Tu pourrais au moins leur éviter ça! Ou à tout le moins attendre un bout de temps...

Tanguay réussit à conserver son calme jusqu'à ce que Fournel, intraitable, tire sa révérence. Sentant qu'il n'avait pas réussi à faire passer son message, il décida de livrer le fond de sa pensée.

— Fournel, si tu publies ça, ne reviens plus jamais me voir pour quoi que ce soit! Et si jamais tu as des ennuis, n'attends pas mon aide. Tu trouveras le temps long!

Quand il fut au volant de sa voiture, Fournel réfléchit à ce que Tanguay venait de lui dire. Il comprenait certaines de ses objections et il sympathisait même avec la famille de Boisvert. Il commença à se demander s'il devait publier son article...

* * *

Gabrielle était chez elle avec sa mère. Encore sous le choc, elle lui raconta son souper avec Pierre, l'arrivée impromptue de son père et la scène qui avait suivi.

— Je suis restée plantée là comme une dinde. Je ne savais plus quoi dire.

— Et ton père, comment a-t-il réagi?

— Il m'a assurée qu'il n'avait rien à voir là-dedans.

— Évidemment.

— Je ne sais plus quoi penser. Les photos de la fille de Pierre, l'assassinat de Bogliozzi... Tu aurais dû voir toute la haine que Pierre avait dans les yeux!

— Je te l'ai dit : ton père a beau porter une chemise propre et une cravate, ça reste un bandit !

— Mais c'est quand même mon père !

Hélène Provost vint pour ajouter quelque chose, mais la sonnerie du téléphone se fit entendre. Gabrielle alla répondre. Pierre désirait la voir le plus rapidement possible. Hélène tira sa révérence avec un sourire complice. Une demi-heure plus tard, Gabrielle retrouva Pierre dans un parc situé à proximité de chez elle.

— J'avais peur de ne plus avoir de tes nouvelles, fit-elle.

— Pourquoi ?

— Avec ce qui est arrivé à ta fille…

— Mais tu n'as rien à voir là-dedans. Ton père non plus, d'ailleurs.

Gabrielle s'arrêta de marcher.

— Mais tu disais toi-même…

Pierre l'interrompit avec un air malicieux.

— Ton père n'aurait pas fait ça ! Par contre, je savais que si je lui transmettais un faux rapport, il ferait tuer Bogliozzi !

Gabrielle fut interdite.

— Dans le fond, tu n'es pas mieux que lui ! Tu ne tires pas, mais tu mets la balle dans le revolver !

— Légitime défense, instinct de survie… Il faut apprendre à penser comme eux !

— Pourquoi ne m'avais-tu jamais parlé de Roxanne ? fit-elle en le regardant dans les yeux.

— Probablement pour éviter ce qui s'est produit ! Je m'étais toujours dit qu'elle était à l'abri tant et aussi longtemps qu'on ignorait son existence.

Le regard de Gabrielle se fit plus pénétrant.

— Pierre, je sais que ce n'est pas très raisonnable… J'essaie de trouver des raisons de m'éloigner, mais tout me ramène vers toi.

— Je n'ai plus aucune envie d'être raisonnable ! fit-il très sérieusement.

Pendant son séjour à Boston, il avait pris conscience qu'il aimait Gabrielle et avait décidé d'assumer ce fait. C'était pour lui dire cela qu'il l'avait appelée. Il ne voulait plus jouer à cache-cache et il se moquait de ce qu'on pouvait penser. Il n'eut pas besoin d'en dire davantage.

— Si je ne me retenais pas, je te ferais l'amour ici, tout de suite ! répondit-elle.

TROISIÈME PARTIE

33

L'écoute électronique avait rapporté des dividendes. Les centaines d'heures d'enregistrement mensuelles permettaient à la Sûreté nationale de capter un mot, une phrase ou un indice l'aidant à réagir à une action planifiée par la mafia.

Quand Landry vint voir Gauthier avec l'enregistrement d'une conversation téléphonique dans laquelle Scarfo parlait d'un rendez-vous avec Carlo Lombardo et Vito D'Amato, respectivement Parrain et *consigliere* de la Famille Lombardo, de New York, Gauthier sut qu'une grosse affaire se préparait.

Depuis les années 40, la mafia montréalaise constituait un satellite de la Famille Lombardo, une des Familles les plus influentes de la Commission new-yorkaise. De toute évidence, Lombardo en personne ne viendrait pas rencontrer Scarfo si l'affaire n'était pas de la plus haute importance.

L'échange ayant été bref, on savait seulement que Lombardo et D'Amato étaient attendus à Montréal le mercredi après-midi et qu'ils descendraient à l'Hôtel Continental, où D'Ascola leur avait réservé une suite au nom de Gesco International.

Gauthier rapporta immédiatement l'information à Gilbert Tanguay et les décisions furent prises rapidement. Avant tout, on dépêcherait un agent sur place pour connaître le numéro de la suite. Puis on augmenterait la surveillance de Scarfo et on affecterait une équipe de filature à Lombardo et D'Amato. Gauthier suggéra qu'on demande un mandat à un juge pour procéder à l'installation de micros dans leur suite. Tanguay donna son approbation.

Méconnaissable, Benoît Landry, vêtu comme un homme d'affaires et avec une mallette à la main, se présenta à la réception de l'hôtel pour prendre possession de la suite qui avait été réservée pour Lombardo. Posté discrètement près de l'ascenseur, Gauthier emboîta le pas à Landry. Dès qu'ils furent dans la suite, ils posèrent les micros.

Le lendemain, Lombardo et D'Amato descendirent de l'avion à l'heure prévue. Ils furent filés dès leur arrivée à l'aérogare et on ne les lâcha pas d'une semelle jusqu'à ce qu'ils arrivent à l'hôtel, où des agents doubles prirent la relève. À l'étage, la femme de chambre, le préposé à l'entretien et le chasseur étaient tous des membres de la Sûreté.

Dans la chambre voisine, Gauthier, Tanguay, Celano et Landry attendaient impatiemment le début de la réunion. Compte tenu de l'importance présumée de cette rencontre, Tanguay avait tenu à être présent.

Les deux mafiosi new-yorkais furent rejoints par leurs homologues montréalais. Après un échange de politesses, prenant place autour d'une table, les hommes commencèrent à discuter de choses courantes, tantôt en anglais, tantôt en italien, parfois en sicilien. Après une dizaine de minutes, le silence se fit. Inquiet, Landry vérifiait son équipement quand on cogna à la porte. Les quatre hommes retinrent leur souffle. Gauthier alla ouvrir. C'était le chasseur. Il le fit entrer.

— Ils viennent de déménager à la suite 726! Ils l'avaient aussi réservée sous un autre nom!

Gauthier et Tanguay se regardèrent avec stupeur. Tanguay jura en se passant les mains dans les cheveux.

— On s'est fait avoir!

Gauthier refusa de baisser les bras.

— Benoît, on peut transporter tout ça?

De la tête, Landry montra sa mallette.

— J'ai tout ce qu'il faut!

Gauthier prit l'agent double par le bras et le conduisit vers la porte, lui enjoignant de réquisitionner sur-le-champ une chambre voisine de la suite 726. Devinant les intentions de Gauthier, Tanguay intervint.

— Pierre! Notre mandat nous donne le droit de faire de l'écoute au 418, pas au 726!

Gauthier regarda son patron d'un air contrarié tout en aidant Landry à ramasser son matériel.

— On en parlera une autre fois! Je n'ai pas l'intention de laisser passer une occasion comme celle-là!

Dix minutes plus tard, les membres de la Sûreté s'installaient dans la suite 727. Dans le plus grand silence, Landry inséra un micro dans une prise de courant qui communiquait avec l'autre chambre. Il effectua quelques ajustements sur ses appareils et la conversation des mafiosi commença à leur parvenir très clairement. Lombardo parlait d'un certain Pierre Gauthier, enquêteur à l'Escouade du crime organisé.

— Il paraît qu'il te cause des maux de tête, Giuseppe…

Piqué dans son orgueil et offusqué que le nom de Gauthier soit connu jusqu'à New York, Scarfo minimisa son rôle.

— Un coup de chance, rien de plus!

— Il sort toujours avec ta fille? demanda D'Amato.

La question piqua Scarfo comme un aiguillon. Décidément, la Commission savait tout! Il garda son calme.

— Aussitôt qu'elle a su que c'était un flic, elle l'a laissé!

— Si jamais tu as besoin d'aide pour te débarrasser de lui… ajouta Lombardo.

— Ça va aller!

Tanguay lança un clin d'œil à Gauthier, qui haussa les épaules. Les propos de Lombardo lui indiquaient que son caporal faisait un travail efficace. Tandis que Landry enregistrait la conversation, Celano assurait la traduction simultanée des propos tenus en italien. Lombardo et Scarfo abordèrent finalement le sujet principal de la rencontre.

Celano, les yeux rivés sur le mur, comme pour mieux entendre, transpirait à grosses gouttes. La traduction simultanée n'était pas facile, car Lombardo et Scarfo, en plus de parler à mots couverts, truffaient leur discussion d'expressions en sicilien, dialecte avec lequel il n'était pas familier. En outre, la présence de Pierre, qui s'impatientait souvent contre lui, n'arrangeait rien.

(Ils disent que le triangle d'or est actif au port de New York... Quarante kilos pour Scarfo... Pure... Deux cents... Non. Deux millions US en petites coupures... Scarfo est intéressé...

Gauthier comprit qu'on parlait d'héroïne pure. Une livraison avait été faite aux États-Unis ; la Famille Scarfo en achetait quarante kilos. Il regarda Tanguay.

« Si notre interprétation est bonne, c'est une belle occasion de le coincer ! », pensèrent-ils tous deux en même temps. Il ne restait plus qu'à trouver la date et l'endroit de la transaction.

* * *

Après le départ de Lombardo et D'Amato, Scarfo invita D'Ascola à prendre l'apéritif chez lui. Ils s'installèrent dans le jardin. Paraissant préoccupé, Scarfo ne parlait pas. D'Ascola brisa la glace.

— Carlo a raison. Il faut se débarrasser de Gauthier.

Scarfo écarta l'hypothèse du revers de la main.

— C'est trop risqué de s'attaquer à un enquêteur de la Sûreté !

Il y eut un long silence.

— Qui va remplacer Angelo? demanda le *consigliere.*

— Personne. Gino et Frank vont se partager ses affaires.

Il y eut une autre longue pause, pendant laquelle Scarfo semblait perdu dans ses pensées. D'Ascola respecta le silence de son vieil ami. Finalement, le Parrain revint sur Gauthier.

— Tu aurais dû le voir au restaurant, en présence de Gabrielle. On s'est fait avoir comme des enfants !

— Il faut lui donner ça. Il sait comment jouer ses cartes.

— Les choses changent, Marco. Depuis qu'on a Gauthier collé aux fesses, les gaffes s'accumulent. Les hommes commencent à parler dans mon dos. Ma fille ne veut plus me voir…

— Tu exagères, Giuseppe !

— Je suis fatigué… Ça fait des années que je règle les problèmes de tout le monde dans la Famille et je ne prends jamais le temps de régler les miens !

Il avala une gorgée de Campari avant d'ajouter :

— On dirait que je n'ai plus d'énergie pour me battre…

Il déposa son verre et se dirigea vers la maison. Songeur, D'Ascola resta assis dans le jardin. La candeur dont Scarfo venait de faire preuve à son égard lui donnait à réfléchir.

34

Depuis quelques jours, François trafiquait une camionnette dans son atelier. Perreault lui avait confié ce travail sans toutefois lui préciser à quelles fins le véhicule serait utilisé. D'après les instructions de Perreault, il était évident que le véhicule servirait à transporter de la drogue.

Au milieu de l'après-midi, alors que François prenait un espresso au comptoir, Marco D'Ascola vint rencontrer Perreault en face du restaurant. Après une discussion très brève, le restaurateur retira du coffre de l'auto de D'Ascola un grand sac de sport qui semblait très lourd. Pendant que Perreault apportait le sac dans son bureau à l'arrière du restaurant, D'Ascola remonta dans son auto et démarra.

François continua de discuter avec Christian, le serveur, tout en se demandant ce que D'Ascola était venu faire dans les parages. Perreault revint s'asseoir à ses côtés en s'épongeant le front. D'un signe de tête, il invita Christian à aller faire une marche. Quand il fut seul avec François, il lui offrit d'effectuer un travail de routine qui s'avérerait très payant. Il se rendrait dans l'État de New York le lendemain soir et reviendrait le matin suivant. En général, François posait peu de questions à Perreault, mais cette fois-ci, c'était différent.

— De la drogue ?

— De l'héroïne.

— Les risques ?

— Aucun.

— Et les douanes ?

— Le douanier qui sera en poste lors de ton retour va fermer les yeux.

François fit mine de réfléchir quelques instants, puis il se leva.

— Aussi bien aller me reposer !

François était excité. Même s'il n'en connaissait pas tous les détails, il savait qu'il participerait à une grosse transaction. Plutôt que de rentrer chez lui, il s'arrêta dans une cabine téléphonique. Deux heures plus tard, il retrouva Gauthier dans une chambre de motel en compagnie de Tanguay. François décrivit l'offre de Perreault ainsi que la visite de D'Ascola. Gauthier et Tanguay se regardèrent avec un sourire malicieux. Tout concordait avec les informations recueillies lors de la conversation entre Scarfo et Lombardo : la visite de D'Ascola, l'offre faite à François, le sac bourré d'argent américain.

* * *

François fit une dernière vérification de la camionnette. «Surtout pas question de tomber en panne en route», pensa-t-il. Perreault entra dans le garage, traînant le sac de sport qui fermait mal tellement il semblait plein.

— Prêt ? demanda-t-il en déposant le sac.

François hocha la tête. Perreault ouvrit le sac et lui passa des piles de billets pour qu'il les place dans les caches aménagées pour l'occasion. François émit un sifflement.

— Il y a combien, là-dedans ?

— Deux millions de dollars américains en petites coupures !
— Tu n'as pas peur que je me pousse avec tout ça ?
Perreault se mit à rire, sûr de lui.
— Non ! Pas du tout !
Alors qu'ils finissaient de camoufler l'argent, une rutilante Porsche Carrera rouge s'arrêta dans la ruelle, près du garage. Vincenzo Spadollini en descendit. Il enleva ses verres fumés et jeta un regard autour de lui pour être certain qu'il n'avait pas été suivi. Quand il mit les pieds dans le garage, Perreault le salua.

— François, je te présente Vincenzo. Il va t'accompagner. François blêmit. Perreault ne lui avait rien dit là-dessus. Il toisa le nouvel arrivant des pieds à la tête. Au premier coup d'œil, il détesta Spadollini, qu'il ne connaissait que de réputation. Sans dire un mot, il prit son blouson et se dirigea vers la porte. Il avait besoin de quelques secondes de répit pour réfléchir à cette situation imprévue.

— François ! s'étonna Perreault. Qu'est-ce que tu fais ?
— Tu ne m'avais pas dit que j'aurais un chaperon !
— Il n'y a pas de quoi en faire une histoire. C'est normal ! T'imagines-tu que le client va prendre le risque de te laisser filer avec ses deux millions ?

François s'arrêta devant la porte. Il revint sur ses pas et s'approcha de Spadollini.

— Lève les bras et tourne-toi !
Piqué au vif, Spadollini ne bougea pas d'un poil. Mais pour qui se prenait-il, ce chauffeur de camionnette pour lui parler sur ce ton ? À lui, un membre à part entière de la Famille Scarfo !

D'un geste rapide, François s'empara de l'arme que l'Italien portait à la ceinture.

— Hé ! Qu'est-ce que tu fais ? s'exclama Spadollini.
— Je n'ai aucune envie de me faire descendre en cours de route ! dit François en tendant l'arme à Perreault.

D'un simple regard accompagné d'un mouvement de la tête, celui-ci fit comprendre à Spadollini que François avait raison de se montrer méfiant. Quand les deux hommes montèrent à bord de la camionnette, Perreault leur donna un conseil.

— Arrêtez de vous regarder comme chien et chat. Vous allez trouver la route longue!

* * *

Comme l'avait promis Perreault, l'opération était routinière. Ce n'est qu'au retour, une fois la frontière passée, que Spadollini ouvrit la bouche pour la première fois.

— Arrête-toi ici!

Inquiet, François scruta la campagne environnante et jeta un coup d'œil dans le rétroviseur. Pourquoi s'arrêter ici? Et pourquoi maintenant? Son esprit soupesa plusieurs hypothèses. Il pensa à la Sûreté qui les attendait. Il pensa à la possibilité d'avoir été piégé par la mafia.

— Pourquoi? demanda-t-il. Il y a un changement dans les plans?

Spadollini, qui essayait de garder son calme, se tourna vers François.

— Je veux que tu t'arrêtes. C'est français, non?

François stoppa la camionnette sur l'accotement, prêt à toute éventualité. Spadollini en descendit et urina longuement. Rassuré, François pouffa de rire.

* * *

Aux premières lueurs de l'aube, la camionnette bourrée d'héroïne traversa le pont Victoria. La ville dormait encore, à l'exception de la Sûreté nationale, qui complétait fébrilement les préparatifs d'accueil. Dans le stationnement où l'on devait transférer la drogue, divers véhicules étaient garés. Des policiers déguisés en ouvriers de la construction reconstruisaient un muret qui s'était effondré. Dans un appartement surplombant le terrain, une équipe de la Sûreté, Michelle Vallières en tête, coordonnait l'opération. Elle transmettait ses directives minute après minute à tous les agents mobilisés dans l'opération.

— Attention! La camionnette entre dans le stationnement.

Dans la boîte d'un camion banalisé, Gauthier se sentait à l'étroit en compagnie de Lemire et de quelques policiers en uniforme. Leurs gilets pare-balles ajoutaient à la chaleur ambiante et la nervosité était palpable. Gauthier récapitulait les étapes à venir, ayant la fâcheuse impression d'avoir oublié un détail.

— Georges… François Gagnon est un des nôtres! se rappela-t-il à la dernière minute.

Lemire en avala presque sa gomme à mâcher.

— Depuis quand?

— Depuis toujours!

— Tu veux dire que quand je l'ai interrogé…?

Gauthier hocha la tête.

— Ça parle au diable! Heureusement que tu me l'as dit; c'est sur lui que j'aurais tiré en premier.

La voix de Vallières se fit entendre de nouveau dans les écouteurs de Gauthier.

— Tenez-vous prêts. Ils garent la camionnette… Gagnon et Spadollini en descendent…

Les policiers suspendirent leur respiration et dégainèrent leurs armes.

— … Une automobile s'approche de la camionnette…

La main sur la poignée de la portière, Gauthier se prépara à bondir.

— … Deux hommes en descendent… Le contact est établi… *GO*! cria Vallières.

Gauthier sauta hors de la boîte du camion, suivi de ses collègues. En quelques secondes, deux douzaines de policiers envahirent le terrain de stationnement et des autos de police bloquèrent toutes les issues, coinçant Gagnon, Spadollini et les deux autres.

— Police! Les mains en l'air! hurla Gauthier.

Spadollini, qui se trouvait à proximité de Gauthier, souleva le coin de son blouson, comme pour dégainer, oubliant qu'il était désarmé. Gauthier fit feu et lui logea une balle en plein cœur. Il alla ensuite vers lui en le tenant en joue. Il se pencha pour prendre son pouls et constata avec stupeur qu'il était mort.

— Il n'était pas armé! lui cria François, qui était immobilisé par deux policiers.

Par réflexe, Pierre fouilla Spadollini. Voyant que François disait vrai, il regarda dans sa direction, comme pour chercher de l'aide. Mais François ne pouvait rien pour lui. Il se releva, lança son gilet pare-balles sur la banquette arrière d'une auto et, tel un zombie, tendit son arme à un officier de la police municipale. De son côté, Lemire s'approcha des policiers qui venaient de passer les menottes à Gagnon.

— Laissez-le-moi! leur ordonna-t-il. Je m'en occupe!

La crainte envahit François. Il n'avait pas prévu tomber entre les pattes de Lemire. Ça risquait de se terminer mal…

Sans ménagement, Lemire saisit François et le poussa vers une auto de police. Il le fit monter à l'arrière. Avant de refermer la portière, il lui servit un avertissement.

— Je t'avais dit que tu passerais un mauvais quart d'heure si je te remettais la main au collet… Tu vas avoir pas mal de choses à m'expliquer, Gagnon!

S'assurant que personne ne l'entendait, il se pencha vers lui et prit son air le plus méchant.

— Et c'est toi qui vas payer la bière!

Fier de l'avoir effrayé, il referma la portière en affichant un large sourire. François laissa échapper un soupir de soulagement.

Quand l'auto démarra, François put apercevoir Pierre quelques secondes seulement. Le visage défait, il était vraisemblablement en train d'expliquer à Tanguay pourquoi il avait tiré sur Spadollini.

35

Après s'être annoncé, D'Ascola arriva chez Scarfo en coup de vent. Le Parrain terminait son petit-déjeuner dans la salle à manger.

— Qu'est-ce qui se passe, Marco ? Pourquoi cette urgence ?

D'Ascola alla droit au but. Il lui annonça que l'opération était un fiasco.

— Les flics attendaient nos gars ! Ils étaient au courant. Des agents de la DEA[1] ont arrêté Lombardo et D'Amato à New York la nuit dernière !

Scarfo se rembrunit.

— Mais comment ?

— Et ce n'est pas tout ! enchaîna le *consigliere* en faisant un signe de croix. Vincenzo a été descendu !

Le visage de Scarfo se vida de son sang. D'Ascola s'approcha et lui mit la main sur le bras, croyant que le Parrain allait avoir une défaillance.

— Vincenzo… murmura Scarfo.

---

1. La *Drug Enforcement Administration* (DEA) est une agence américaine de lutte contre le trafic de drogue.

— Il n'était même pas armé! continua D'Ascola. C'est Gauthier qui l'a abattu. Je t'avais dit qu'il fallait se débarrasser de lui!

Scarfo dégagea son bras.

— Celui qui a fait le voyage avec Vincenzo, c'était un gars à Perreault?

— Oui.

— Avec Roger, ils peuvent remonter jusqu'à moi?

— Facilement!

— Alors, il faut qu'on s'en débarrasse! fit Scarfo.

Il commença à marcher autour de la table. Pour la première fois, le doute s'installa dans son esprit. Il se demanda si Lombardo n'avait pas eu raison de souhaiter l'élimination de Gauthier. En même temps, il chercha à comprendre pourquoi cette décision était si difficile à prendre, alors qu'il traînait Gauthier comme un boulet.

* * *

Pierre s'en voulait terriblement d'avoir abattu Spadollini. Ce n'était pas qu'il se sentît coupable – il y aurait plein d'agents pour témoigner que le capo avait fait le geste de dégainer son arme. Non. Il s'en faisait pour Gabrielle. Malgré ce qu'elle prétendait, il savait qu'elle avait gardé de l'affection pour Vincenzo. La mort dans l'âme, il prit le chemin du Bourbon Café, car elle y déjeunait tous les matins.

L'ayant aussitôt repérée, il marcha sans précipitation vers sa table, anxieux à l'idée du chagrin qu'il allait lui causer. Il l'embrassa sur la joue avant de s'asseoir en face d'elle.

— J'ai une mauvaise nouvelle à t'apprendre. Vincenzo Spadollini vient d'être tué au cours d'une opération policière. C'est moi qui ai tiré.

Il vit son visage s'assombrir et ses yeux s'embuer de larmes. Mais, contre toute attente, elle se montra fataliste.

— Il avait choisi sa vie, fit-elle. Et sa mort aussi, d'une certaine manière…

Pendant un long moment, Pierre serra sa main dans la sienne. Il ne savait quoi ajouter, essayant de deviner les sentiments qu'elle éprouvait. Finalement, c'est elle qui parla.

— Mais toi, mon ami, tu es dans la merde !

Pierre ne put dissimuler sa surprise.

— Imagine les titres dans les journaux ! poursuivit-elle. « UN AGENT DE LA SÛRETÉ NATIONALE ABAT L'EX-AMANT DE SA MAÎTRESSE ! »

Encore secoué par les événements des dernières heures, il s'agissait là de la dernière chose qu'il aurait envisagée. Il pensa tout de suite à Fournel. Celui-là ne se gênerait pas pour faire un parallèle entre la mort du mafioso et sa relation avec Gabrielle.

36

Roger Perreault était dans la salle d'interrogatoires en compagnie de Gauthier et de Lemire.

— Je ne le connais pas, ce monsieur Scarfo, répétait le restaurateur.

— Perreault, tu commences à me chauffer sérieusement les oreilles! fit Lemire. On le sait que tu fais des affaires depuis des années avec la mafia! On le sait que c'est toi qui étais en charge de la dernière transaction! On a même une bande vidéo où D'Ascola te remet un gros sac de sport rempli d'argent!

Perreault regarda Lemire sans même cligner des yeux. Pendant toute la nuit, les deux enquêteurs avaient essayé de le convaincre de témoigner contre Scarfo. Le caïd n'en était pas à sa première présence dans une salle de ce type et il ne s'en laissait pas imposer… même par un Georges Lemire au meilleur de sa forme.

Exaspéré, Gauthier alla se chercher un café. François, qui avait assisté à l'interrogatoire à travers la vitre teintée, le rejoignit.

— Laisse-le-moi! fit-il.

Ne voyant aucune autre solution, Gauthier l'accompagna jusqu'à la salle d'interrogatoires. Il ouvrit la porte et fit signe à Lemire de sortir pour laisser les deux hommes seuls. En apercevant François, Perreault rejeta la tête vers l'arrière.

— C'est pas vrai!

François s'assit en face de lui et le regarda fixement, cherchant à saisir ce qui se passait dans sa tête. Perreault ne manifesta aucune émotion, mais en dedans ça bouillonnait. S'il avait pu frapper quelqu'un à ce moment précis, il se serait frappé lui-même. Après tant d'années de métier, se faire ainsi posséder par un jeunot de la Sûreté nationale...

— Il faut que tu témoignes contre Scarfo! lui fit François.

— Un flic, se contenta de dire Perreault sur un ton méprisant.

François baissa les yeux.

— Si tu ne plaides pas coupable à l'accusation réduite d'importation d'héroïne et si tu n'acceptes pas de témoigner contre Scarfo, tu sais ce qui va t'arriver?

Se rendant compte qu'il ne tirerait rien de lui, François sortit de sa poche un petit magnétophone, qu'il déposa sur la table. Il appuya sur un bouton et continua d'observer le caïd.

(Voix de Scarfo) — Celui qui a fait le voyage avec Vincenzo, c'était un gars à Perreault?

(Voix de D'Ascola) — Oui.

(Voix de Scarfo) — Avec Roger, ils peuvent remonter jusqu'à moi?

(Voix de D'Ascola) — Facilement.

(Voix de Scarfo) — Alors, il faut qu'on s'en débarrasse!

François arrêta le magnétophone. Perreault avait écouté attentivement mais n'avait eu aucune réaction.

— Si on te relâche, tu es un homme mort!

— Si vous me mettez en dedans, je suis un homme mort! Où est la différence?

— On a besoin de preuves contre Scarfo. Si tu acceptes de témoigner, on réduit les accusations contre toi. Tu passes deux, trois ans en dedans maximum, puis tu es un homme libre!

— M'as-tu bien regardé? J'ai soixante-deux ans… T'imagines-tu que j'ai l'intention d'aller passer deux, trois ans en prison?

François ne lâcha pas prise. Adoptant un ton qui n'invitait pas à la réplique, il dicta à Perreault ce qu'il attendait de lui.

— Tu vas avouer que c'est toi qui as organisé l'opération. Tu vas confirmer que c'est D'Ascola qui t'a apporté l'argent. Tu vas confirmer que cet argent venait de Scarfo.

L'expression de Perreault changea; un doute sembla alors traverser son esprit. Personne ne connaissait mieux que lui la loi du Milieu. À partir de l'instant où Scarfo l'avait condamné à mort, chaque seconde de son existence devait être considérée comme un sursis. Il prit une longue inspiration. Pour la première fois de sa vie, il avait besoin d'aide.

— Fais venir Surrentino!

François alla aviser Gauthier que Perreault voulait parler à son avocat, puis il revint s'asseoir en face de lui.

— Dire que je t'ai acheté une machine à café… laissa tomber Perreault.

* * *

Seul à seul, Perreault et Me Surrentino discutèrent des chefs d'accusation et des tractations des enquêteurs à l'égard du caïd. Ce dernier, conscient d'avoir devant lui l'avocat attitré de la mafia, dosait ses propos, sachant fort bien que Surrentino s'empresserait d'aller tout raconter à Scarfo.

Fin renard, Perreault amena même l'avocat à se compromettre. Après avoir donné à Surrentino l'assurance qu'il ne témoignerait pas contre Scarfo, l'avocat se sentit obligé de lui garantir à son tour le soutien inconditionnel de «monsieur Scarfo».

— Quoique… hésita Perreault. Depuis qu'on m'a fait écouter un enregistrement dans lequel M. Scarfo dit à D'Ascola qu'il faut qu'on se débarrasse de moi, j'ai des craintes…

Surrentino blêmit. Il affirma à Perreault qu'il devait y avoir un malentendu, s'empressant de demander des détails sur l'enregistrement en question. Devant l'incapacité de Perreault à lui donner plus de renseignements, Surrentino commença à s'impatienter ; il consulta sa montre.

Convaincu que l'avocat n'avait plus qu'une idée en tête, Perreault réussit quand même à prolonger l'entretien. Quand Surrentino prit enfin congé, il le regarda sortir avec un sourire en coin. Il savait que celui-ci se précipiterait chez Scarfo.

* * *

D'Ascola vint ouvrir à Surrentino. D'un signe de la main, l'avocat lui demanda de garder le silence et se fit conduire auprès de Scarfo. Il donna la même consigne au Parrain et il entraîna les deux hommes à sa suite.

Quand il fut dans le jardin, il s'essuya le visage avec un mouchoir et répéta à Scarfo ce que Perreault venait de lui apprendre.

Scarfo regarda la maison avec des yeux exorbités, comme si elle était en train de brûler.

— Il y a des micros chez moi ?

Il se tourna vers D'Ascola.

— Appelle Sigouin ! Qu'il vienne brosser la maison le plus tôt possible !

Quelques heures plus tard, Laurent Sigouin, celui-là même qui avait déjà passé la maison au peigne fin pour Gabrielle, s'amena en catastrophe avec son équipement électronique. Il renonça à comprendre pourquoi elle n'avait rien dit à son père et il n'avait surtout pas l'intention d'être mêlé à une histoire de famille.

Pendant que Scarfo faisait les cent pas dans le jardin, Sigouin et son employé firent le travail comme si c'était la première fois. Ses constatations restèrent les mêmes : il y avait deux micros. Ils neutralisèrent le micro de la bibliothèque et Sigouin apporta la lampe à Scarfo pour lui montrer celui qui était dissimulé dans la base.

Lui arrachant la lampe des mains, Scarfo fit une colère terrible. Même son vieil ami D'Ascola ne l'avait jamais vu dans un tel état. Scarfo pesta et jura en sicilien. Il n'avait pas besoin de connaître les conclusions de Sigouin pour savoir que ces micros avaient été plantés chez lui par la Sûreté nationale.

En dernier recours, il lança la lampe dans la piscine tout en maudissant «l'enfant de putain» de Gauthier.

À ce moment, Gabrielle arriva sur les lieux. Elle entendit le nom de Gauthier, vit la lampe tomber dans la piscine et reconnut Sigouin. En une fraction de seconde, elle mesura les conséquences de son silence : l'opération ratée, la colère de son père et la mort de Vincenzo.

Scarfo continuait de tonner en marchant le long de la piscine. Accablée par un sentiment de culpabilité, les phrases que rugissait son père ne lui parvenaient que par bribes.

— Je vais tuer cet enfant de putain ! Aucun respect pour la vie privée ! Tous des lâches !

Convaincue que son père allait l'étrangler, elle s'approcha. Assurément, Sigouin lui avait tout révélé. Quand Scarfo vit enfin sa fille, il se dirigea vers elle en gesticulant.

— Tu vois ce qu'il a fait, ton Pierre Gauthier ? Il a mis des micros chez moi !

Quand il se trouva près d'elle, Gabrielle eut un geste défensif, mais il la prit dans ses bras et l'embrassa.

— Tu arrives à un bien mauvais moment, fit-il.

Puis il se tourna vers Sigouin.

— Tu m'enverras la facture !

Sigouin salua Gabrielle comme s'il ne l'avait jamais vue et s'en alla.

— Je vais partir pour quelque temps. J'ai besoin de me reposer un peu… En cas de besoin, Marco saura où me joindre.

— Mais qu'est-ce qui se passe ? demanda Gabrielle, qui ne comprenait plus rien à la situation.

— Ne t'en fais pas ! Tout ira bien.

— Mais…

Scarfo ne la laissa pas parler. Il l'étreignit et lui donna un baiser sur le front avant de regarder sa montre.

— Va-t'en, maintenant ! Je dois finir de ramasser mes effets. Mon avion décolle dans quelques heures.

D'Ascola s'efforça de sourire en faisant à son tour la bise à Gabrielle.

— Je te rappelle dès mon retour ! fit Scarfo en chassant sa fille de la main.

Quand elle eut tourné le coin de la maison, il s'adressa à son *consigliere.*

— Conduis-moi à l'aéroport.

37

Tard en soirée, dans un compartiment éclairé seulement par la lumière verdâtre de son écran d'ordinateur, Bertrand Fournel mettait la dernière main à un dossier explosif sur la Sûreté nationale. Les yeux rougis par la fatigue, il changeait un mot ici, soulignait un effet là, consultait son dictionnaire à l'occasion. Le contenu de cet article, qui ferait la une de son journal, constituait en quelque sorte l'apothéose de sa carrière de journaliste.

Il n'avait jamais publié son article sur Guy Boisvert, mais cette fois-ci, avec tout ce qu'il avait appris au cours des dernières semaines, il n'avait pas l'intention d'y aller de main morte. Le tableau qu'il brossait de la Sûreté nationale était sinistre.

Aux opérations ratées – qu'on pouvait alors imputer à la présence de Boisvert à la Sûreté – et à l'affaire Paquette, on pouvait maintenant ajouter l'affaire Spadollini, l'affaire Perreault et l'affaire Gauthier-Provost. Décidément, depuis que Gauthier avait joint les rangs de l'Escouade du crime organisé, non seulement les choses avaient bougé, mais elles avaient dérapé !

Dans les journées suivant le « fâcheux accident » qui avait entraîné la mort du mafioso, Fournel avait donné le bénéfice du doute à Gauthier. Mais depuis qu'il avait appris que l'enquêteur avait une liaison avec l'ex-fiancée du mafioso en question, l'incident avait pris à ses yeux une tout autre dimension.

Puis, tombé du ciel, ce cadeau de sa collègue Marie-France Béliard, sous forme d'une copie d'un rapport signé par le chef de l'Escouade du crime organisé et faisant état d'un attentat perpétré par la Sûreté nationale contre le restaurateur Roger Perreault. La GRC avait bien incendié des granges au début des années 70, mais l'honnête citoyen était en droit de croire que les corps policiers avaient raffiné leurs méthodes depuis le temps.

S'arrêtant de taper sur son clavier, il s'alluma une cigarette. Au fait, Marie-France Béliard avait refusé de lui révéler pourquoi elle lui cédait ce dossier plutôt que de le conserver pour son émission. Pourtant, c'était un gros scoop. Il chassa l'idée et se remit à taper. Il le saurait bien un jour…

Et la cerise sur le gâteau : le caporal Pierre Gauthier, de l'Escouade du crime organisé, qui fréquente la fille du Parrain de la mafia ! Cette histoire-là, il en ferait ses choux gras.

Il appuya sur une dernière touche pour transmettre son texte. Il se recula dans son fauteuil, posa les pieds sur le coin de son bureau, les mains jointes derrière la nuque, et attendit patiemment.

Quand il se dirigea vers la sortie, tous ses collègues présents dévoraient son texte.

— Génial ! lui fit son chef de pupitre en levant le pouce.

Fier comme un paon, Fournel rentra chez lui avec la satisfaction du devoir accompli.

* * *

Les membres de l'Escouade du crime organisé avaient l'oreille tendue vers le bureau de leur patron. Ils avaient tous lu l'article de Fournel. Pour la énième fois au cours des dernières semaines, Laurent Daigneault piquait sa crise dans le bureau de Tanguay. Ce matin-là, c'était sérieux : il faisait référence au dossier du journaliste.

— Vingt-quatre ans que je suis à la Sûreté et je n'ai jamais rien lu d'aussi injurieux !

— Calme-toi, Laurent, le supplia Tanguay en regardant Gauthier du coin de l'œil.

Loin de se calmer, Daigneault haussa le ton d'un cran.

— Laisse-moi parler ! Guy Boisvert, le pédophile que la mafia fait chanter, l'attentat contre Roger Perreault ; Pierre Gauthier et la fille de Scarfo… Un peu plus et il disait que tu es sur la liste de paye de la mafia ! Pierre Gauthier et Spadollini… Il n'en manque pas une seule ! Je vous ai laissés aller depuis le début et voyez où ça nous a menés !

— Ce n'est pas la fin du monde… fit Gauthier.

— Pas la fin du monde ? hurla Daigneault. J'ai reçu un appel du ministre tout à l'heure. Son attaché politique vient me rencontrer cet après-midi pour avoir des explications. Tu viendras lui dire, toi, que ce n'est pas la fin du monde !

Tanguay et Gauthier échangèrent un sourire. Ce fut au tour de Tanguay de se fâcher. Il se leva et alla planter un index menaçant dans la poitrine de Daigneault.

— Ça suffit ! Tu vas t'asseoir deux minutes et tu vas m'écouter !

Surpris et intimidé, Daigneault n'eut d'autre choix que de s'asseoir.

— Ton ministre, c'est Scarfo qui l'a fait nommer ! Depuis quatre ans, ça fait plus d'un million de dollars qu'il verse à la caisse du parti au pouvoir ! Le bureau du procureur adjoint va peut-être emménager dans une bâtisse qui appartient à la mafia. Et tout ce que je te dis là, on a ça sur ruban. Alors ton ministre mafieux, il est mieux de marcher les fesses serrées !

Abasourdi, Daigneault bégaya.

— C'est… c'est maintenant que tu me dis tout ça ?

— Quand on se voit, tu ne m'écoutes pas, tu ne me parles que de TES problèmes. Tu n'es pas un policier, Laurent, tu es un gestionnaire ! Des agents comme Gauthier et Pelletier, ça ne court pas les rues ! Pourquoi penses-tu que la mafia se donne tant de mal pour les discréditer ?

Tanguay avait visé juste. Galvanisé, Daigneault se leva en bombant le torse. Son subalterne venait de lui donner les munitions dont il avait besoin pour tenir tête au ministre.

— O.K. Je vais me battre pour vous. Mais en retour, organisez-vous pour me donner des résultats rapidement !

Il s'apprêta à sortir.

— Je veux deux rapports sur mon bureau cet après-midi !

— Pourquoi deux rapports ? demanda Tanguay.

— Un pour répondre à l'article de Fournel et un autre sur les relations du ministre avec Scarfo !

— Je t'ai parlé de contributions politiques, pas de relations !

Daigneault lança un clin d'œil complice à Tanguay.

— Les gens ne feront pas la différence !

Quand il fut sorti, Gauthier ne put s'empêcher de faire une remarque à son patron.

— Félicitations ! Tu vas finir par en faire un magouilleur comme toi.

Tanguay sourit faiblement, ne sachant trop comment interpréter le commentaire de Gauthier. Il opta finalement pour le compliment.

* * *

Comme Gauthier s'en allait, François surgit dans la porte en lâchant une nouvelle.

— Scarfo a quitté le pays !

Tanguay donna un coup de poing sur son bureau et poussa un juron.

— Où est-il allé ?

François haussa les épaules. On n'en avait aucune idée.

— Ce n'est pas possible! fit Tanguay, abattu. Il ne peut pas nous filer entre les doigts maintenant.

Gauthier sortit d'un pas rapide.

— Je vais vous le trouver! lança-t-il.

* * *

Quand Gabrielle rentra du travail, elle n'eut même pas le temps de refermer la porte derrière elle que Pierre arrivait. Elle n'eut pas non plus le temps de placer un mot.

— On a un problème, fit Pierre. En fait, TU as un problème!

Gabrielle fronça les sourcils.

— Ton père a quitté le pays!

— Je sais… commença Gabrielle.

— Il faut qu'on le retrouve! trancha Pierre.

Elle refusa catégoriquement.

— Tu ne vas tout de même pas me demander de te livrer mon père? Je crois avoir fait plus que ma part avec la question des micros!

Pierre insista. Gabrielle resta muette, se remémorant l'état dans lequel elle avait vu son père la veille, sentant ressurgir le profond malaise qu'elle éprouvait face à cette situation.

— Ne me mêle plus à tes affaires!

S'apercevant qu'il allait trop loin, Pierre adopta un ton plus conciliant.

— J'espère qu'il n'est pas aux États-Unis… fit-il.

— Pourquoi?

— Ton père est dans la merde! Avec toutes les preuves qu'on a accumulées contre lui, il écopera vingt-cinq ans fermes sans possibilité d'appel si c'est la DEA qui l'arrête. Ici, il pourra s'en tirer à meilleur compte.

Gabrielle réfléchit quelques secondes.

— Tu ne sais vraiment pas où il se trouve?

— Je t'en prie, Pierre, arrête d'insister! le supplia Gabrielle.

— Tu as raison, fit-il. Je n'ai pas le droit de te demander de telles choses.

Voyant sa mine désolée, elle décrocha le combiné. Puisqu'il le fallait...

— Marco? Il faut absolument que je parle à mon père!

— Mais qu'est-ce qui se passe, ma belle? demanda D'Ascola, inquiet de cette soudaine requête.

— Il faut que je lui parle tout de suite! As-tu son numéro?

— Dis-moi ce qu'il y a. Je pourrai peut-être t'aider...

— Ne joue pas ce petit jeu avec moi, Marco! Il faut que je lui parle personnellement!

Il y eut une courte pause.

— Je dois passer un coup de fil.

Tu es chez toi?

— Oui. Je ne bouge pas d'ici!

— Ce ne sera pas long.

Elle raccrocha.

— C'est mon père qui va rappeler!

Elle ouvrit une bouteille de vin et ils s'installèrent au salon, près du téléphone. Ils attendirent dans un silence lourd de ressentiment, d'interrogations et de doutes. La sonnerie les fit sursauter. Gabrielle décrocha.

— Papa!

Pierre s'interposa; il lui enleva le combiné des mains.

— Monsieur Scarfo... Gauthier.

À l'autre bout de la ligne, Scarfo se figea. Pierre poursuivit.

— On va se parler franchement. Vous n'avez pas de temps à perdre... moi non plus!

— Je te trouve bas d'utiliser ma fille pour me retrouver!

— Vous auriez préféré que je passe par la DEA? Vous connaissez les lois américaines aussi bien que moi! Nous avons assez de preuves pour vous inculper de trafic d'héroïne et de conspiration pour meurtre! Si les Américains nous devancent, vous allez écoper vingt-cinq ans fermes!

— Mais de quoi m'accuse-t-on? demanda Scarfo.

— Importation d'héroïne! On a enregistré vos conversations avec Lombardo!

Il y eut une pause.

— Si je rentre, je veux être libéré sous cautionnement en attendant le procès!

— Je ne peux rien vous promettre. Je peux seulement vous assurer que je vais essayer d'intervenir auprès du substitut du procureur… Alors?

— Il y a un vol de la Royal demain après-midi. Si je suis là, je suis là. Sinon, oublie-moi…

— J'espère que vous n'en voudrez pas à votre fille. Ce ne sera pas facile pour elle d'aller vous porter des oranges dans une prison américaine!

— Ne mêle pas Gabrielle à ça! fit Scarfo en raccrochant.

Pierre regarda Gabrielle.

— Il faut qu'il revienne!

En disant cela, Pierre ne pensait pas seulement à elle ou à son père. Ça avait été SON enquête et il avait promis à Tanguay de lui livrer Scarfo. Pas question de se faire coiffer au poteau par les Américains!

38

François fonçait à toute allure dans les rues de Montréal, ne sachant pas ce qu'il découvrirait en arrivant à destination. La voix de Denise continuait de résonner dans sa tête. Quand elle l'avait appelé, quelques minutes plus tôt, elle pleurait tellement qu'elle n'avait pas été en mesure de lui expliquer ce qui se passait. Très difficilement, elle avait réussi à articuler l'adresse du motel où elle se trouvait.

Il entra dans le stationnement et, dans un crissement de pneus, immobilisa l'auto. Il dégaina son arme et se rua vers une porte. Il s'arrêta un instant et tourna la poignée doucement. La porte n'était pas verrouillée. Il l'ouvrit d'un coup de pied et se précipita à l'intérieur, l'arme au poing.

— Police! hurla-t-il.

Une femme était étendue à plat ventre sur le lit. Du regard, il fit le tour de la chambre et alla jeter un coup d'œil dans les toilettes. Il revint vers le lit, déposa son arme sur la table de chevet et prit la femme par les épaules pour la tourner.

Son cœur s'arrêta presque de battre. Le visage de Denise était si meurtri et enflé qu'il en était méconnaissable. Elle ouvrit péniblement un œil.

— C'est Terry! parvint-elle à prononcer.

François la prit dans ses bras.

— Je ne suis plus capable de continuer, lui souffla-t-elle entre deux sanglots. Je vais mourir.

François reprit son arme et souleva Denise pour la transporter jusqu'à son auto. Il l'étendit sur la banquette arrière et la conduisit à l'urgence de l'hôpital le plus proche. Elle en ressortit quelques heures plus tard. Par chance, elle n'avait aucune fracture.

* * *

L'air soucieux, François arpentait le corridor d'une clinique de désintoxication. Il écoutait distraitement un médecin lui expliquer la méthode qui serait utilisée et les difficultés que Denise rencontrerait pendant la période de sevrage. En tant qu'ex-enquêteur à l'Escouade des narcotiques, il savait très bien quel martyre Denise aurait à subir.

Pendant les dix ou onze premiers jours, elle ne devrait avoir de contact avec personne. C'était la période la plus ardue, pendant laquelle elle risquait de tout remettre en question. Physiquement, elle connaîtrait tous les tourments de la privation. Elle se sentirait malade, elle aurait de la difficulté à absorber des aliments, aurait des maux de tête persistants, des troubles du sommeil, des vomissements, etc.

François quitta la clinique le cœur gros, souhaitant que Denise tienne le coup. Il la savait déterminée; elle en avait déjà donné la preuve en maintes occasions. Mais dans ce cas-ci... Bien difficile à dire.

Pendant les dix premiers jours du sevrage, Denise se demanda si l'enfer de la rue et Terry O'Neil n'étaient pas préférables à ce qu'elle vivait. Malgré toutes les difficultés, toutes les interrogations, Denise franchit cette première étape cruciale. Quand le médecin lui annonça qu'elle pouvait maintenant communiquer avec l'extérieur, elle pensa à François, mais décida d'appeler Diane pour la rassurer sur son sort.

Elle lui expliqua qu'elle était en désintox, que c'était très difficile, mais qu'elle avait bon espoir de s'en sortir. Fière de son amie, Diane se réjouit et l'encouragea à persister. Depuis qu'elles étaient devenues des confidentes, chacune aidait l'autre à supporter les ennuis que leur métier leur causait.

— Terry, il prend ça comment? s'enquit Denise.

— Très mal! fit Diane en riant. Il m'a demandé à plusieurs reprises où tu étais.

— Fais attention à toi. Tu sais qu'il est dangereux.

— Ne t'inquiète pas pour moi.

Diane se tut brusquement et Denise entendit un bruit étouffé au bout du fil.

— Diane? Diane?

Comme venue d'outre-tombe, la voix de Terry O'Neil lui répondit.

— Si jamais je te mets la main dessus, je te tue!

Paniquée, Denise raccrocha le combiné. Tout de suite après, elle composa le numéro de la Sûreté nationale. Elle dut s'y reprendre à trois fois avant de pousser les bonnes touches. Elle demanda Pierre Gauthier.

— Pierre? O'Neil va tuer Diane!

Gauthier tenta de calmer Denise et d'obtenir des explications. Elle réussit à lui faire le compte rendu de la conversation qu'elle venait d'avoir.

—Je m'en occupe tout de suite! fit-il avant de raccrocher.

Il composa le numéro du poste de police du quartier où se trouvait la maison de passe et sauta dans sa voiture. Quand il entra dans la chambre de Diane, les policiers constataient le décès. Elle avait été étranglée.

* * *

Dans sa minuscule chambre de la clinique de désin-toxication, Denise était assise sur une petite chaise berçante placée dans le coin ; elle regardait fixement dehors en fumant une cigarette. François fut étonné de la voir en si mauvais état. Il s'assit sur le pied du lit. Elle se tourna lentement vers lui, comme si elle sortait d'une profonde rêverie, et ne prit vraiment conscience de sa présence que lorsque son regard se posa sur lui.

— François !

Elle se leva et alla se réfugier dans ses bras en pleurant. Il la consola.

— C'est tellement dur !

— Je comprends...

— Je suis fatiguée... Je ne dors pas... J'ai peur...

— Peur de quoi ?

— Peur de tout...de rien... Qu'est-ce qui va m'arriver quand je vais sortir d'ici ?

— Prends ça au jour le jour ! Et puis, je vais avoir le temps de m'occuper de toi. Mon travail est terminé : on s'apprête à arrêter Scarfo !

Denise esquissa un sourire. Elle était contente pour François. Puis, elle frissonna et serra le collet de son chandail.

— Et Bogliozzi ?

— Bogliozzi est mort depuis un bout de temps !

— Terry n'en a jamais parlé...

Elle frissonna encore. La seule mention de son nom avait fait remonter à son esprit une foule d'images : la chambre sordide de la maison de passe, les humiliations subies, les raclées...

— Si tu savais tout ce qu'il m'a fait... commença-t-elle.

François lui mit un doigt sur les lèvres.

— Je ne tiens pas vraiment à le savoir.

Mal à l'aise, ignorant comment elle prendrait la nouvelle, François détourna le regard.

— On est arrivés trop tard pour Diane... Elle est morte.

Denise s'affola. Non seulement elle venait de perdre une véritable sœur, mais elle savait qu'O'Neil ne s'arrêterait pas là.

— C'est sûrement Terry! Je suis la suivante sur sa liste!

— Si le laboratoire confirme que les empreintes trouvées sont les siennes, je vais m'occuper de lui personnellement!

Se calmant un peu, Denise observa François. L'homme qui était devant elle n'était pas différent du jeune enquêteur de l'Escouade des narcotiques qu'elle avait connu plusieurs années auparavant. Aussi déterminé, aussi fonceur. C'était cela qui l'avait rendue amoureuse.

«Toujours la même flamme dans le fond des yeux!» pensa-t-elle.

Elle devint beaucoup plus émotive.

— François, je suis une prostituée et une droguée. J'ai été battue et traitée comme un chien. En dedans de moi, il y a des blessures béantes qui ne veulent pas cicatriser.

Elle éclata en sanglots. Tout en combattant ses larmes, elle poursuivit.

— Je ne suis peut-être pas grand-chose, mais je veux que tu saches que tu es le seul homme que j'ai aimé de toute ma vie! Un jour, tu seras fier de moi... Je te le jure!

Les yeux pleins d'eau, la gorge serrée, François ne répondit pas. Il serra Denise dans ses bras.

* * *

Gabrielle mettait la dernière main à un travail urgent quand on sonna à sa porte. Un livreur lui tendit une boîte enveloppée dans un papier attaché avec un ruban coloré. Elle s'assit, posa la boîte sur ses genoux et l'ouvrit. À l'intérieur, il y avait une gerbe de roses. Elle chercha en vain une carte indiquant l'origine de ce cadeau. Croyant que c'était Pierre, elle sortit les fleurs de la boîte pour les humer et grimaça.

Elle se leva en laissant échapper un cri. Un poisson à demi pourri, avec un microphone accroché à la gueule, tomba sur le plancher.

QUATRIÈME PARTIE

39

L'effervescence régnait à l'Escouade du crime organisé. Heureux comme un pape, Gilbert Tanguay faisait la tournée des bureaux en distribuant des mandats d'arrêt comme s'il s'agissait de bas de Noël. Cela constituait la deuxième bonne nouvelle, la première étant que Laurent Daigneault avait mené le dossier de Paul-Émile Langlois jusqu'au bureau du premier ministre; il avait eu la tête de Langlois ainsi que l'assurance que les enquêteurs de la Sûreté nationale auraient les coudées franches dans leur travail.

— Vastelli... Qui veut Vastelli? D'Ascola... J'ai un D'Ascola bien frais... Qui le veut?

En arrivant près de Gauthier, il tint le dernier document à bout de bras en le contemplant. Il attendait ce jour depuis si longtemps... Il lui tendit le mandat avec toute la vénération due à un texte sacré, malgré sa crainte que Scarfo ne rentre pas au pays.

— Il ne sera pas là, s'inquiéta-t-il.

Gauthier lui arracha le mandat des mains.

— On parie? Ne pars pas du bureau trop tôt! Je te le ramène pour le souper!

À quinze heures quarante-cinq, Gauthier marchait de long en large dans la salle d'attente de l'aérogare en compagnie d'agents en civil. Quand le moniteur afficha que l'avion avait atterri, il s'installa devant la porte et regarda les passagers défiler devant lui. Il scruta chacun des visages. Il lui sembla que la procession ne cesserait jamais tellement il était anxieux de voir apparaître Scarfo. Finalement, le Parrain franchit les grandes portes. Il alla à la rencontre de Gauthier, qui lui passa les menottes. Au moment où le caporal commença à lui réciter ses droits, des flashs crépitèrent et des questions fusèrent à l'intention du Parrain, visiblement contrarié par cette situation. Gauthier fit un signe aux agents qui l'escortaient et prit Scarfo par le bras. D'un pas rapide, ils se frayèrent un chemin parmi la meute de journalistes.

Quand Scarfo fit son entrée dans les bureaux de la Sûreté nationale, les activités et les conversations s'arrêtèrent. Très digne, la tête haute, le Parrain suscita le respect chez toutes les personnes présentes. Il avait beau être l'ennemi, on ne pouvait qu'éprouver une certaine admiration pour cet homme calme et distingué qui avait tenu en échec tous les corps policiers pendant plus de vingt ans.

Gauthier le conduisit au bureau de Gilbert Tanguay. Celui-ci, debout devant la fenêtre, l'attendait avec impatience. Quand Scarfo s'assit, Tanguay fit de même. Il plaça ses mains derrière sa nuque et regarda sa proie avec une intense satisfaction.

— Ça faisait longtemps que je voulais te voir dans mon bureau.

Il se tourna vers Gauthier.

— Laisse-nous. On a à se parler.

Gauthier hésita un peu avant de sortir. Il referma la porte derrière lui et se posta à côté d'elle. Tanguay alla s'asseoir sur le coin de son bureau, tout près de son rival.

— T'ont-ils fait part de tes droits?

— Bien sûr! Gauthier est un flic compétent, répondit Scarfo.

— Qu'est-ce que ça te fait de savoir que la police savait tout ce qui se passait dans ta maison ?

— On ne se sent coupable de rien. Ce n'est pas comme faire exploser sa propre auto ! répliqua Scarfo, impassible.

Tanguay encaissa l'allusion.

— Tu sais qu'au moment où on se parle, Roger Perreault est en train de déballer son sac ?

Scarfo plissa les yeux, faisant semblant de se creuser les méninges.

— Roger Perreault... Ça me dit quelque chose, ce nom-là... Ah oui ! La dernière fois que je l'ai vu, il voulait me vendre son restaurant. Je n'étais pas intéressé. Je crois qu'il m'en veut depuis...

Tanguay se rapprocha encore de Scarfo.

— Tu es fini, Giuseppe.

— N'en sois pas si sûr, Gilbert.

— Cette fois-ci, je te tiens par les couilles. Et je vais serrer jusqu'à ce que ça devienne insoutenable. Tu vas payer pour toutes les nuits blanches que tu m'as fait passer, Casanova !

— Tu parles comme un imbécile.

— Ne prends pas ton air hautain avec moi. Ça ne fonctionne pas.

— Non seulement tu parles comme un imbécile, mais tes sentiments t'aveuglent.

— Crache autant que tu le veux, ça ne me touche pas.

Tanguay approcha son visage à quelques centimètres de celui de Scarfo.

— Te rends-tu compte que tu t'en vas en dedans pour le restant de tes jours ?

— Tu te réjouis trop vite.

— Tu as raison. Tu te feras probablement descendre avant même de mettre les pieds en prison... Et je ne lèverai pas le petit doigt pour empêcher que ça se produise !

— Tu me fais pitié, Gilbert Tanguay !

Un tic nerveux agita la joue de Tanguay.

— On a coffré tous tes amis aujourd'hui. Tu es tout seul, Giuseppe. Même ta fille t'a abandonné!

En entendant ces paroles, Scarfo se leva d'un bond.

— Tu es chanceux que j'aie des menottes! cria-t-il.

— C'est toi qui es chanceux! cria Tanguay à son tour. Si tu savais comme ça me ferait plaisir...

Ayant entendu les éclats de voix, Gauthier ouvrit la porte. Il empoigna Scarfo et l'entraîna hors du bureau.

— Tu étais un perdant il y a trente ans! Tu n'as pas changé! vociféra Scarfo à l'endroit de Tanguay.

* * *

Pendant que Pierre Gauthier confiait Scarfo à des agents pour la prise des empreintes digitales et des photos, un mouvement s'amorça dans le bureau. Pour célébrer cette journée, on décida d'aller trinquer au Paradiso. Aussitôt qu'il eut terminé, Pierre alla se joindre au groupe. Les enquêteurs de l'escouade étaient en train de parier sur les chances de survie du Parrain.

— Moi, je dis qu'il va se faire descendre! fit Lemire.

— Moi, je dis que non! affirma Celano.

— Moi, je m'en fous... fit Vallières.

— Lombardo va prendre vingt-cinq ans fermes. Il va sûrement faire en sorte que quelqu'un paie pour ça, suggéra Gauthier.

Il voulut continuer, mais une main agrippa son bras. C'était Mᵉ Surrentino, l'avocat de Scarfo. Il l'entraîna à l'écart du groupe.

— Tu avais promis à mon client qu'il serait libéré sous cautionnement s'il revenait librement de la Floride!

— Je ne lui ai rien promis! Je ne suis ni un procureur ni un juge, je ne suis qu'un enquêteur!

L'avocat hocha la tête pour montrer qu'il avait compris le manège de Gauthier.

— C'est bien ce que je pensais...

— Le fait qu'il soit revenu de son plein gré joue en sa faveur. Je vais le mentionner au procureur. C'est le mieux que je peux faire.

— En l'arrêtant un vendredi soir, tu tenais à ce qu'il passe la fin de semaine en dedans ? insista Surrentino.

Gauthier sourit à pleines dents. Surrentino devait savoir qu'on utilisait ce vieux truc quand on voulait contrarier quelqu'un. Il répondit par l'ironie.

— Ce n'est pas moi qui ai choisi l'heure de son vol !

Le téléavertisseur qu'il portait à la ceinture émit un signal. Il arrêta la sonnerie et regarda le numéro qui était affiché. Constatant que l'avocat n'avait pas l'intention de lâcher prise, il lui demanda de l'excuser et se rendit au téléphone public. Il glissa une pièce dans la fente et composa le numéro de Gabrielle.

— Tu m'as appelé ? fit Gauthier.

— Il faut absolument que je parle à mon père !

— Ce ne sera pas possible avant lundi.

— C'est important !

— Qu'est-ce qui se passe ?

— Il se passe que des amis de mon père m'ont fait parvenir un message ! Et je ne sais pas ce que ça signifie.

— Quel message ?

— Je pense qu'ils savent au sujet des micros !

Pierre réfléchit. Si des gens de l'entourage de Scarfo étaient au courant du fait que Gabrielle avait caché à son père la présence des micros chez lui, elle risquait en effet d'être victime de représailles.

— Bon... Viens me rejoindre au bureau tout de suite. Je vais essayer d'arranger ça.

Lorsque Gabrielle se présenta au quartier général de la Sûreté nationale, Pierre la conduisit à la cellule de son père. Celui-ci, le bras replié sur les yeux, tentait de dormir. Après avoir fait signe à l'agent de déverrouiller la porte, Pierre entra dans la cellule avec Gabrielle. Scarfo sursauta.

— Gabriella! Mais qu'est-ce que tu fais ici?

Elle l'embrassa.

— J'ai reçu un « cadeau » chez moi : une boîte contenant des fleurs ainsi qu'un poisson mort. Le poisson avait un micro dans la gueule!

Scarfo blêmit. Il se reprit rapidement, cherchant à minimiser l'importance de la chose.

— Ce n'est rien! Quelqu'un aura voulu te faire une mauvaise blague...

Pas convaincu de l'interprétation de Scarfo, Gauthier se permit un commentaire.

— C'est vous qui mettez tout le monde dans la merde et c'est elle qui reçoit les menaces!

— Les menaces, ce n'est pas dangereux! répliqua Scarfo. Si on avait voulu lui faire du mal, ce serait déjà fait.

Gabrielle poursuivit l'échange en italien. Gauthier s'objecta.

— Gabrielle, j'ai bien voulu t'aider, mais vous vous parlez en français, sinon je te fais sortir!

— Tu devrais tout de même aller passer la nuit chez Gauthier, fit Scarfo. Je serais moins inquiet.

— Pour leur donner raison? Jamais! répliqua-t-elle.

Ils s'embrassèrent et Gabrielle quitta la cellule. Scarfo accrocha Gauthier par le bras et lui glissa un mot à l'oreille.

— Il faut que tu me fasses sortir d'ici le plus vite possible. Je vais le régler, moi, le problème de Gabrielle!

— Ça fait à peine quelques heures qu'on vous a arrêté et on commence déjà à grenouiller dans votre dos. Belle Famille!

La porte de la cellule se referma dans un grincement sinistre. Scarfo fit les cent pas, profondément inquiet pour sa fille.

40

Transportant un plateau de nourriture, Georges Lemire se dirigea vers la salle de réunions. Michelle Vallières le regarda passer avec étonnement.

— Qu'est-ce que tu fais avec ça?

— C'est le dîner de Scarfo. MONSIEUR ne mange pas n'importe quoi!

— Il prend soin de son beau-père, le petit Gauthier! ironisa Celano.

Lemire pénétra dans la salle. Trois couverts avaient été mis à un bout de la grande table. Scarfo débouchait une bouteille de vin. Même si on ne l'admettait pas, il n'était pas rare que des prisonniers bénéficient d'un traitement de faveur... surtout quand ils avaient l'envergure de Scarfo.

— Je ne savais pas que le « Bongusto » faisait la livraison... dit Lemire.

— Ils ne font pas la livraison! répondit Scarfo. Ils ont simplement voulu me faire plaisir!

Les trois hommes s'installèrent. Scarfo versa du vin dans une tasse.

— Vous êtes sûrs que vous n'en voulez pas ? demanda-t-il aux deux autres, sachant très bien que la réponse serait négative.

Ils attaquèrent leurs repas.

— Ça ne vous tenterait pas de vous confesser tout en mangeant ? suggéra Lemire.

— Me confesser ? s'étonna Scarfo. Est-ce que j'ai l'air de quelqu'un qui a des choses à confesser ? Vous autres, par contre ! Mettre des micros chez moi... C'est tout à fait indécent ! La filature, la surveillance, je veux bien. Mais violer mon intimité comme ça, ce n'est pas très honorable !

Il avala une gorgée de vin. Gauthier et Lemire mangèrent leurs pâtes en écoutant Scarfo débiter son monologue.

— Votre problème, c'est que vous manquez de cohésion ! lança-t-il. La Sûreté nationale, le FBI, la GRC, la DEA... Vous croyez travailler ensemble, mais vous ne vous faites pas confiance. La vérité, c'est que tout va trop vite pour vous. Pour moi aussi, remarquez. L'argent, ça roule, et ça roule vite ! Vous allez dépenser une fortune pour vous débarrasser de moi et la Terre va continuer de tourner. Giuseppe Scarfo, ce n'est qu'un maillon de la chaîne !

Lemire déposa bruyamment ses ustensiles. Il s'essuya la bouche et regarda Scarfo fixement.

— Vous savez ce que je pense, moi ? Les gens comme vous, c'est des parasites !

Scarfo fut offusqué.

— Monsieur Lemire, je vous ferai remarquer que je suis propriétaire d'un abattoir qui emploie quarante personnes ! Non seulement je nourris quarante familles, mais je paie votre salaire avec mes impôts !

Gauthier lui coupa la parole sur un ton cynique.

— J'aimerais ça, faire une tournée de vos clients pour voir quel pourcentage fait affaire chez vous de son plein gré ! Puis vos quarante kilos d'héroïne, je suppose que vous les auriez déclarés au fisc ?

Scarfo se raidit.

— Tu dis n'importe quoi, Gauthier! Tu sais bien que je n'ai rien à voir là-dedans!

Il prit une gorgée de vin et fit claquer sa langue.

— Il est excellent, ce vin! Vous devriez vous en verser un verre.

Il regarda les enquêteurs avec un petit sourire et continua.

— Vous savez combien il en a coûté au gouvernement des États-Unis pour mettre John Gotti[1] en prison? Soixante-dix millions de dollars US! Et croyez-vous qu'il se vend moins de drogue à New York aujourd'hui?

Il fit une courte pause.

— Ce n'est pas Giuseppe Scarfo qui est important, c'est l'argent! Le fric, c'est le pouvoir! L'argent de la drogue, c'est celui-là qui finit par se retrouver entre les mains des avocats, des juges, des politiciens.

Gauthier en avait assez entendu. Il sortit de ses gonds.

— Tu as raison. C'est vrai que ça ne changera pas grand-chose qu'on te mette en taule. Ce qui me met hors de moi, c'est que le système est fait pour protéger des gens comme toi! Je me fais chier à arrêter des trafiquants de cocaïne et je les croise dans la rue trois mois plus tard. Toi, tu peux te promener en toute impunité avec cinquante millions dans ton coffre à gants et je ne peux même pas t'arrêter pour savoir comment tu as gagné ce fric. Alors, quand je réussis à coincer un type comme Giuseppe Scarfo, même si ce n'est qu'un « maillon de la chaîne », ça me réconcilie un peu avec le système!

À l'encontre du ton utilisé par Gauthier, Scarfo répondit très calmement.

— Pierre... Si ce n'est pas moi, ce sera un autre! Et si jamais je deviens dangereux pour eux, ils vont m'éliminer...

— On peut vous protéger si vous vous sentez menacé, ironisa Gauthier. C'est notre devoir!

---

1. Célèbre mafioso américain, Parrain de la Famille Gambino.

Scarfo afficha une grande sérénité.

— On ne protège pas un homme contre son destin. Et si j'étais toi, je garderais mes énergies pour Gabrielle. C'est elle qui aura besoin d'être protégée. Bientôt, je ne serai plus là pour m'en occuper...

Intrigué par ces dernières paroles, Gauthier repoussa son assiette. Il regarda le Parrain terminer la sienne tout en essayant de comprendre ce qu'il voulait insinuer.

* * *

À cent kilomètres de la ville, devant la porte d'un petit chalet situé dans un décor enchanteur, Roger Perreault descendit d'une automobile banalisée de la Sûreté nationale. Il mit la main dans sa poche et tendit un billet à l'homme qui tenait la portière.

— Merci, Charles. Vous pouvez disposer!

L'homme ne sembla pas apprécier la blague.

— Monsieur Perreault, je vous rappelle que je suis là pour assurer votre protection, pas pour vous servir!

Perreault ne fit aucun cas de la remarque. Il regarda autour de lui et siffla d'admiration.

— Pas vilain comme endroit! Ça doit coûter cher aux contribuables!

Sortant du chalet, un deuxième policier en civil vint à leur rencontre.

— Monsieur Perreault... Clément Brunet de la Sûreté nationale. Charles et moi allons assurer votre protection pendant votre séjour ici. Les règles ne sont pas nombreuses, mais elles devront être respectées à la lettre. Premièrement, si le téléphone sonne, vous ne répondez sous aucun prétexte. Vous nous laissez répondre. Deuxièmement, vous n'avez pas le droit de téléphoner. Si une urgence se présente, vous nous le dites et on verra ce qu'on peut faire.

— Ça va être gai! marmonna Perreault.

— Vous savez très bien que des gens paieraient très cher pour savoir où vous êtes!

Le deuxième policier enchaîna.

— Chaque fois que vous voudrez sortir du chalet, il faudra nous en aviser. L'un de nous va vous accompagner dans tous vos déplacements.

— Et ma femme? demanda Perreault.

— Je viens de recevoir un appel. On est allé la chercher. Elle sera bientôt ici.

Perreault leva les yeux au ciel et lâcha un juron exprimant son désarroi.

— Vous n'allez pas me faire ça?

Les deux agents se regardèrent, déconcertés.

— Si vous croyez que je suis un client difficile, fit Perreault, vous n'avez encore rien vu!

41

Scarfo obtint finalement sa libération. Quand il sortit du palais de justice, Gino Favara l'attendait. Le Parrain avait voulu que ce soit lui qui vienne le chercher. Depuis qu'on avait commencé à magouiller dans son dos, le Parrain avait découvert en lui un allié fidèle.

Favara fit un signe de la main au Parrain pour attirer son attention; il lui ouvrit la portière arrière pour le faire monter dans son auto. Il posa quelques questions à Scarfo, qui répondit distraitement, car il était préoccupé par autre chose.

— Gino, il y a quelqu'un qui a envoyé un poisson mort à ma fille... Si tu savais d'où ça vient, tu me le dirais?

— Un poisson mort?

— Oui. Avec un micro dans la gueule!

— Je ne pourrais pas dire de qui ça vient, mais j'ai une idée de la raison... Ta fille savait qu'il y avait des micros chez toi!

Scarfo eut l'impression qu'un poignard s'enfonçait dans sa poitrine. Il ferma les yeux et resta silencieux un moment.

— Qui t'a dit ça?

— Sigouin. Quand il est allé chez toi, il avait déjà trouvé les micros dans la maison pour le compte de Gabrielle. Il ne me l'a pas dit à moi, mais la nouvelle s'est répandue comme une traînée de poudre dans la Famille.

Le cerveau de Scarfo réagit au quart de tour. Il se porta à la défense de Gabrielle.

— Tu diras que ma fille m'avait mis au courant!

Surpris et intrigué, Favara préféra changer de sujet.

— D'Amato est venu me rencontrer. Lombardo veut savoir pourquoi la transaction a mal tourné.

— Qu'est-ce que tu lui as dit?

— Seulement ce que je savais. Les enregistrements faits à l'hôtel... Il doit me rappeler demain.

— Pourquoi? demanda le Parrain, inquiet de l'intérêt marqué de la Commission pour ce qui se passait à Montréal.

— Pour voir si j'ai du neuf. Qu'est-ce que je lui dis, Giuseppe? Je travaille pour toi. Pas pour lui!

— Dis-lui que ce sont les Américains qui avaient informé la Sûreté de notre rencontre à l'hôtel.

* * *

Quand Scarfo rentra chez lui, sa fille l'attendait. Assise dans la cuisine, elle buvait un verre de vin pour chasser son anxiété. Elle n'était pas là seulement pour accueillir son père; elle avait décidé que le temps était venu de tout lui avouer. Par contre, et surtout depuis qu'elle l'avait vu piquer sa crise dans le jardin, elle se demandait comment il réagirait. Tout compte fait, elle ne connaissait pas son père si bien. Elle respira profondément en se levant pour aller à sa rencontre.

— Gabriella! fit Scarfo en la prenant dans ses bras. C'est gentil à toi d'être venue.

Pour toute réponse, elle se colla contre lui. Scarfo prit sa tête entre ses mains et la regarda droit dans les yeux. Incapable de soutenir ce regard qui semblait vouloir lire le fond de son âme, elle baissa la tête. Il la suivit dans la cuisine. Elle s'assit, avala son verre de vin d'un trait et s'en versa un autre.

— Auras-tu encore besoin de beaucoup de vin pour me dire ce que tu as à me dire? demanda Scarfo.

Elle se tourna vers lui, les yeux rivés sur le sol.

— Ce n'est pas facile...

— Je vais t'aider, soupira Scarfo. Tu savais qu'il y avait des micros dans la maison!

Elle cacha son visage dans ses mains et se mit à pleurer.

— Tu auras beau pleurer tant que tu voudras, ça ne changera rien. Il est trop tard, maintenant.

Scarfo fit une pause, la laissant se ressaisir. Sur un ton neutre, il poursuivit.

— La police me met sous écoute électronique... Ma fille le sait et ne juge pas bon de m'en parler!

— Ce sont les circonstances qui m'en ont empêchée!

Il l'interrompit d'un geste de la main.

— Tu n'as pas à t'expliquer. J'imagine que tu avais tes raisons.

— Je vais vivre avec ça sur la conscience jusqu'à la fin de mes jours!

— Le poisson que tu as reçu, c'est un vieux procédé sicilien. Ça signifie que tu vas te retrouver au fond de l'eau.

Stupéfaite, Gabrielle ne put émettre le moindre commentaire, se demandant comment son père pouvait lui dire cela si froidement.

— C'est la mort, Gabrielle... Et le micro dans sa gueule... Ils savent que tu savais!

Il se leva et marcha lentement autour de la table. Puis, il s'arrêta à côté d'elle. Comme une petite fille, elle se pressa contre lui.

— Pour moi, c'est terminé. Les micros, ils ne me le pardonneront jamais! J'aurais pu, aussi, m'occuper de Pierre Gauthier, mais j'ai choisi le bonheur de ma fille...

Il lui passa doucement la main dans les cheveux.

—Je t'ai déjà pardonné.

Gabrielle leva la tête vers lui ; les larmes coulaient à flots sur ses joues.

— Je n'ai jamais voulu te faire du mal !

— Je sais... Je sais... fit Scarfo en lui caressant les cheveux. Pierre, c'est un type bien ! Un peu naïf... mais c'est un type bien !

Désemparée, ne sachant plus que dire, Gabrielle se leva.

— Je crois que je vais rentrer, maintenant.

— Tu ne préférerais pas dormir ici ? Ce serait plus prudent.

— Non. J'ai besoin d'être seule ce soir.

Elle ramassa ses effets et fit une dernière bise à son père.

— S'il y a quelque chose, tu m'appelles, dit-il.

Accablé, Scarfo se versa un verre de vin et s'assit au bout de la table, réfléchissant à toutes les agressions dont il se sentait victime. Petit à petit, son corps se redressa et son visage se durcit. Peut-être était-il condamné, mais il vendrait chèrement sa peau !

* * *

Épuisée à la suite de sa rencontre avec son père, Gabrielle rentra chez elle. Quand elle referma la porte, elle écarquilla les yeux devant la scène de désolation qui l'attendait. Son appartement avait été saccagé. Elle fit quelques pas pour mieux saisir l'ampleur des dégâts.

Venu de nulle part, un homme costaud, portant une cagoule noire, l'agrippa par-derrière et la plaqua durement sur le mur. Il lui passa la main autour du cou et serra en la regardant fixement. Il n'eut pas besoin de dire un seul mot : ses yeux bleu pâle étaient remplis d'une haine implacable. Pétrifiée, Gabrielle crut sa dernière heure arrivée. L'homme relâcha son étreinte et détala. Gabrielle resta clouée au mur pendant de longues secondes, incapable de la moindre réaction.

Quand elle retrouva ses moyens, elle eut le réflexe d'appeler sa mère.

* * *

Pierre grimpa quatre à quatre les marches conduisant à l'appartement de Gabrielle. Il ne savait pas précisément ce qui se passait, mais il avait reçu un appel de la mère de Gabrielle, lui enjoignant de venir d'urgence. Hélène Provost le fit entrer. L'appartement était sens dessus dessous. Le regard interrogateur, Pierre embrassa Gabrielle. Tout en essayant de cacher sa nervosité, elle lui raconta ce qui s'était produit.

— J'ai l'impression qu'ils essaient de provoquer ton père...

— Il faut que je lui parle! fit Gabrielle.

Hélène s'interposa énergiquement.

— Laisse-le-moi. Il est temps que je m'en occupe!

— Scarfo a perdu le contrôle sur ses troupes! fit Pierre. Ça me surprendrait que vous puissiez y changer quoi que ce soit!

— Vous ne connaissez pas bien Giuseppe Scarfo! C'est dans ces moments-là qu'il est à son meilleur. Quand il va apprendre ce qui est arrivé à Gabrielle, il va faire une crise... Vous le regarderez aller. Le contrôle, il va le reprendre!

— Je n'ai pas envie de devenir un instrument dans une lutte de pouvoir! protesta Gabrielle.

— On ne va pas lui laisser le choix, insista Hélène. Il faut le mettre au pied du mur. Je sais comment m'y prendre.

Dans tout ce désordre, Pierre trouva enfin le téléphone.

— Qui appelles-tu? demanda Gabrielle.

— La police, tiens! Il faut que tu fasses un rapport.

— Je n'ai pas tellement envie de voir la police ici! fit-elle.

Pierre lança un clin d'œil complice à Hélène:

— J'ai compris! Je vais m'en aller...

42

O'Neil se dirigeait vers le bar clandestin d'un pas rapide. Depuis la mort de Diane, il se tenait tranquille. Il avait toutefois décidé de conserver ses habitudes pour ne pas éveiller les soupçons.

Battu régulièrement par un père alcoolique, O'Neil s'était enfui du domicile familial durant son adolescence. La rue avait été son école, la rue était et resterait sa seule vie. Très tôt, il avait dû développer son instinct de survie. Il avait alors commencé à vendre de la drogue. La première femme dans sa vie ayant été une prostituée, il s'était découvert un talent de proxénète. Quel meilleur moyen pouvait-il trouver pour que d'autres gagnent sa vie à sa place?

Absorbé dans ses pensées, il ne vit qu'à la dernière seconde l'individu qui l'attendait, au milieu de la ruelle. Il ralentit le pas en reconnaissant François Gagnon. Loin de se sentir menacé, son visage s'éclaira d'un large sourire. Il avait l'occasion de lui régler son compte une fois pour toutes!

François ne bougea pas, supportant le regard d'O'Neil, qui perdit graduellement le sourire et dont le pas devint hésitant. Il n'aimait pas du tout la lueur que Gagnon avait dans les yeux.

Son instinct lui commanda de déguerpir. Il tourna les talons et vit Gauthier au coin de la ruelle, à l'autre extrémité. N'ayant plus le choix, il se rua sur Gagnon. Celui-ci esquiva son attaque et lui asséna plusieurs coups de poing au visage. O'Neil croula, se releva et essaya de s'enfuir. En deux enjambées, François le rattrapa et le terrassa d'une droite au menton.

« Celui-là, c'est pour Denise », pensa-t-il en mettant toute sa force dans son coup.

Il laissa O'Neil revenir à lui, puis lui fourra son badge sous le nez.

— Je t'arrête pour l'assassinat de Diane Breton !

Sonné, O'Neil n'eut pas le temps de réagir. Gagnon et Gauthier le remirent sur ses pieds, lui passèrent les menottes, lui récitèrent ses droits et le traînèrent à l'auto.

En arrivant au quartier général de la Sûreté nationale, ils confièrent le proxénète aux soins de Lemire et de Celano, qui le conduisirent dans une salle d'interrogatoires. On voulait tirer de lui des informations supplémentaires sur le fonctionnement de l'ancien réseau de Bogliozzi.

— Tu es cuit ! fit Celano. On a trouvé tes empreintes digitales partout et quelqu'un t'a vu entrer dans la chambre de Diane Breton quelques minutes avant le meurtre.

— Vingt-cinq ans, O'Neil. Vingt-cinq ans... ajouta Lemire. Ça va être long... surtout si on apprend au pénitencier que tu es un batteur de femmes.

— Si tu nous aides, on pourra peut-être te faciliter la vie un peu, enchaîna Celano.

— Je n'ai rien à vous dire ! fit O'Neil.

— De toute façon, ça ne changerait pas grand-chose, trancha Lemire. On a suffisamment de preuves.

— Vingt-cinq ans, O'Neil. Vingt-cinq ans loin de ta machine à sous, répéta Lemire.

— La prison, ça ne me fait pas peur !

Le grand O'Neil prononça ces mots sans même y penser. La prison n'était qu'une annexe de ce qu'il avait connu toute sa vie : la rue.

43

Dès la sortie de prison de Scarfo, D'Ascola se rendit chez lui pour faire le point sur la situation.

— Marco, s'il m'arrive quelque chose, je veux que ce soit Gino qui me remplace.

D'Ascola tressaillit. Dans son esprit, il était évident que la place de chef lui revenait. Depuis le temps qu'il secondait Scarfo, il ne comprenait pas que celui-ci puisse choisir quelqu'un d'autre pour lui succéder.

— Voyons, Giuseppe... Même si tu vas en prison, tu vas pouvoir continuer de gérer les affaires de la Famille !

— Je n'irai pas en prison. Lombardo va me faire descendre bien avant !

D'Ascola savait fort bien que Scarfo avait raison. La loi du Milieu était implacable. Après une longue pause, le *consigliere* revint à la charge.

— Tu ne crois pas que Gino est un peu trop jeune ?

— Gino sait où il s'en va. Il fera un bon chef.

— Les autres ne seront peut-être pas contents, fit D'Ascola.

Le Parrain regarda son *consigliere*. Depuis le temps qu'ils étaient ensemble, il connaissait Marco comme le fond de sa poche. Il voyait bien où il voulait en venir.

— Et qui d'autre verrais-tu à la tête de la Famille ?

D'Ascola hésita. Pas facile d'avouer son rêve à Giuseppe. Il finit par se proposer. Scarfo resta silencieux. Il alla ouvrir un tiroir du bahut, puis revint se placer derrière le *consigliere.*

— Toi ? Mais non... Tu n'as pas l'étoffe d'un chef ! fit-il sur un ton condescendant.

Il appuya le canon d'un revolver sur sa tempe. D'Ascola contrôla difficilement sa frayeur.

— Un vrai chef ne peut pas se tromper. Il doit avoir l'instinct du tueur... Tirer le premier. Avoir des yeux tout le tour de la tête pour voir venir celui qui va essayer de lui planter un poignard entre les omoplates.

Il mit l'arme dans la main de D'Ascola.

— Si tu veux ma place, prends-la tout de suite.

Atterré, D'Ascola regarda alternativement le revolver et Scarfo.

— Allez, tire !

De longues secondes s'écoulèrent. Scarfo savait que Marco ne tirerait pas.

— Tu vois bien que tu n'as pas l'étoffe d'un chef !

D'Ascola se leva avec difficulté et déposa l'arme sur le coin de la table. Il s'épongea le front avec son mouchoir.

— Je vais aller prendre un peu d'air, fit-il.

D'Ascola s'arrêta dans une cabine téléphonique afin de donner rendez-vous à Gino Favara. Jamais il n'aurait pu tirer sur son vieil ami Giuseppe, mais maintenant que les dés étaient jetés, il ne renoncerait pas pour autant à son projet. Après tant d'années passées au service de Scarfo, il avait décidé de recourir à tous les moyens pour sortir de l'ombre et prendre les rênes de la Famille.

Dans cette course à la direction, Favara était désormais son ennemi. Il devait le neutraliser.

— Qu'est-ce qui se passe ? demanda Favara en arrivant.

— On a un gros problème et il faut à tout prix le régler... On n'a plus le choix. On doit se débarrasser de Giuseppe !

Favara, comme à son habitude, resta de marbre.

— Pourquoi?

D'Ascola expliqua que Scarfo n'avait plus l'étoffe d'un chef et qu'il n'arrivait plus à prendre les décisions qui s'imposaient.

— L'affaire des micros, c'est trop grave! poursuivit-il. Lombardo est en prison à cause de ça et quelqu'un doit payer!

— Tu as décidé cela tout seul?

— J'en ai discuté avec des membres de la Commission. Ils ont donné leur accord.

Favara sembla surpris. Il avait lui-même eu des contacts avec la Commission au cours des derniers jours, plus précisément avec D'Amato. Celui-ci ne lui avait mentionné aucun changement dans les plans.

— La Commission a dit oui?

— Ils veulent que j'assure l'intérim. Naturellement, je vais avoir besoin de toi pour me seconder.

D'Ascola s'était dit que la meilleure façon d'écarter Favara consistait à le prendre sous son aile.

44

— Personne ne touchera à un cheveu de ma fille! tonna Scarfo en donnant un coup de poing sur la table.

Bien que préparée à cette éventualité, Hélène Provost sursauta devant la colère de son ex-mari. Elle venait de lui apprendre ce qui était arrivé à Gabrielle la veille.

— Tu n'as qu'à dire à tes amis que Gabrielle t'avait averti au sujet des micros, fit Hélène.

— Ce n'est pas à toi de me dire quoi faire ni comment le faire! Je vais m'arranger avec mes problèmes!

Il fit une pause, avant de poursuivre.

—J'ai perdu mes parents alors que j'avais huit ans et je n'ai ni frère ni sœur. La seule famille que j'ai, je suis en train de la perdre! Il ne me reste que Gabriella. S'il faut que je me sacrifie pour elle, je vais le faire.

Elle fut touchée par l'attitude de son ex-mari, qui avait toujours caché ses sentiments.

— C'est la première fois que je t'entends parler comme ça...

— C'est peut-être parce que c'est la première fois que tu prends le temps de m'écouter, fit Scarfo.

— C'est peut-être parce que c'est la première fois que tu prends le temps de me parler, répliqua Hélène.

Il se leva.

— Laisse-moi, maintenant. J'ai beaucoup de choses à faire.

Hélène se leva à son tour.

— Elle aura besoin de toi! lui lança-t-elle.

Hélène referma la porte en secouant la tête. Elle avait eu l'impression que Giuseppe aurait changé avec les années. Mais elle devait se rendre à l'évidence : il n'en était rien. Il était toujours enfermé dans son monde à lui. Hélène ne connaissait rien de la mafia, mais elle sentait que Giuseppe n'en sortirait qu'à sa mort.

45

Tous les enquêteurs de l'Escouade du crime organisé avaient été convoqués à une réunion. Avant le début de celle-ci, Gauthier fit part à Tanguay des problèmes de Gabrielle Provost et demanda que la Sûreté nationale assure sa protection. Comme Tanguay faisait la sourde oreille, Pelletier intervint.

— Elle savait qu'on avait placé son père sous écoute électronique et elle ne lui a jamais dit. Ce serait normal qu'on lui renvoie l'ascenseur.

— Je comprends, mais je ne peux pas mettre un agent en permanence devant sa porte!

— Si la Sûreté ne veut rien faire pour elle, c'est moi qui vais m'en occuper. S'il faut que je laisse mon travail, je le ferai! affirma Gauthier.

— Tu dis des bêtises! s'impatienta Tanguay.

Gauthier haussa le ton.

— J'ai fait mon boulot. Je t'ai amené Scarfo sur un plateau d'argent.

— Justement! Son père est riche à craquer. Il doit bien avoir les moyens de lui payer des gardes du corps!

— Elle n'acceptera jamais ça. Je la connais...

— Alors pourquoi accepterait-elle plus la présence d'un policier? trancha Tanguay en se levant pour fermer la porte de la salle, signalant ainsi le début de la réunion.

Taciturne, Pierre s'assit au bout de la table et se contenta d'écouter. La situation n'était pas rose. Perreault refusait toujours de témoigner; les enregistrements faits chez Scarfo ne contenaient rien sur la transaction. Et maintenant, un nouveau pépin.

— Mais les enregistrements faits à l'hôtel avec Lombardo? demanda Vallières.

— On avait un mandat pour faire de l'écoute dans la suite 418 spécifiquement. À partir du moment où ils ont déménagé dans la suite 726, le mandat n'était plus valide! répondit Tanguay.

— Ça veut dire que tout ce qui nous reste pour incriminer Scarfo, c'est le témoignage de Perreault! s'exclama Celano. On a intérêt à le protéger...

Tanguay jugea bon de relever cette dernière intervention pour la gouverne de Gauthier.

— Toi, Pierre... Si tu avais le choix, tu protégerais Perreault ou Gabrielle?

François vit Pierre blêmir à l'autre bout de la table.

— Ça, c'est un coup bas! dit-il à Tanguay.

* * *

Une autre réunion, tout aussi importante, se déroulait dans l'arrière-salle du bar de Frank Vastelli. Scarfo voulait discuter avec la Famille des procès qui s'en venaient et montrer qu'il avait la situation bien en main.

— Étant donné qu'on va tous subir un procès en même temps, Me Surrentino va superviser notre défense. Il entrera en contact avec chacun d'entre vous pour lui dire quel avocat le représentera.

Le Parrain fit une courte pause.

— J'ai une excellente nouvelle! Les enregistrements faits à l'hôtel étant illégaux, Lombardo et D'Amato ont été relâchés!

La nouvelle fut accueillie avec joie. Scarfo se tourna vers Favara.

— Les événements récents m'ont permis de comprendre que je ne suis pas éternel, continua Scarfo. Si jamais il m'arrivait quelque chose, je veux que Gino me remplace à la tête de la Famille.

Le principal intéressé se montra touché de la confiance du Parrain à son égard. Mais sa bienveillance le rendit perplexe. Son regard croisa celui de D'Ascola. Il comprit alors que le *consigliere* et lui étaient engagés dans une lutte à mort.

— Avant de terminer, conclut Scarfo, je veux vous dire que j'ai lu la transcription des conversations enregistrées chez moi par la police. Comme ma fille m'avait avisé de la présence de micros, non seulement les enregistrements ne contiennent rien d'incriminant, mais j'ai pu les utiliser pour envoyer la Sûreté sur de fausses pistes!

Favara jeta un coup d'œil sur D'Ascola. Celui-ci observait Scarfo avec incrédulité. Dans la salle, des hochements de tête montraient qu'on appréciait la ruse du chef.

Le Parrain rencontra ensuite ses capos et leur fixa un rendez-vous dès le lendemain, leur disant qu'il voulait faire le point avec chacun individuellement. Dans son coin, D'Ascola épiait les moindres mouvements de Scarfo, essayant de comprendre. Lui qui avait semblé si défaitiste et si fatigué ces dernières semaines, voilà que tous ses gestes, toutes ses paroles étaient animés par une détermination nouvelle...

* * *

Vastelli fut un des derniers à se présenter à la résidence de Scarfo. Blandine Barbier lui indiqua le chemin de la bibliothèque.

— Salut, Giuseppe!

— Assieds-toi, Frank, fit Scarfo.

Le ton autoritaire de son patron indiqua à Vastelli qu'on allait discuter affaires.

— J'ai fait un calcul rapide, dit Scarfo. Depuis cinq ans, tu as reçu environ un million sept cent mille dollars d'Investissements Gesco. Est-ce que je me trompe?

— Je n'ai pas fait le calcul. Mais si tu le dis...

— Et le *gambling*, ça va bien?

Le fait de voir ses activités scrutées à la loupe mit Vastelli mal à l'aise.

— Oui... Mais je te jure que je t'ai toujours donné cinquante pour cent de ce que ça m'a rapporté!

— Combien as-tu fait l'an dernier?

— Brut? Un million et demi...

Scarfo mit ses lunettes sur le bout de son nez et consulta un document. Il sembla satisfait de la réponse de Vastelli.

— Et comment te débrouilles-tu avec les agences de Bogliozzi?

— J'ai encore un peu de difficulté à recouvrer l'argent, mais je suis en train d'établir un système...

— Au fait... C'est toi qui l'as tué?

— J'ai confié le travail à mes hommes.

Scarfo fit mine de réfléchir. Vastelli croisa la jambe nerveusement; il attendait la suite.

— Sais-tu qui s'acharne ainsi sur ma fille?

Surpris de la question, Vastelli secoua la tête.

— Si jamais je l'apprends, je vais régler ça pour toi. On ne s'attaque pas à la fille du chef de la Famille!

— Merci, Frank! Ce sera tout. Si Gino est arrivé, envoie-le-moi.

Songeur, Vastelli se retira. Croisant Favara en bas de l'escalier, il lui dit que le Parrain l'attendait. Scarfo procéda de la même manière avec Favara; il traita de chacun des dossiers dont celui-ci avait la responsabilité.

— Et le trafic d'armes avec les Russes? Est-ce que ça rapporte enfin des dividendes?

Favara se tint sur la défensive.

— Ça prend du temps, négocier des choses comme ça... Puis les Siciliens ne m'aident pas beaucoup. Il n'ont pas encore compris que le monde évolue et qu'on doit évoluer avec.

— Je ne peux pas blâmer les Siciliens. C'est risqué, ce que tu fais! Le trafic de drogue, c'est une chose, mais les missiles de grande portée pour le Moyen-Orient...

— Je ne touche pas à la drogue. Et dans le cas des missiles, tu n'as pas à t'inquiéter. Le matériel est acheté. Il ne me manque que le bateau pour lui faire passer la mer Noire.

Scarfo parut réfléchir à la question.

— Bon! Ça va! Pour ce qui est du bateau, je pourrai probablement te donner un coup de main. Pour ce qui est des Siciliens aussi. Ce sera tout!

Scarfo attendit que la porte se referme. Il alla appuyer sur le bouton d'une caméra miniature camouflée sur un rayon de sa bibliothèque, à côté d'une reproduction du *Penseur* de Rodin. Le Parrain avait enregistré toutes ses rencontres avec les membres de sa Famille.

* * *

Vêtu de son plus beau complet, Scarfo alla chercher Hélène chez elle. Ils se rendirent aux bureaux d'Investissements Gesco, où les attendaient Jean-Claude Gervais, Me Surrentino et un notaire.

Tous ensemble, ils regardèrent les enregistrements faits par Scarfo durant la journée. Me Surrentino actionna une caméra vidéo posée sur un trépied et interrogea le Parrain. Celui-ci identifia un par un les capos, dans l'ordre de leur apparition sur la bande. Puis, il énuméra les noms des fonctionnaires et des sous-ministres auxquels il avait donné des pots-de-vin au cours des années, incluant le détail des sommes versées.

Me Surrentino se tourna ensuite vers Jean-Claude Gervais. À son tour, celui-ci confirma qu'Investissements Gesco avait été fondée pour blanchir l'argent de la mafia, aussi bien celui de la Famille Scarfo que celui d'autres Familles nord-américaines. Il termina son témoignage en confirmant que Giuseppe Scarfo était la seule personne responsable des comptes bancaires de Gesco. Finalement, le notaire prit la parole.

— Je tiens à préciser que Mme Hélène Provost est ici à titre de témoin, Me Dominic Surrentino, à titre d'avocat de M. Scarfo, et moi, Jean Sinclair, j'agis à titre de notaire dans le seul but de recueillir les déclarations sous serment de MM. Giuseppe Scarfo et Jean-Claude Gervais.

Surrentino mit fin à l'enregistrement. Hélène Provost ne put s'empêcher de regarder son ex-mari avec fierté. Celui-ci, qui s'en rendit compte, lui lança un clin d'œil en souriant. Elle fondit sur sa chaise. Ce clin d'œil, ce sourire... Elle ne les avait pas vus depuis si longtemps!

Scarfo se sentait maître de la situation. En parlant ainsi de leurs activités, tous ses collaborateurs s'étaient incriminés. Avec une telle bombe entre les mains, sa fille n'aurait plus à craindre personne!

46

Dans le bureau de Tanguay, Gauthier et Pelletier essayaient de sortir de l'ornière dans laquelle ils étaient embourbés. La date des procès avançait à grands pas et on n'était toujours sûr de rien quant aux accusations qui pourraient être portées contre Scarfo.

— La seule carte qui nous reste, c'est Perreault! fit Gauthier.

François secoua la tête.

— Je ne crois pas qu'il puisse nous donner Scarfo... Il continue d'affirmer qu'il a toujours transigé avec D'Ascola.

— François... le supplia presque Tanguay. Il faut que tu le fasses parler. Je ne peux tout de même pas laisser Scarfo filer comme ça.

— Il faudrait travailler du côté de D'Ascola, suggéra Pierre. C'est lui, la clé! Avec le témoignage de Perreault, il est fait.

— On pourrait peut-être entrer en contact avec la DEA et menacer D'Ascola d'extradition, proposa François. Avec la menace de vingt-cinq ans de prison, il risquerait de se ranger de notre bord et de témoigner contre Scarfo.

— Organisez-vous comme vous voudrez ; moi, c'est Scarfo que je veux avoir ! S'il faut offrir la lune à D'Ascola pour y arriver, qu'on la lui offre ! décréta Tanguay en guide de conclusion.

Une fois sorti du bureau, François commenta l'attitude de Tanguay.

— Incroyable à quel point il en fait une affaire personnelle !

Gauthier approuva de la tête. Il n'eut pas le temps d'ajouter quoi que ce soit, car Celano les croisa en courant. Il entra sans frapper dans le bureau de Tanguay.

— Scarfo s'en va à l'aéroport !

— Mais il n'a pas le droit de partir ! tonna Tanguay. C'est une des conditions de sa mise en liberté. La cour a saisi son passeport.

Il sortit de son bureau à toute vitesse. Pierre n'attendit pas de recevoir un ordre.

— Je m'en vais à l'aéroport !

— Emmène Lemire avec toi ! cria Tanguay.

Au passage, Gauthier accrocha deux agents en civil et leur enjoignit de le suivre. Lemire s'installa au volant et démarra sur les chapeaux de roues. Gyrophares actionnés, il conduisit à tombeau ouvert à travers les rues et les ruelles de la ville et s'arrêta devant l'aérogare. Gauthier se précipita à l'intérieur, escorté des deux agents en civil et de Lemire. Scarfo s'apprêtait à passer la porte du quai d'embarquement.

— Monsieur Scarfo, je vous arrête ! cria Gauthier en sortant les menottes. Votre libération est révoquée pour bris de condition !

Malgré son impassibilité, Scarfo parut ennuyé. Il prit l'enquêteur par le bras.

— Il faut absolument que je parte.

— Pas question !

— Ce n'est pas pour moi, c'est pour Gabrielle, lui murmura-t-il à l'oreille.

Gauthier demanda à ses collègues de ne pas bouger et entraîna Scarfo à l'écart.

— Arrêtez de mêler Gabrielle à nos histoires!

— Gauthier, ne fais pas l'imbécile. Écoute-moi!

Lemire observait la scène. Quand il vit Scarfo parler à l'oreille de Gauthier, il sourit en secouant la tête. «Qu'est-ce qu'il va encore inventer?» se demanda-t-il.

Son sourire s'évanouit quand il vit Scarfo se diriger d'un pas rapide vers le quai d'embarquement. Il se précipita vers lui.

— Pierre! Ne le laisse pas partir!

Gauthier l'empêcha d'aller plus loin. Confondus, les deux agents en civil ne bronchèrent pas.

— Ne te mêle pas de ça! Je sais ce que je fais!

Lemire ne comprenait plus rien. Gauthier sourit.

— On rentre au bureau. Je vais m'arranger avec Tanguay.

Quand ils franchirent la porte du bureau de Tanguay, celui-ci consulta sa montre, étonné.

— Vous avez fait ça vite!

— Je l'ai laissé partir, déclara Gauthier.

Tanguay eut une réaction de stupeur, accompagnée d'un tic au visage. Un sourire se dessina sur ses lèvres, s'amplifia et se transforma en un éclat de rire. Voyant que son patron croyait en une blague, Lemire confirma les dires de son collègue.

Le rire de Tanguay se figea dans l'air. Lemire regarda Gauthier comme pour lui souhaiter bonne chance et prit le chemin de son bureau.

— Je crois que j'ai des rapports à faire...

— Tu es tombé sur la tête? hurla Tanguay.

— J'avais mes raisons, répondit Gauthier.

Tanguay s'approcha de lui avec un air menaçant.

— On a l'air de quoi, là?

— Tu parles comme Daigneault maintenant? ironisa Gauthier.

— Il contrevient à un ordre de la cour. Il fout le camp au nez et à la barbe de la Sûreté. Tout ça parce que le caporal Gauthier a décidé de le laisser partir... Tu écriras ça dans ton rapport!

— Primo, il va revenir. Secundo, tu en feras un rapport, toi !

— Pierre Gauthier, si jamais il ne revient pas...

Tanguay leva ses mains devant lui, comme s'il allait serrer le cou de Gauthier.

— Si jamais... Je ne sais pas ce que je te fais !

Ce fut au tour de Gauthier de se fâcher.

— Je l'ai laissé partir parce que j'avais mes raisons. C'est moi qui t'ai amené Scarfo ! Tu pourrais me faire confiance, non ?

Il tourna les talons et quitta le bureau en claquant la porte. Ses collègues, qui avaient tout entendu, évitèrent son regard. La porte du bureau s'ouvrit de nouveau. Tanguay en sortit en coup de vent.

— Michelle, prépare les papiers ! On va faire émettre un mandat d'amener international ! Tom, demande au caporal Gauthier le numéro du vol de Scarfo et appelle Interpol !

Celano regarda Gauthier avec insistance, espérant que cela suffirait à lui soutirer le numéro du vol. Gauthier resta imperturbable.

— Tu as entendu Tanguay ? J'ai une job à faire...

Se rendant compte qu'il n'obtiendrait pas l'information, Celano passa un commentaire que Gauthier entendit.

— C'est intelligent ! Après les efforts qu'on a faits pour l'arrêter...

Gauthier se rua sur lui. Dès leur première rencontre, il ne l'avait pas trouvé sympathique, comme il n'avait jamais apprécié sa façon de travailler. Celano était du genre méthodique, du genre à poser ses pierres une à une, quitte à attendre longtemps pour récolter des résultats.

— Comment ça, les efforts QU'ON a faits pour l'arrêter ? Tu as fait quoi, toi, à part te faire payer des verres de scotch par Vastelli ?

Lemire s'interposa afin de calmer Gauthier. Les nerfs à fleur de peau, le caporal s'en alla dans la salle d'interrogatoires. Il s'appuya au mur pour écouter la suite de la conversation entre

François et Roger Perreault, fraîchement rentré du chalet. François s'arrachait presque les cheveux: il venait encore d'entendre le restaurateur dire qu'il n'avait jamais eu de contacts personnels avec Scarfo.

— Roger... On ne peut pas le coincer avec ce que tu nous donnes!

— Je ne peux tout de même pas en inventer, des contacts personnels!

— Tu ne peux pas avoir été aussi proche de la Famille pendant tant d'années sans avoir jamais fait affaire avec lui directement. On peut toujours démontrer que l'argent que t'a remis D'Ascola venait de Scarfo, mais c'est trop mince.

— Et le prêt usuraire?

Exaspéré, Gauthier ne put s'empêcher d'intervenir.

— Les avocats de la défense vont te démolir! Mon oncle Roger fait des prêts usuraires et remet une partie de ses profits à Scarfo... Mon oncle Roger importe de l'héroïne pour Scarfo... Mais mon oncle Roger ne connaît pas Scarfo!

— Pierre! dit François, étonné de la réaction démesurée de Gauthier.

Sans s'occuper de lui, il continua sa charge.

— Tu plaides coupable à l'accusation d'importation d'héroïne et on oublie tout ce qui concerne le prêt usuraire. On te fait une belle lettre indiquant que tu as été coopérant, accompagnée d'une promesse qu'on ne te poursuivra pas pour des crimes commis antérieurement! C'est simple! C'est clair! C'est limpide! C'est à prendre ou à laisser!

Les mains posées sur la table, il hurla au visage de Perreault.

— Et si tu n'as rien à dire, je te retourne dans la rue! Tu te protégeras tout seul!

François intervint de nouveau.

— Pierre... Ça suffit!

Gauthier se tourna vers François et l'apostropha à son tour.

— Ton ami Roger, s'il ne veut pas m'aider, je ne vois pas pourquoi je me ferais chier pour l'aider de mon côté !

— Dave Lambert, laissa alors tomber Perreault.

— Quoi, Dave Lambert ? demanda François.

— C'est Scarfo qui l'a fait tuer. Ça s'est passé chez toi, dans la salle de bains. Tu te souviens des traces de sang ? Le travail a été fait par Spadollini.

Gauthier regarda François.

— Dave Lambert... Je l'avais oublié, celui-là ! fit-il.

Finalement, la crise de Gauthier avait donné des résultats. On avait tout misé sur de grosses opérations, sur de gros noms, et voilà qu'on avait la chance de coincer Scarfo pour le meurtre d'un petit truand dont on avait oublié le nom. Quelle ironie !

* * *

Gilbert Tanguay rédigeait un rapport en mâchouillant un crayon. Son téléphone sonna.

— Tanguay...

— Je voulais te féliciter pour l'arrestation de Scarfo !

Tanguay reconnut la voix de Serge Déry, son homologue à la GRC. Depuis qu'ils collaboraient dans divers dossiers, Tanguay et Déry avaient appris à se respecter.

« S'il fallait qu'il sache que Gauthier l'a laissé filer ! » pensa Tanguay.

— Merci ! Tes services nous ont donné un bon coup de main ! se sentit obligé d'ajouter Tanguay.

— Je t'appelle justement pour te refiler un tuyau, continua Déry. Une équipe de New York vient d'arriver en ville pour éliminer Scarfo.

Tanguay fronça les sourcils.

— Je voulais t'en parler, étant donné que c'est de ton ressort.

— O.K. Je m'en occupe !

Après avoir raccroché, Tanguay se cala dans sa chaise et réfléchit à ce que Déry venait de lui dire. Sa réflexion ne fut pas bien longue. Primo, rien ne nous dit qu'il va revenir... Secundo... « Qu'il crève ! » se dit-il en se remettant au travail.

47

Dès son retour, Scarfo donna rendez-vous à Frank Vastelli dans une rue tranquille, à deux pas d'un marché public.

— Frank, je t'ai toujours fait confiance! Quand je t'ai nommé *capodecina*, c'était malgré l'opposition de Marco.

Vastelli, qui ne savait pas cela, fut blessé.

— J'ai cru en toi. Je t'ai toujours protégé. Aujourd'hui, c'est moi qui ai besoin de toi.

— Giuseppe... Tout ce que j'ai aujourd'hui dans ce monde, c'est à toi que je le dois. Tu peux me demander tout ce que tu veux!

— Je n'en ai plus pour longtemps...

— Qu'est-ce que tu racontes là!

— La Commission est contre moi. Gino a reçu le mandat de m'éliminer. Si je meurs et que Marco s'en sort vivant, je veux que tu le tues! Quand ils feront la réunion pour nommer un nouveau chef, fais-leur savoir que Gabriella avait dit à Marco que ma maison était sous écoute et que c'est lui qui ne m'en a jamais parlé.

— C'est vrai? fit Vastelli en écarquillant les yeux.

Scarfo éluda la question.

— Marco est un homme d'honneur. Il va sûrement protester. Tu le tueras à ce moment. Il ne doit pas sortir vivant de cette réunion !

Le pauvre Vastelli, dépassé par les événements, essaya vainement de réfléchir.

— Ne te laisse pas faire ! Va-t-en à l'extérieur du pays ! Ne les laisse pas...

Scarfo l'interrompit.

— Frank... Jure-moi que tu vas faire ce que je te dis !

Vastelli perçut une supplication dans la voix de Scarfo. Il ressentit cela comme un aveu de faiblesse de sa part. Pour la première fois, il douta de l'infaillibilité du Parrain.

— Compte sur moi ! Les dernières volontés d'un chef, c'est sacré !

Scarfo s'approcha de Vastelli et prit son visage entre ses mains pour lui faire la bise.

— Tu voteras pour Gino pour me remplacer. Je sais que lui et toi, vous ne vous aimez pas, mais les choses vont s'améliorer quand il verra que tu es avec lui. De toute façon, tu n'as pas le choix... La Commission va appuyer sa candidature.

Il lui tapota affectueusement la joue.

— Merci, Frank !

Vastelli rentra chez lui désemparé. Coup sur coup, il venait d'apprendre la fin prochaine de son chef, la trahison de D'Ascola et son hypocrisie à son égard. En prime, il avait assuré Scarfo qu'il voterait pour un homme qu'il détestait. Pour la première fois, il était tiraillé, se demandant s'il pourrait respecter ses engagements.

* * *

Quand Georges Lemire entra au Paradiso, il chercha du regard ses collègues. Gauthier, Pelletier, Celano et Vallières y avaient emporté leurs pénates ; ils cherchaient des solutions tout en buvant une bière. Dans un coin de la salle, ignoré de tous, Fournel sirotait une bière en lisant un journal concurrent.

— Scarfo est revenu! lança-t-il. Il a été vu en ville avec Vastelli.

Gauthier poussa un soupir de soulagement. Piteux, Celano le regarda du coin de l'œil.

— Je m'excuse pour l'autre matin... commença-t-il.

— Ça va, Tom. C'est moi qui ai mauvais caractère, répondit Gauthier pour minimiser l'incident.

— Si on joue bien nos cartes, on peut coincer toute la Famille, dit François.

— Si seulement D'Ascola pouvait témoigner contre Scarfo... ajouta Vallières.

François se pencha au-dessus de la table et fit un signe en direction de Fournel.

— J'ai un truc qui ne peut pas rater. On arrête D'Ascola, on le garde pendant quelques jours. Avant de le relâcher, on donne un scoop à Fournel : on lui révèle que le *consigliere* de Scarfo a accepté de collaborer avec la police.

La suggestion de François redonna le sourire aux enquêteurs.

— Quand il va voir sa face en première page du journal de Fournel, il ne voudra plus jamais sortir, poursuivit Vallières.

— Génial, François! fit Lemire en levant son verre.

Les enquêteurs trinquèrent en rigolant. Certains ne purent s'empêcher de jeter un regard du côté de Fournel, qui s'en rendit compte. Ne comprenant pas pourquoi la bande à Gauthier était tout à coup aussi joyeuse, il replia son journal et quitta le bar, ce qui élargit encore plus les sourires sur les visages des enquêteurs.

48

près sa rencontre avec Vastelli, Scarfo donna rendez-vous à D'Ascola dans un autre quartier de la ville. Prétextant qu'il disposait de peu de temps, il put éviter les questions de son *consigliere*.

Contrairement à ce qu'il laissait entendre à tout le monde, le Parrain avoua qu'il ne pourrait échapper à la justice. Il avait soupesé la question et en avait discuté avec Me Surrentino. Il avait donc décidé que l'heure était venue de rencontrer Gino Favara pour préparer la passation des pouvoirs.

— Réserve le petit salon au Bongusto pour demain soir, vingt heures!

Scarfo lui expliqua sa stratégie.

— Je sais que Gino a le mandat de me tuer! C'est lui qui a fait envoyer le poisson chez Gabrielle. C'est aussi lui qui a envoyé quelqu'un pour lui faire peur.

D'Ascola ne broncha pas.

— On soupe ensemble, on fait le tour des dossiers, on prépare la passation des pouvoirs, on gagne la confiance de Gino et on l'amène à la maison. Là, on le tue!

Scarfo consulta sa montre.

— Je dois partir!

D'Ascola resta planté sur le trottoir pendant de longues secondes. Son ami Giuseppe ne serait donc jamais à court de ressources! Sentant que la situation lui échappait, il réfléchit à ce qu'il pourrait faire pour tirer son épingle du jeu.

* * *

Scarfo se fit conduire par D'Ascola au Bongusto. Un crachin monotone et froid donnait déjà à la ville un air d'automne. En cours de route, le *consigliere* demanda à Scarfo des nouvelles de son voyage à New York.

— Je ne suis pas allé à New York.

— Ah non? fit D'Ascola, étonné de ne pas avoir été mis au courant.

— Je suis allé en Suisse pour transférer les comptes bancaires de Gesco. Si jamais Lombardo veut se débarrasser de moi, ça va lui coûter cent quinze millions de dollars! fit Scarfo en affichant un large sourire.

D'Ascola resta silencieux, comprenant que le Parrain avait soigneusement planifié son coup.

— Tu ne dis rien, Marco?

— Je ne crois pas que ce soit une bonne idée de faire chanter Lombardo...

— Je ne lui laisse pas le choix. Tu imagines? Cent quinze millions de dollars! Et aussitôt que je serai débarrassé de Perreault, la Sûreté nationale ne pourra plus rien contre moi.

Scarfo n'avait oublié aucun détail. Même s'il se savait condamné, il entrevoyait une lueur d'espoir. Il savait à qui il pouvait faire confiance. De qui il devait se méfier... Une fois Perreault et Favara hors d'état de nuire, il éviterait le procès et aurait de nouveau la mainmise sur la Famille. Il ne lui resterait ensuite qu'à régler une formalité : liquider D'Ascola. De toute évidence, son vieil ami Marco avait fait son temps et il ne pouvait plus se fier à lui. Sortant de ses réflexions, il poursuivit.

— Je pense souvent à Hélène ces temps-ci. C'est une femme brillante. Elle saura aider Gabrielle.

— Aider Gabrielle pour quoi ?

— Au cas où il m'arriverait quelque chose.

Le cerveau de D'Ascola fonctionnait à plein régime. Il essayait de comprendre ce qui se passait dans la tête de Scarfo, mais pour la première fois de sa vie, il avait l'impression que son vieil ami ne lui disait pas tout.

Se tournant vers Marco, Scarfo se remémora les années qu'ils avaient passées ensemble et les dures batailles qu'ils avaient livrées. Supportant mal de l'entendre ainsi récapituler leurs faits d'armes, D'Ascola hocha la tête à chaque évocation de Scarfo. D'un geste, il lui indiqua qu'ils étaient arrivés et il immobilisa le véhicule.

Scarfo releva le col de son veston et descendit de l'auto.

— Je te rejoins, fit D'Ascola en faisant mine d'aller garer l'auto.

D'un pas rapide, Scarfo se dirigea vers le restaurant. Un éclat lumineux lui fit tourner la tête. Sortis de nulle part, deux hommes en noir vidèrent leurs chargeurs sur lui. Il s'écroula sur le trottoir mouillé et froid. Un des tueurs s'approcha pour lui tirer, à bout portant, une dernière balle dans la tête.

D'Ascola ne regarda même pas le corps criblé de balles. Les yeux embués, il démarra à toute vitesse. Quelques secondes plus tard, une autre auto s'arrêta à la hauteur de Scarfo. Le passager descendit sa vitre et jeta un œil dénué d'expression sur le cadavre. Il ne pouvait s'embarrasser de sentimentalité; les journées à venir seraient déterminantes pour son avenir. Maintenant que le Parrain avait été éliminé, il ne lui restait qu'à bien manœuvrer pour prendre sa succession. Favara releva la vitre.

— On va aller manger ailleurs, Ronnie !

* * *

Au Paradiso, la discussion continuait de plus belle. Depuis la sortie de l'article de Fournel, pour la première fois les enquêteurs avaient l'occasion de discuter des enquêtes récentes de manière informelle. Scarfo, Boisvert, Bogliozzi, Perreault, tous y passèrent.

Le téléavertisseur de Gauthier émit un signal. C'était le bureau de Tanguay.

— Qu'est-ce qu'il veut encore? fit Gauthier en se rendant au téléphone public.

De sa place, François devina qu'il se passait quelque chose de grave en voyant l'expression de Gauthier. Celui-ci revint à la table blanc comme un drap.

— Scarfo vient de se faire assassiner!

François donna un coup de poing sur la table en lançant un juron. Abattus, les cinq enquêteurs restèrent silencieux pendant un long moment, chacun ressentant à un degré ou à un autre de la lassitude, de la frustration et de la rage.

Les événements de ce genre représentaient la hantise des enquêteurs. Après avoir fait tant d'efforts et consacré tant de ressources, ils voyaient des criminels se faire justice eux-mêmes au moyen de quelques balles de revolver...

Lemire brisa le silence.

— Ils règlent ça pas mal plus rapidement que nous!

Gauthier ne dit rien. Les yeux dans le vague, il était ébranlé. François se pencha vers lui.

— Tu devrais aller voir Gabrielle. Il serait préférable que ce soit toi qui lui annonces la nouvelle.

Il sortit péniblement. Comment Gabrielle réagirait-elle? Quelles répercussions cela aurait-il sur leur relation? Il ne savait plus; tout allait trop vite.

Quand Gabrielle lui ouvrit, en voyant sa mine elle comprit que quelque chose de grave s'était produit. Elle mit la main devant sa bouche pour réprimer un cri de douleur.

— Papa? demanda-t-elle.

Pierre, la gorge nouée, fit oui de la tête. Gabrielle s'appuya au mur et se laissa glisser sur le sol en pleurant. Pierre s'assit à côté d'elle et la prit dans ses bras. Gabrielle pleurait toutes les larmes de son corps. Elle était placée devant l'aboutissement logique de son silence. En ce sens, elle était responsable de la mort de son père!

49

Le lendemain de l'assassinat du Parrain, Gauthier rentra au bureau la mort dans l'âme. Il avait perdu Scarfo, il avait eu peur de perdre aussi sa fille. Plongé dans ses pensées, il fut interpellé devant l'ascenseur par Serge Déry, l'homologue de Tanguay à la GRC.

— Salut, Gauthier! Je suppose qu'il serait de circonstance que je te présente mes condoléances pour la mort de ton beau-père, ironisa-t-il.

Gauthier ne prit pas ombrage de cette remarque.

— Tu dois être content! Ça t'en fait un de moins à surveiller, lança-t-il.

— Je ne peux pas croire que Gilbert n'a rien fait, fit Déry en secouant la tête.

— Je ne comprends pas... remarqua Gauthier, intrigué par cette dernière remarque.

— Je l'avais avisé qu'il y avait en ville une équipe de tueurs venus descendre Scarfo!

Gauthier s'efforça de contrôler ses émotions.

— J'imagine qu'il avait ses raisons, laissa-t-il tomber sur un ton neutre.

— Pas toujours facile à suivre, ton patron !

Déry poursuivit son chemin. D'un pas rapide, Gauthier se rendit au bureau de Tanguay. Il entra sans frapper.

— Et ça se permet de faire la morale aux autres !

— Mais... de quoi parles-tu ? demanda Tanguay.

— La GRC t'avait prévenu au sujet de Scarfo et tu ne m'as rien dit !

— Ça aurait changé quoi ?

— Gilbert ! s'écria Gauthier. Mais qu'est-ce qu'il te fallait ? Son urne funéraire sur le coin de ton bureau ?

Cachant son malaise, Tanguay s'efforça de soutenir le regard accusateur de Gauthier.

— Ça va coûter moins cher à l'État, fit-il froidement.

— Tu es pire que moi... Et beaucoup plus dangereux !

— Ne dis donc pas de bêtises !

— Mais qu'est-ce qu'il t'a fait pour que tu lui en veuilles à ce point ?

Devant l'absence de réponse, Gauthier poursuivit.

— On avait une chance en or de jeter l'organisation par terre. Mais non ! Gilbert Tanguay se fout du travail de ses hommes ! Là, il me reste D'Ascola. Si jamais tu apprends qu'on veut sa tête, j'ose espérer que tu vas me le dire !

Gauthier ressortit du bureau de son patron aussi rapidement qu'il y était entré.

* * *

Tous les capos étaient dans l'arrière-salle du bar de Vastelli. La réunion, convoquée d'urgence par D'Ascola, avait pour but de désigner un nouveau Parrain. Le *consigliere* demanda le silence, rendit un court hommage à la mémoire du Parrain et suggéra de procéder au vote tout de suite. Compte tenu des événements qui avaient eu lieu au cours des derniers mois, il insista sur sa longue expérience dans l'organisation et laissa entendre que Giuseppe aurait souhaité qu'il prenne sa place. Il poussa sa chance plus loin en se targuant d'avoir l'appui de la Commission.

Sur ce dernier point, Gino Favara l'interrompit; il fit entrer Vito D'Amato dans la salle. Celui-ci présenta les condoléances de la Commission new-yorkaise à la Famille montréalaise. Il souligna que la Commission n'avait jamais donné son aval à D'Ascola. Il regarda Favara droit dans les yeux, comme si le vote était déjà pris, et déclara: « *We wish a long and healthy life to the new head of your Family.*[1] »

Aussitôt D'Amato sorti, D'Ascola cria au malentendu et assura qu'il avait bel et bien obtenu l'appui de la Commission. Favara, calme et sûr de lui, proposa que l'on vote. À sa propre surprise et à celle de D'Ascola, Vastelli se leva le premier, comme Scarfo le lui avait demandé, et proposa le nom de Gino Favara. Hébété, D'Ascola vit que les choses ne tournaient pas comme il l'avait prévu. Il écouta les capos se prononcer un par un en faveur de Favara.

D'Ascola était effondré, Favara – c'était sa marque de commerce – le fixait de son regard froid et insondable. Sachant que son arrêt de mort était signé, D'Ascola se leva. Tout ce qui lui importait pour le moment, c'était son honneur.

— Gino, il faut régler ce malentendu!

— Mais il n'y a pas de malentendu, rétorqua Favara. Je sais... nous savons tous que tu as toujours agi dans les meilleurs intérêts de la Famille. Tu conserves ton poste de *consigliere.*

D'Ascola ne sembla pas du tout convaincu; il se dirigea lentement vers la sortie en pestant. Sans attendre, Vastelli dégaina son arme et fit feu à trois reprises, l'atteignant mortellement et donnant la frousse de sa vie à Favara. Plusieurs hommes se précipitèrent vers Vastelli pour le désarmer.

Dans la salle, après la panique, ce furent l'étonnement et l'incompréhension. Petit à petit, les esprits se calmèrent. Favara

---

1. «Nous souhaitons une vie longue et prospère au nouveau chef de votre Famille.»

ordonna à Dante de faire disparaître le cadavre de D'Ascola et entraîna Vastelli à l'écart pour obtenir une explication.

— Gabriella savait qu'on avait mis son père sous écoute électronique. Elle l'avait dit à Marco qui n'en a jamais soufflé mot à Giuseppe.

— Mais tu n'étais pas obligé de le tuer! En tout cas, pas ici! insista Favara.

Vastelli regarda Favara intensément.

— C'est Giuseppe qui me l'a demandé. Et les dernières volontés d'un Parrain, c'est sacré!

Ne pouvant plus rien changer à la situation, le nouveau Parrain donna une tape amicale sur le bras de son capo en signe de compréhension...

— Gino... ajouta Vastelli sur le ton de la confidence. Si j'ai voté pour toi, c'est aussi parce que Giuseppe me l'avait demandé.

Sur ce, il tourna les talons. Favara ne sut trop comment interpréter cette dernière phrase.

50

Gabrielle était assise au salon, dans la résidence de son père. Elle s'y sentait mal. En traversant la salle à manger, elle avait regardé en direction du bahut sur lequel se trouvait la lampe. Cette vaste demeure, qu'elle s'empresserait de vendre, abritait maintenant les fantômes de son père et de Vincenzo, tous deux morts par sa faute. D'une main, elle tenait un mouchoir, essuyant les larmes qui ne cessaient de couler sur ses joues. Elle lisait une lettre.

Gabriella,

Puisque tu lis cette lettre, c'est que le destin a suivi son cours... Je n'ai pas de regrets face à la vie que j'ai menée. J'ai appris à ne jamais regarder en arrière.

Mes amis d'hier sont devenus mes ennemis d'aujourd'hui. Dans le fond, c'est peut-être un juste retour des choses.

J'ai lutté farouchement pour bâtir une Famille qui m'a fait perdre la mienne, la vraie, celle qui aurait dû compter et que j'ai laissée tomber. Je ne te demande ni de comprendre ni d'accepter. C'est comme ça. C'est tout. Tu as le droit de juger si tu le désires.

Écoute bien les conseils de ta mère. Tu en auras besoin. Elle seule sait comment te protéger.

En terminant, je tiens à te dire que tu es toujours demeurée ma plus grande fierté.

Ciao! Ti amo[1]!

Babbo[2]

P.-S. Va voir dans la fournaise. Tu y trouveras quatre boîtes empilées. Surtout, ne les brûle pas! Leur contenu t'appartient.

Intriguée, elle descendit au sous-sol et regarda dans la fournaise. Elle y découvrit effectivement quatre boîtes en carton. Difficilement, elle les retira une à une et les déposa par terre. Chaque boîte était entourée de corde. Au prix de quelques efforts, elle réussit à les ouvrir.

Elle n'en crut pas ses yeux. Chaque boîte était bourrée de billets de banque. Elle ne se donna pas la peine de les compter, mais il y avait une fortune étalée devant ses yeux.

Assise sur le plancher froid et poussiéreux, elle se remit à pleurer. Son père avait vraiment pensé à tout!

---

1. Je t'aime
2. Papa

51

Intrigué, Gauthier sonna à la porte d'Hélène Provost. Plus tôt dans la journée, la mère de Gabrielle l'avait appelé pour lui dire qu'elle désirait le voir. Elle le fit passer au salon et plaça une cassette dans le magnétoscope.

— J'ai quelque chose d'intéressant à te montrer! fit-elle.

C'était l'enregistrement qu'avait préparé Scarfo. Aussitôt que les images commencèrent à défiler, il écarquilla les yeux. Il vit tous les capos décrire la nature de leurs activités, préciser leurs revenus, confesser de vieux crimes. Assis sur le bout de son siège, il vit ensuite Scarfo identifier chacun des capos et lire une longue liste des personnes auxquelles il avait offert des pots-de-vin. Il fut stupéfait de constater que Scarfo s'était même donné la peine d'officialiser le tout avec un notaire. Quand Hélène Provost appuya sur le bouton d'arrêt du magnétoscope, Pierre garda les yeux rivés sur l'écran noir du téléviseur, hypnotisé.

— Il savait ce qui s'en venait, fit-elle.

— C'est de la dynamite, cette cassette-là!

— Il l'a faite pour Gabrielle... Elle saura se montrer persuasive en cas de besoin!

Pierre se leva et marcha de long en large, galvanisé par ce qu'il venait de voir et d'entendre.

— Gilbert doit être content: il a enfin eu ce qu'il voulait! lança Hélène.

— Gilbert? fit Pierre.

— Ton patron! Ça fait trente-cinq ans qu'il attend ce moment-là!

Hélène se rendit compte que Pierre ne comprenait rien à ce qu'elle disait.

— Je croyais que tu étais au courant...

Elle lui raconta les circonstances dans lesquelles elle avait connu Gilbert Tanguay; après une relation de quatre ans, elle l'avait laissé pour Giuseppe Scarfo.

— Il m'en a toujours voulu. Il s'est juré d'avoir la peau du jeune mafioso qui lui avait enlevé la femme de sa vie... Eh bien, c'est fait!

Pierre resta bouche bée. Toute la carrière du directeur de l'Escouade du crime organisé reposait sur une obsession: laver son honneur.

— Personne ne peut comprendre à quel point Gilbert est un homme blessé!

Gauthier secoua la tête à plusieurs reprises.

— Et ça se permet de faire la morale...

— Ne le juge pas trop rapidement. Il a ses raisons pour avoir agi comme il l'a fait!

ÉPILOGUE

Gino Favara et Vito D'Amato se présentèrent au bureau d'Investissements Gesco pour parler à Jean-Claude Gervais. Ils venaient de constater que les comptes bancaires suisses renfermant les cent quinze millions de dollars avaient disparu. Le trésor des Familles Scarfo et Lombardo s'était évaporé!

— C'est M. Scarfo lui-même qui a transféré les comptes la semaine dernière, fit un Gervais intimidé par la mine patibulaire et la stature imposante de D'Amato.

— Et qui a la liste des nouveaux comptes? demanda Favara.

— Il m'a dit qu'il en avait remis une copie à Marco D'Ascola.

— Et vous avez le nom de ses contacts en Suisse?

— Non. C'est Scarfo et D'Ascola qui contrôlaient tout.

— Vous devez au moins avoir le nom des banques? s'impatienta D'Amato.

— Oui, fit Gervais en se penchant vers son coffre-fort.

— Tu n'aurais pas dû te débarrasser de D'Ascola si rapidement! fit D'Amato sur un ton accusateur.

D'Amato disait vrai. Favara comprit qu'il ne serait pas possible de récupérer cet argent.

* * *

Gabrielle avait donné rendez-vous à Favara devant un grand magasin du centre-ville, à une heure d'affluence. Quand elle descendit de son auto, elle le vit à l'endroit convenu. Son cœur se mit à battre plus rapidement. Elle le rejoignit en serrant sur elle un épais dossier. Favara la salua et lui fit quelques compliments mielleux.

— C'est gentil, mais j'ai hâte qu'on en finisse, lui dit-elle sèchement.

— C'est dommage pour votre père... commença Favara.

— C'était à vous de ne pas l'assassiner.

— Qu'est-ce que je peux faire pour vous ? demanda-t-il, préférant éviter le sujet.

— Mon père était un homme prévoyant. Avant de mourir, il a tourné un petit... documentaire... dont je vous donne copie. Dans cette enveloppe, vous trouverez une liste des comptes bancaires suisses qui contiennent les cent quinze millions que vous cherchez. Vous y trouverez aussi toutes les procurations requises pour accéder à ces comptes. Tout ça, c'est à vous ! Mais... vous allez me promettre une chose !

— Je vous écoute.

— Vous allez oublier mon nom ! Vous allez oublier mon existence ! Naturellement, s'il devait m'arriver quelque chose, des copies de cette cassette circuleraient rapidement dans les quartiers généraux de la Sûreté nationale et de la GRC.

Favara sourit. Il reconnut la griffe de Giuseppe Scarfo. Il avait tout prévu !

— Vous êtes une femme pratique, Gabrielle. Votre père tout craché. De toute façon, notre problème, ce n'est pas vous, c'est Pierre Gauthier. Qui nous dit qu'on ne le retrouvera pas sur notre chemin ?

Exaspérée, Gabrielle lui fit comprendre qu'elle n'avait aucun pouvoir sur les faits et gestes de Pierre Gauthier.

— Pierre Gauthier, je l'aime bien, mais je tiens avant tout à rester en vie ! Je vais d'ailleurs disparaître pour un bout de temps. Histoire de laisser retomber la poussière. Et il ne m'accompagnera pas.

— Vous avez ma parole, madame Provost! fit-il en lui tendant la main.

Elle serra la main de Favara. En se mettant au volant de sa voiture, elle éprouva un grand soulagement. Elle rentra ensuite chez elle.

Pierre arriva sur ces entrefaites. Une valise avait été déposée à côté de la porte. Espérant se tromper, il se rendit à sa chambre. Il comprit alors qu'elle avait pris une décision. Il s'appuya au chambranle et la contempla longuement.

— Tu pars? finit-il par demander.

Elle sursauta.

— J'ai un avion à seize heures!

— Tu veux que j'aille te reconduire?

— Non. M'arracher le cœur dans une aérogare... Très peu pour moi!

— Es-tu vraiment obligée de partir?

— Après tout ce qui s'est passé, j'ai besoin de prendre un peu de recul. De réfléchir.

Pierre baissa la tête. L'idée de tout abandonner pour partir avec elle lui traversa l'esprit. Non. Il avait déjà envisagé cette éventualité et il avait conclu qu'il ne pourrait vivre de cette manière plus de deux semaines. Il aimait trop son travail! Les décharges d'adrénaline...

Gabrielle se tourna vers lui. Les yeux pleins d'eau, ils restèrent plantés l'un en face de l'autre à se regarder.

— Tu vas m'écrire? demanda-t-il.

— Pas de promesse, fit-elle en écrasant une larme sur sa joue. Tu vois... j'avais aussi promis de ne pas pleurer.

— Je t'aime, Gabrielle. Ne l'oublie jamais.

Ils s'embrassèrent une dernière fois.

— Je dois partir, fit Pierre, la voix étranglée par l'émotion.

Gabrielle aurait voulu le lui crier, mais sa gorge ne laissa passer qu'un faible «Moi aussi!», que Pierre n'entendit pas.

Dans la porte, il la regarda une dernière fois. Le dos tourné, elle rangeait une photo de son père dans sa valise.

* * *

Gauthier arriva devant le bureau de Tanguay. Il leva la main pour frapper. Ce geste, qui le surprit un peu, le fit sourire. Il lui semblait que depuis une éternité il entrait dans ce bureau en coup de vent, sans frapper, survolté. Il opta pour un compromis : il frappa et entra.

— As-tu deux minutes, Gilbert ?

— Oui... oui... Entre !

— Pourquoi ne m'en as-tu jamais parlé ?

— Parlé de quoi ?

— De toi et d'Hélène Provost...

Tanguay camoufla mal sa surprise, mais il ne perdit pas sa contenance.

— Parce que ce n'était pas pertinent.

— Pas pertinent ? Tu t'es servi de tes hommes pour te livrer à une vendetta personnelle !

— Je n'allais tout de même pas me retirer du dossier sous prétexte que le chef de la mafia avait épousé mon ancienne flamme !

Visiblement las, il se leva et marcha dans son bureau.

— D'un strict point de vue professionnel, Scarfo m'a causé frustration par-dessus frustration. Cette fois-ci, on le tenait... Je ne voulais pas le perdre !

— Ça ne justifie pas le fait que tu as fermé les yeux sur son assassinat !

Tanguay mit un certain temps à répondre.

— Tu as le droit de penser ce que tu veux ! Scarfo, c'était un criminel. Il est mort comme il a vécu. On a réussi, Pierre. TU as réussi. Pas besoin de chercher plus loin. Souviens-toi. Tu m'avais dit : « Ce ne sera peut-être pas propre, mais ça va se faire... »

Gauthier sourit. Il se rappelait trop bien.

— Je pars en vacances quelques semaines. La police de la CUM[1] m'a offert un poste d'enquêteur. Je vais prendre un peu de temps pour réfléchir à cette offre.

Ébranlé à l'idée de perdre son enquêteur, Tanguay réagit vivement.

— Pierre ! Tu ne peux pas faire ça ! J'ai besoin de toi ! Écoute... C'est normal après une enquête. La tension retombe. Tu as l'impression d'avoir travaillé pour rien... Repose-toi. Prends le temps de réfléchir. On en discutera à ton retour.

Il tendit la main à Pierre, qui la prit en souriant.

* * *

Assis à son bureau, Favara venait de prendre connaissance du dossier que Gabrielle lui avait remis. Il regarda longuement les procurations permettant d'accéder aux comptes bancaires suisses. « Scarfo et D'Ascola ne sont plus là. Gabrielle Provost veut avoir la paix. » Il glissa les procurations dans un tiroir, qu'il referma à clé. « Personne ne saura jamais que c'est moi qui ai les cent quinze millions ! » se dit-il en souriant.

Une heure plus tard, il était attablé avec Ronnie Dante à son restaurant préféré. Dante, qui essayait de s'adapter au nouveau statut de son patron, cherchait à comprendre ce qui s'était produit au cours des dernières journées.

— Il avait vraiment tout prévu, dit Favara en faisant allusion à Scarfo.

— Qu'est-ce qu'on fait de sa fille ? demanda Dante.

— Que personne ne l'approche !

Dante comprit aussitôt qu'il s'agissait là du premier ordre du nouveau Parrain et que les membres de la Famille auraient intérêt à s'y conformer.

— Lombardo est au courant ? s'inquiéta Dante.

---

1. Communauté urbaine de Montréal.

—Je n'ai aucun compte à lui rendre! dit Favara en haussant le ton.

Même s'il avait bénéficié de son aide, il ne fallait surtout pas qu'on s'imagine que le nouveau chef de la mafia montréalaise serait la marionnette de Lombardo!

Dante réfléchit un instant.

— Qu'est-ce qui est arrivé à Gervais?

— Disparu.

— C'est peut-être lui qui est parti avec l'argent?

— Qui sait? fit Favara en esquissant un sourire.

— Pierre Gauthier... fit Dante.

— On va s'en occuper en temps et lieu, répondit Favara entre deux bouchées.

Dante ne posait pas une question; il voulait simplement attirer l'attention de son patron. Favara tourna la tête pour se trouver nez à nez avec Gauthier.

— Qu'est-ce que vous voulez? demanda-t-il sèchement.

Gauthier sourit. Dante le regarda d'un air menaçant.

— Je passais dans le coin et je me suis dit que ce serait une bonne idée de venir me présenter plus formellement.

— Je suis occupé! Appelez à mon bureau. Si vous êtes chanceux, ma secrétaire vous donnera un rendez-vous.

Gauthier se pencha vers Favara.

— Prépare-toi, Gino... Tu es le prochain!

Favara déposa ses ustensiles et plongea son regard dans celui de l'enquêteur. Il vint près de perdre son calme. Il prit conscience à cet instant qu'il ne lui fallait surtout pas sous-estimer son adversaire.

— Gauthier... fit-il trop calmement. Fais bien attention! Contrairement à Scarfo, je n'ai pas de fille. Je n'ai pas à me préoccuper de savoir si je blesse quelqu'un...

La réaction de Favara, réputé pour son calme olympien, indiqua à Gauthier que la guerre était déjà déclenchée entre eux. Il dévisagea le nouveau Parrain pour prendre sa mesure. La bataille à venir ne serait pas plus facile que celle qu'il avait livrée à Scarfo. Différente peut-être, mais pas plus facile.

— J'ai eu Scarfo... C'est ton tour! laissa-t-il tomber avant de repartir.

* * *

Gauthier avait passé la soirée à la Sûreté nationale pour finir ses dossiers avant de partir en vacances. Assis dans la pénombre de son bureau, il se préparait à s'en aller quand un bruit attira son attention. C'était le concierge. Distraitement, il le regarda se déplacer d'un bureau à l'autre pour vider les poubelles dans un grand sac.

Le jeune homme regarda par-dessus son épaule et tira un trousseau de clés de sa poche pour ouvrir la porte du bureau de Gilbert Tanguay. Il sortit la poubelle, la vida dans le grand sac et y apposa deux bouts de ruban gommé en forme de croix avant de le refermer et de le placer sur un grand chariot, à côté d'autres sacs identiques.

Gauthier le laissa ressortir, puis il se précipita vers le poste de surveillance du sous-sol, où il demanda à l'agent de garde de suivre le concierge avec la caméra de surveillance.

Le jeune homme plaça tous les sacs, sauf un, dans la benne du camion. Il prit le dernier – celui provenant de l'Escouade du crime organisé, pensa Gauthier – et alla le donner au conducteur du camion, qui le mit sur le siège du passager.

Avant de partir, il téléphona à Georges Lemire pour lui confier la mission d'enquêter sur le jeune concierge. De toute évidence, il venait de découvrir le responsable des dernières fuites qui s'était produites depuis la mort de Boisvert!

* * *

Gilbert Tanguay était étendu sur une chaise longue dans la cour. Il regardait distraitement ses enfants patauger dans la piscine. Ça faisait longtemps qu'il n'avait pas apporté de dossiers du bureau et il se rendait compte que cela lui manquait.

Il éprouvait une intense satisfaction à la pensée que le cas de Scarfo était enfin réglé. Mais en même temps, il ressentait un malaise. Pour la première fois, quelqu'un – en l'occurrence Pierre Gauthier – avait reconstitué une partie du puzzle et était venu bien près de mettre le doigt sur ses motivations les plus profondes. Et ça, jamais il ne l'accepterait!

Seul Scarfo connaissait son secret. Et il reposait maintenant six pieds sous terre, dans un cimetière de l'est de Montréal.

* * *

Couché dans son lit, Roger Perreault contemplait le plafond de sa cellule. Il avait plaidé coupable à l'accusation réduite d'importation d'héroïne et, grâce à l'entente conclue avec la Sûreté nationale, il s'en était tiré à bon compte. Selon ses calculs, il sortirait de prison dans deux ans. Avec la disparition de Scarfo et de D'Ascola, avec la petite fortune qu'il avait mise de côté au cours des années, il pouvait commencer à planifier une retraite bien méritée. Depuis le temps que Ginette voulait aller vivre en Floride!

Le restaurant? Il le donnerait à Christian. Son expérience avec François lui avait permis de comprendre que Christian était la seule personne au monde à lui avoir été totalement fidèle.

« François Gagnon... pensa-t-il en secouant la tête. Comme je me suis fait avoir!» Ça n'avait pas été de l'infiltration, mais du grand art. D'ailleurs, c'était probablement pour cette raison qu'il n'arrivait pas à le détester.

Il regarda autour de lui et sourit. Depuis son arrivée, il régnait en caïd sur l'aile B. Il connaissait tout le monde, incluant les gardiens, et tout le monde le traitait avec le plus grand respect. Une cellule pour lui tout seul... Quelques douceurs à gauche et à droite... En fait, il n'avait encore jamais eu autant de personnes à son service !

* * *

Pierre et François se rejoignirent dans une petite boîte de jazz. Sur la scène, un quatuor interprétait avec brio *Ultima parola* de Michel Cusson.

Dans une atmosphère mélancolique, teintée par le départ de Gabrielle, les deux hommes firent le point sur leur vie professionnelle et personnelle. Pierre partait en vacances pour trois semaines. Il passerait une semaine à Boston avec sa fille Roxanne, qui s'était bien remise de sa mésaventure. À son retour, il s'attaquerait au nouveau Parrain.

François parla de Denise, dont l'état de santé s'améliorait de jour en jour. Elle viendrait habiter chez lui – temporairement du moins – à sa sortie de la clinique.

Depuis qu'ils travaillaient ensemble, les deux « cow-boys » avaient affronté plusieurs situations dangereuses. Cette fois-ci, ils tirèrent la même conclusion.

Bien qu'ils n'aient jamais prêté serment en ce sens au cours d'une cérémonie secrète, ils se rendaient à l'évidence : leur travail ce n'était pas un job, c'était leur vie. Et ils n'en sortiraient que morts.